SUDHIR KAKAR

DER MYSTIKER

ODER
DIE KUNST DER
EKSTASE

SUDHIR KAKAR

DER MYSTIKER

ODER
DIE KUNST DER
EKSTASE

Roman
Aus dem Englischen
von Nathalie Lemmens

Verlag C.H.Beck

ISBN 3 406 48035 7

Für die deutsche Ausgabe:
© Verlag C.H.Beck oHG, München 2001
www.beck.de
Gesamtherstellung: fgb · freiburger graphische betriebe
Gedruckt auf säurefreiem, alterungsbeständigem Papier
(hergestellt aus chlorfrei gebleichtem Zellstoff)
Printed in Germany

Ekstase. griech. ékstasis, eigtl. = das Aussichheraus-
treten: [religiöse] Verzückung, Entrückung; rauschhafter,
tranceartiger Zustand, in dem der Mensch der Kontrolle
seines normalen Bewußtseins entzogen ist.

In Erinnerung an meinen Vater Sardarilal Kakar,
ein überzeugter Agnostiker,
und an meine Mutter Bimla,
eine ebenso überzeugte Gläubige

GOPAL

I feel like dancing
The beat comes from you
Like a puppet on a string
you make me swing.

Ich habe Lust zu tanzen
Der Takt kommt von Dir
Wie eine Puppe am Faden
läßt Du mich schwingen.

Tukaram, *Tuka Says*

ERSTES KAPITEL

Gopals Visionen endeten, als ihm Brüste zu wachsen begannen. Er war fünfzehn. Es waren nicht die schlaffen Brüste alter Männer, sondern der kleine, feste, unverkennbare Busen eines jungen Mädchens, das noch nicht stolz ist auf seine Rundungen. Er war immer schon ein pummeliges Kind gewesen, doch nun schwoll das Fleisch auf seiner Brust an und formte zwei deutlich sichtbare Hügel. Am Anfang hielt er eine Zeitlang seinen Oberkörper selbst in der größten Sommerhitze mit einem Tuch bedeckt. Wenn er sah, daß auf den Feldern niemand in seiner Nähe war, schlug er auf seine Brüste ein und rief: «Geht wieder hinein, geht wieder hinein!»

Doch das waren nicht die einzigen Veränderungen, die an seinem Körper auftraten. Gleichzeitig mit seinen Brüsten wurden auch seine Genitalien größer und färbten sich dunkler als der Rest seiner Haut. Seine Schultern wurden breiter, aber auch seine Hüften rundeten sich sichtlich. Damals glaubte er, die Zeit seiner ekstatischen Erfahrungen sei zu Ende, weil sich die Götter von ihm abgewandt hatten, da er kein Kind mehr war; er glaubte, ihnen mißfiele, wie sein Körper sich veränderte.

Seit seinem zehnten Lebensjahr war er bei religiösen Zeremonien und Festen im Dorf immer sehr begehrt gewesen, und er liebte es, bei diesen Gelegenheiten zum Lob des Gottes oder der Göttin, die gerade gefeiert wurden, zu singen. Was seine Zuhörer so faszinierte, waren nicht nur seine süße Stimme, ein lyrischer Sopran, und sein Gespür für Melodie und Rhythmus, sondern die Intensität und Aufrichtigkeit der Gefühle, die er in seinen Gesang legte, besonders bei jenen Liedern, die Krishna, seinen Lieblingsgott, priesen. Dreimal hatte er, während er vor den Gläubigen saß und mit anderen gemeinsam sang, gesehen, wie das Bildnis des Gottes zum Leben erwachte. Unwillkürlich war er aufgestanden und hatte seine Arme nach dem Gott ausgestreckt. Während sich eine ehrfürchtige Stille auf die Versammlung herabsenkte, begann sein Körper sich im Rhythmus zu bewegen, und Loblieder stiegen trillernd aus den Tiefen seiner Brust auf, ohne daß er bewußt ein bestimmtes Lied gewählt oder gar auf den Text geachtet hätte. Er geriet immer mehr in ekstatische Verzückung und Tränen des Glücks flossen in einem unablässigen Strom aus seinen halbgeschlossenen Augen. Nach einer Weile war seine Entrückung so vollkommen, daß sein Gesang mitten im Satz abbrach. Seine Gliedmaßen versteiften sich, sein Körper wurde starr wie eine Statue, und man mußte ihn stützen, damit er nicht stürzte und sich verletzte.

Er war beinahe vierzehn Jahre alt, als ihm die letzte und eindrucksvollste Vision seiner Kindheit gewährt wurde. Es geschah am frühen Abend, zu Beginn der Monsunzeit, als sich die Sturmwolken noch nicht zu einer dunklen Masse aufgetürmt und den Himmel vollständig verdeckt hatten, sondern immer noch klein und verspielt in Scharen über den Himmel zogen. Er war gerade auf dem Heimweg und ging, Puffreis knabbernd, auf einem schmalen Lehmdamm zwischen den gepflügten Feldern hindurch, als er aufsah und über sich einen Schwarm weißer Kraniche erblickte, die in einem Bogen vor einer tintenschwarzen Wolke flogen, eine Wolke, die sich ausdehnte und nach und nach die untergehende Sonne auslöschte. Der Kontrast zwischen den Formen war von so großer Schönheit, daß er voller Staunen auf die Knie sank. Eine gewaltige Kraft hob ihn vom Boden auf, während er weiterhin vergeblich kniete, und trug ihn in das Bild hinein, das er gerade gesehen hatte. Die Wolke und die Kraniche beschrieben einen Bogen und füllten nun sein gesamtes Blickfeld aus. Die frisch umgepflügten Erdklumpen auf den Feldern und die Vogelscheuche aus getrockneten Hirsehalmen, die nur ein paar Meter links von ihm stand, verschwanden. Er hatte das Gefühl, die Wolke beinahe berühren und seine Hand durch den blutroten Lichtfetzen stecken zu können, der sie begrenzte. Er konnte den kommenden Regen riechen und die kühle Luft spüren, die bald heranwehen würde, während seine Füße in Erwartung des Auftreffens auf die feuchte Erde kribbelten.

Dann begann sich der äußere Rand seines Blickfeldes zu verdunkeln. Die Wolke und die Kraniche wurden von der sich ausbreitenden Dunkelheit verschluckt. Diese verstärkte sich noch den Bruchteil einer Sekunde lang, ehe in ihrem Inneren wie bei einem rasend schnellen Sonnenaufgang plötzlich ein Licht aufstrahlte und seinen gesamten Gesichtskreis erleuchtete. Nun sah er Krishnas breite, blauschwarze Brust, über der ein Kranz aus weißen Jasminblüten lag. Sie wirkte so einladend, daß er dem Drang, seinen Kopf an das dunkle Fleisch des Gottes zu lehnen, nicht widerstehen konnte. Als seine Wange die dunkle Haut des Gottes berührte, brandete die Ekstase in einem so machtvollen Strom durch seine Glieder, erfüllte ihn mit so überwältigender Verzückung, daß er nicht länger das Gefühl hatte, in seinem Körper zu sein.

Als er an jenem Abend wieder zu sich kam – er war nicht bewußtlos gewesen, sondern nur abwesend, ekstatisch abwesend –, war er zu Hause. Er lag auf der vertrauten Strohmatte, die auf dem Lehmboden ihrer Hütte ausgebreitet war. Eine Petroleumlampe, die in einer Ecke brannte, warf die flackernden Schatten seiner Mutter und der beiden auf dem Boden hockenden Männer auf die Wand vor ihm. Sein Kopf lag weich im Schoß seiner Mutter. Sie wiegte ihren Oberkörper vor und zurück, während sie verzweifelt vor sich hin wimmerte. Die beiden Bauern, die ihn scheinbar bewußtlos auf dem Feld gefunden und nach Hause gebracht hatten, versuchten vergeblich, sie davon zu überzeugen, daß dem Jungen nichts fehle und er nur ohnmächtig geworden sei. Als sie sah, daß er die

Augen aufschlug, umschlang sie seinen Kopf mit ihren Armen und preßte ihn krampfhaft an ihre bebende Brust. Vor Erleichterung weinend, bedeckte sie sein Gesicht mit Küssen und verrieb ihre warmen Tränen auf seiner Haut.

Seine Mutter machte sich Sorgen um ihn. Amba war selbst tiefreligiös, und so begrüßte sie es, wenn ihr Sohn begeistert an ihrer täglichen Verehrung der Hausgötter teilnahm. Doch sie fühlte sich unwohl dabei, ihn zu den rituellen Zeremonien der Nachbarn gehen zu lassen. Sie fand es nicht normal, daß ein Junge in seinem Alter schon so religiös war. Sie runzelte die Stirn, wenn die Frauen aus dem Dorf behaupteten, er sei ein außergewöhnlich begnadetes Kind. «O Gopals Mutter», sagten sie, «wir sind wie Tiere, wenn wir nicht Gott zu Ehren singen. Der Heilige Surdas sagt, sich singend den Füßen Gottes zu nähern reiche aus, um Steine auf dem Wasser schwimmen zu lassen, und dein Sohn wurde durch Gott gesegnet, so daß er Ihn im Reich des Gesangs zu rühren weiß. Er ist dazu bestimmt, ein großer Heiliger zu werden, so wie Surdas oder Kabir.» Amba mochte es nicht, wenn sie von Heiligen sprachen.

«Heilige verlassen ihr Zuhause», fuhr sie einmal eine besonders lästige Nachbarin an. «Sie verdienen nie genug Geld, um ihre Familie zu ernähren. Sollen doch die Feinde meines Gopals Heilige werden!»

Die ekstatischen Trancen hatten sie zutiefst beunruhigt. Das war etwas für hysterische junge Frauen oder gottestolle, von Ganja berauschte *sadhus*, und nicht für kleine Jungen. Sie vermutete eine unerkannte physische Krankheit als Ursache für die Trancen, und daß er auf den Feldern ohnmächtig geworden war, schien ihre schlimmsten Befürchtungen zu bestätigen. Sie beschloß, ihn nicht mehr zur Schule gehen zu lassen, bis der westliche Arzt, der alle drei Wochen den ganzen Weg aus dem dreißig Meilen entfernten Jaipur in ihr Dorf kam, den Jungen gründlich untersucht hatte. Sie hatte nicht viel Vertrauen

12

zum Dorf-*vaid*, von dem es hieß, er trinke heimlich selbst einige seiner Arzneien mit einem hohen Alkoholanteil, und der bei dem Jungen nichts hatte feststellen können.

«Du bist gesegnet, Gopals Mutter», hatte er gesagt, wobei sein Atem nach Alkohol und Heilkräutern stank und er seine gelben, schiefen Zähne bleckte, was wohl ein gewinnendes Lächeln sein sollte. «Die Trancen des Jungen sind von Gott gesandt, es liegt nicht an einer Störung im Gleichgewicht seiner Körpersäfte.»

Mit seiner reinen, schimmernden Haut, seinen langen Wimpern und seinen zarten Gesichtszügen hatte Gopal immer schon wie ein hübsches Mädchen ausgesehen, und die anderen Jungen hatten ihn mit anzüglichen Bemerkungen und derben Gesten gequält, bis ihm heiße Tränen der Scham in die Augen traten. Manchmal, wenn einer der Jungen besonders obszön gewesen war, stieg eine widerlich schmeckende gelbliche Flüssigkeit – der körperliche Ausdruck des Ekels seiner reinen Seele – in Gopals Kehle auf, die ihn, in dem Drang, sie sofort auszuspeien, würgen ließ. Dann, eines Tages, als er über die Grenzen seiner Leidensfähigkeit, die ihm sein sanftes und schüchternes Wesen setzte, hinausgetrieben worden war, hatte Gopal einen seiner Peiniger verflucht. «Eine Schlange soll dich heute nacht beißen, während du schläfst. Morgen früh wirst du tot sein. Das ist der Fluch eines Brahmanen, und der Fluch eines Brahmanen ist ein Befehl, den nicht einmal die Götter zu mißachten wagen.» Die Jungen waren verstummt, Sorge spiegelte sich in ihren Gesichtern. Der Fluch eines Brahmanen war eine ernste Angelegenheit, selbst wenn der Brahmane noch ein halbes Kind war. Der Junge, der ihn gequält hatte, versuchte, sein merkliches Unbehagen zu verbergen, doch als er sich umdrehte und davonstolzierte, drohte sein großspuriges Auftreten jeden Augenblick zusammenzubrechen.

Ein paar Tage lang geschah nichts, obwohl der Junge zu Beginn einige schlaflose Nächte verbracht haben mußte. Dann, eine Woche später, als er nachmittags im Schatten eines Mangobaums döste, wurde er von einem Skorpion gestochen und verlor vor Schmerz das Bewußtsein. Für die anderen Jungen hatte sich damit Gopals Fluch erfüllt, und nach diesem Vorfall mieden sie seine Nähe, da ihre frühere Abneigung nun von einem Hauch Angst durchzogen war.

Aus Furcht vor seinen erwiesenen brahmanischen Kräften, mit denen er seine Peiniger verfluchen konnte, verhöhnten die anderen Jungen Gopal nun nicht mehr offen wegen seiner Brüste und seiner immer fraulicheren Gestalt. Statt dessen warfen sie sich, sooft sie ihm begegneten, ein wissendes Lächeln oder Grinsen zu. Sobald er an ihnen vorbeigegangen war und ihnen den Rücken zuwandte, hörte er sie kichern und manchmal auch das entrüstete Kreischen eines Mädchens nachahmen, dessen Brüste verstohlen berührt worden waren. Er haßte alle Jungen.

Gopal störte es nicht weiter, daß die Jungen ihn nicht in ihren Kreis aufnahmen. Er hielt sich ohnehin viel lieber in der Gesellschaft von Frauen auf. Er begleitete seine Mutter gerne, wenn sie morgens zum Brunnen ging, um Wasser zu holen und mit den anderen Frauen den neuesten Dorfklatsch auszutauschen. Er liebte es, hinter ihr herzutrotten, wenn sie den Boden der Hütte fegte. Er war glücklich, wenn er das Gemüse schnitt, während sie kochte, und den Kochtopf mit Wasser und Lehm schrubbte, nachdem sie gegessen hatten. Die Morgen- und Abend-*pujas*, bei denen er gemeinsam mit seiner Mutter sang, waren die Höhepunkte seines Tages.

Später am Abend, wenn das Dorf für die Nacht zur Ruhe gekommen war und vereinzeltes Hundegebell und ferne Eulenrufe die Geräusche der Vögel, des Viehs und der Menschen, welche den Tag erfüllten, abgelöst hatten, lag Gopal immer noch hellwach neben seiner Mutter auf der Schlafmatte. Er mußte mit ihr reden und, mehr noch, ihre beruhigend geflüsterten «Hmm-m-ms» und einsilbigen Antworten hören, die die Dunkelheit in Schach hielten, ehe er vom Wachsein ablassen konnte. Er mußte ihr alles erzählen, was er tagsüber erlebt hatte, mußte seine Liebe zu ihr in die Wärme seiner Stimme und die flatternden Berührungen seiner Finger einfließen lassen, ihr die kleinen Geheimnisse seines Kinderherzens enthüllen, ehe er einschlafen konnte. Die ganze Nacht über schlief er eng an ihren Rücken geschmiegt, fühlte den Körper seiner Mutter an seinem eigenen und spürte dessen Struktur wie eine Tätowierung unter seiner Haut.

Während der letzten Jahre hatte Gopal begonnen, sich vor den Frauen aus dem Dorf in acht zu nehmen, die ihn baten, bei ihren *pujas* zu singen. Die Jüngeren wollten von ihm Lieder über Radhas Sehnsucht nach Krishna hören und kicherten und flüsterten miteinander, während er sang. Und sie berührten ihn. Mit ihren federleichten Fingern strichen sie über seinen Unterleib, Berührungen, vor denen er zurückwich, als bohrten sich spitze Eisenstäbe in seine Haut. Die älteren Frauen waren noch schlimmer. Er freute sich jedesmal über den Glanz in ihren Augen, wenn sie ihm gegenüber in ihrer Küche saßen und ihn mit Essen überhäuften. Doch er haßte es, wenn sie ihn voll überschwenglicher Liebe an ihre Brust drückten. Er fürchtete den Augenblick, wenn sich die Arme einer Frau plötzlich um seinen Hals schlangen und sein Gesicht gewaltsam nach vorne gerissen und seine Nase gegen ihren weichen Körper gepreßt wurde. Er wand sich und versuchte, sein Gesicht zur Seite zu drehen, um mit Mund und Nase wieder an frische Luft zu kommen. Er wollte frei atmen, um dem aus Küchengerüchen nach Kurkuma, gebratenen Zwiebeln und Schweiß zusammengesezten Geruch zu entgehen.

«Mein Gopal», rief die Frau aus, die seine atemlosen Qualen nicht bemerkte, und drückte ihn wieder und wieder an ihren wogenden Busen, während er darum kämpfte, nicht darin zu ertrinken. Die einzige Möglichkeit zu entkommen bestand darin, die Frau heftig von sich zu stoßen und dann, um von diesem Affront abzulenken, die Augen zu schließen und zu singen. Daraufhin zogen sich die Frauen jedesmal zurück und lauschten, beherrschten den Impuls, ihn fest in den Arm zu nehmen, während er durch seinen Gesang in die göttlichen Sphären entfloh, die ihm bereits zur zweiten Heimat geworden waren.

ZWEITES KAPITEL

Der Vishnu-Tempel auf dem Hügel, an dessen Fuß Deogarh lag, war von Seth Lodhamal errichtet worden, einem Mitglied der gleichen Bania-Familie, die auch das Geld für die Dorfschule gestiftet hatte. Der Tempel von Deogarh hatte ursprünglich auf gleicher Stufe mit den großen Tempeln stehen sollen, die andere berühmte Banias, die nach Kalkutta gegangen waren, in den Dörfern von Shekhawati erbaut hatten, oder war zumindest als deren respektabler Verwandter angelegt gewesen, doch nun wirkte er, als habe der Bauherr in der letzten Phase des Baus einen massiven Aderlaß, entweder finanzieller oder religiöser Art, erlitten. Tatsächlich mußte Lodhamal seine Ausgaben für den Bau einschränken, nachdem er bei Spekulationsgeschäften große Verluste gemacht hatte, als am Ende des Ersten Weltkrieges die Jutepreise einbrachen. Die Kuppel des Tempels und die Säulen in der Haupthalle waren also aus gewöhnlichem Sandstein gefertigt und nicht aus dem strahlendweißen Makarana-Marmor, den Lodhamal ursprünglich dafür vorgesehen hatte. Auch die Holzpartien des Tempels bestanden aus billiger Himalaya-Zeder und nicht aus prächtigem Teakholz; der Boden war mit Schiefer aus unbekannten Schieferbrüchen ausgelegt und nicht mit warmen, honigfarbenen Steinfliesen aus Jaisalmer veredelt worden. Der Tempel hatte schon bei seiner Weihe im Jahr 1925, fünf Jahre vor Gopals Geburt, schäbig ausgesehen. Glücklicherweise war der Bau eines Rasthauses für Pilger und *sadhus* am Fuß des Hügels, das in Lodhamals ursprünglichem Plan vorgesehen war, schon abgeschlossen, ehe der Händler einen Großteil seines Vermögens verlor. Dieses Rasthaus lag in der Nähe der Pilgerstraßen zum Tempel der Sitalamata – der Pockengöttin – in Sheel

17

Dungari, nach Naraina, dem Zentrum der asketischen Dadupanth-Sekte, zum Sonnentempel hoch über der Galta-Schlucht in der Nähe von Jaipur und nach Pushkar und anderen heiligen Stätten noch weiter im Süden und war so zu einem beliebten Halt der umherziehenden *sadhus* geworden.

Während Gopals Kindheit lag der Vishnu-Tempel den größten Teil des Jahres verlassen da. Die Gläubigen aus Deogarh und einigen umliegenden Dörfern besuchten ihn nur zu besonderen Anlässen, wie den Geburtstagen der höchsten Götter, vor allem Ramas und Krishnas. Für ihre täglichen Anbetungen und die Feierlichkeiten zu Ehren der Dorf- oder Familiengottheiten bevorzugte jede Kaste ihren eigenen bescheidenen Tempel im Ort oder begnügte sich, im Fall der niedrigeren Kasten, mit einem freistehenden Schrein. Das Rasthaus hingegen, ein angenehmer, luftiger Platz mit einem der in dieser Gegend seltenen Süßwasserbrunnen, hatte sich unter den *sadhus* den Ruf eines nicht an eine bestimmte Glaubensrichtung gebundenen Ruheortes erworben, an dem Asketen aller Sekten willkommen waren.

Schon wenige Jahre nach dem Bau des Tempels hatten sich die Einwohner von Deogarh an den Anblick aller möglichen *sadhus* gewöhnt, die, mehr oder weniger prächtig gekleidet, auf ihrem Weg zum Rasthaus durch den Basar gingen. Manche hüllten sich in ungenähten weißen Stoff. Andere trugen wallende ockerfarbene Umhänge, während wieder andere es vorzogen, mit Ausnahme eines ausgebleichten roten Stoffstreifens, der gerade ihre Genitalien bedeckte, nackt umherzugehen.

Es dauerte nicht lange, bis Gopal die unterschiedlichen Orden der verschiedenen asketischen Sekten kannte, und er berichtete seiner Mutter fröhlich von seinen neuesten Entdeckungen, wenn er abends vom Rasthaus nach Hause kam. Die meisten *sadhus* gehörten einem der zehn Dashnami-Orden an. Sie trugen im allgemeinen ockerfarbene Kleidung, hielten einen einzackigen Holzstab in der Hand, und um ihren Hals hing eine Perlenkette aus vierundfünfzig Rudraksha-Samen. Bei den horizontalen Stirnmalen, die sie jeden Morgen ehrfurchtsvoll mit Asche aufmalten, handelte es sich entweder um drei Linien, die Shivas Dreizack darstellten, oder um nur zwei Linien mit einem Punkt darüber oder darunter, die den Phallus des Gottes symbolisierten.

Die Anhänger Vishnus trugen vorzugsweise Weiß, und die meisten von ihnen schoren sich den Kopf, ganz im Gegensatz zu vielen Dashnamis, die mit verfilzten Locken umhergingen. Außerdem trugen sie eine Kette aus Tulsi-Samen. Genau wie die Dashnamis verteilten auch sie sich auf verschiedene Orden. Die Verehrer des Göttlichen Paares Sita und Rama erkannte man an ihrer Halskette aus einhundertundacht Tulsi-Samen, an ihrem dreizackigen Stab und an zwei weißen und einer roten vertikalen Linie auf ihrer Stirn. Die Verehrer von Radha und Krishna trugen ein U-förmiges weißes oder schwarzes Stirnmal, und um ihren Hals hing eine Schnur mit einer Perle aus einem einzelnen großen Tulsi-Samenkern.

Innerhalb des jeweiligen Mönchsordens hatte jeder *sadhu* eine ganz bestimmte Stellung in der Hierarchie inne, die durch den Grad seiner spirituellen Vollkommenheit bestimmt wurde – vom Novizen über den Avadhut zum fortgeschrittensten von allen, dem Parmahamsa. Von letzteren, dies entnahm Gopal den Gesprächen der *sadhus*, gab es im ganzen Land nicht mehr als ein Dutzend. Manche sagten, der größte Parmahamsa der letzten hundert Jahre sei der Heilige Ramakrishna aus Dakshineshwar gewesen, obwohl andere dies anzweifelten.

Gopal erfuhr, daß ein Parmahamsa ein Mensch ist, der schon so weit auf dem spirituellen Weg fortgeschritten ist und ein so tiefes Wissen um das Selbst erworben hat, daß die alltäglichen Vorschriften, die ein Asket befolgen muß, wie etwa vegetarische Ernährung, für ihn nicht länger bindend sind. Wenn die meisten Parmahamsas auch weiterhin Vegetarier bleiben, so tun sie dies aus freien Stücken.

«Anders als wir übrigen», erzählte ihm ein *sadhu*, «wählt der Parmahamsa, was er muß.»

«Oh!» sagte ein anderer und steigerte damit noch Gopals Verwirrung. «Er kann nur deshalb tun, was er mag, weil er nicht tut, was er will.»

Die *sadhus* fanden ein kindliches Vergnügen an solch kryptischen Aussagen, die Gopal zu jener Zeit sehr rätselhaft erschienen und die er erst verstand, als er viel älter war.

«Woran erkenne ich einen Parmahamsa?» fragte er.

«Du wirst ihn mit deinen spirituellen Augen sehen, wenn die Zeit dafür gekommen ist», war eine der unbefriedigenden Antworten.

«Du könntest ihm im Basar begegnen und würdest nie vermuten, daß er einer ist», erwiderte ein anderer *sadhu*. «Manchmal verhält er sich wie ein Verrückter, doch er ist der weiseste aller Menschen, ihm wurde die höchste Erkenntnis zuteil, und er hat die Identität von individuellem Selbst und universeller Seele erfaßt.»

«Seine Selbstbeherrschung ist so perfekt, daß nichts seinen Gleichmut erschüttern kann, außer natürlich, er möchte sich erschüttern lassen. Er ist so rein, daß selbst der verunreinigendste Stoff ihn nicht beflecken kann. Er verehrt Shiva oder Vishnu oder beide. Er ist Monist oder Theist oder keines von beidem. Er glaubt an einen persönlichen Gott oder an einen Gott ohne Gestalt und Eigenschaften, oder aber er spricht überhaupt nicht von Gott.»

«Verwirrt den armen Jungen nicht so», sagte ein alter *sadhu*, der gerade zu der Gruppe gestoßen war. «Hör zu, mein Sohn! Eines Tages versuchte der fünfjährige Enkel meines Bruders beim Teich in der Nähe unseres Dorfes Grashüpfer zu fangen. Es wehte ein starker Wind. Damit die Blätter nicht länger raschelten, sprach er den Baum an.

‹Psst!› sagte er. ‹Ich will einen Grashüpfer fangen.› An einem anderen Tag war es ziemlich stürmisch und es blitzte. Er sah aus dem Fenster und verkündete der Familie: ‹Seht nur! Sie zünden wieder Streichhölzer an!› Und ein Parmahamsa, mein Sohn, ist die ganze Zeit über wie dieser fünfjährige Junge. Für ihn ist alles mit Bewußtsein erfüllt.»

Als er an jenem Abend vor dem Herdfeuer saß und sein Abendessen aß, fragte Gopal seine Mutter: «Kann ich ein Parmahamsa werden, Mama? Ich würde gerne einer werden.»

Sie antwortete nicht sofort und lud mehr *dal* auf seinen Messingteller. Er war immer so ein süßes Kind gewesen, voll sanfter Unschuld, die er auch dann nicht verlor, als er älter wurde und schon an der Schwelle zur Jugend stand. Abgesehen von seiner unnormalen Begeisterung für alles, was mit Religion zu tun hatte, und der Zeit, als er wegen der Gemeinheiten der anderen Jungen nicht mehr zur Schule gehen wollte, hatte er ihr nie Anlaß zur Sorge gegeben. Das Schicksal, das ihr schon in so jungen Jahren den Ehemann genommen hatte, hatte sie gleichzeitig mit einem Sohn gesegnet, dessen Welt sich um seine Mutter drehte. Sie konnte sich nicht vorstellen, daß sie jemals getrennt sein würden.

«Ich will aber nicht, daß aus meinem Gopal ein Parmahamsa wird», sagte sie leichthin, obwohl Vorahnungen schwer auf ihrem Herzen lasteten.

*

Das Dorf Deogarh, in dem Gopal in den dreißiger Jahren aufwuchs, lag dreißig Meilen nördlich von Jaipur. Deogarh lag am Fuß eines nicht sehr hohen, felsigen, mit trockenem Gestrüpp und kargem Dornwald bewachsenen Hügels und war ein recht großer Ort, in dem etwa zweihundert Familien lebten. Die meisten Männer waren

Pachtbauern. Sie bewirtschafteten kleinere Pachtgüter, die nur selten mehr als fünfzehn Morgen Land umfaßten und die dem Maharadscha von Jaipur, dem *durbar*, gehörten. Sie brachten zwei Ernten pro Jahr ein: Weizen im Winter und Mais im Sommer; aber nur, wenn der Regengott in seiner Launenhaftigkeit den Menschen wohlgesonnen war. Doch die Launen der Götter waren nichts im Vergleich zu der Gier der Mächtigen.

Jedesmal, wenn nicht genug Regen fiel, was in dieser trockenen Gegend nur allzu häufig vorkam, liehen die Dorfbewohner zu maßlos übertriebenen Zinsen Geld von den Geldverleihern. Selbst in guten Zeiten zögerten sie nicht, anläßlich besonderer familiärer Ereignisse Geld zu leihen, etwa bei Hochzeiten, wo es eine Frage der Ehre war, vor allem unter den Rajputen, diese verschwenderisch zu feiern, indem man Geld ausgab, das man nicht besaß. Dies hatte zur Folge, daß sich nach jeder Ernte der Geldverleiher und der Steuereinnehmer des *durbar* zusammensetzten und festlegten, welchen Anteil an seinen Erzeugnissen ein Bauer abgeben mußte, um sie beide zufriedenzustellen, und dem armen Mann gleichzeitig noch genug blieb, um zu überleben. Verglichen mit den *thakurs* und anderen kleineren Fürsten in seinem Königreich war der Maharadscha von Jaipur ein durchaus gütiger Herrscher. Die *thakurs* erhoben Steuern zu jedem Anlaß, der ihnen in den Sinn kam: der Geburtstag des Klanchefs und seines Erben, Geburtstage der Götter oder Hochzeiten, Geburten und Totenfeierlichkeiten im Palast. Selbst die zahlreichen Jagdpartien, die die Rajputen-Fürsten besonders liebten, wurden bezahlt, indem man der Landbevölkerung neue Steuern auferlegte. Wenn ein britischer Ehrengast und seine *mem*, die mit dem Wagen aus Delhi gekommen waren, mit dem Fürsten und seinen Gefolgsleuten auf die Jagd gingen, waren sie sich nur selten der Tatsache bewußt, daß die Kosten für ihren Ausflug, inklusive der üppigen Mahlzeiten, die mit ganzen Flaschen schottischem Whiskey und erlesenen französischen Weinen heruntergespült wurden, von den unterernährten Männern mit den großen Turbanen und spindeldürren Beinen getragen wurden, die sich am Straßenrand in den Staub warfen, wenn die Elefanten, die die Jagdgesellschaft trugen, an ihnen vorbeizogen.

Eine staubige Straße, die am Fuße des Hügels begann, verlief durch die Dorfmitte, wo sie den Basar bildete, dann aus dem Dorf heraus, durch die Felder und traf fünf Meilen entfernt auf die Hauptstraße, die von Delhi nach Jaipur führte. Der Basar, in dem die Straße gesäumt war von den Läden der Korn- und Stoffhändler und anderen Geschäften, in denen Messing- und Kupfergeschirr, Öl, Tee, Salz, Kuchen aus Palmzucker und weitere Haushaltswaren verkauft wurden, war der allgemeine Treffpunkt der Dorfbewohner, wo auch vorzugsweise die Neuigkeiten ausgetauscht wurden. Ausgemergelte Rinder und magere Ziegen strichen auf ihrem Weg zu den Hängen des Hügels, wo sie weideten, durch den Basar, und oft sah man auch Kamele, die ihre Reiter durch den Basar trugen oder vor einem Teeladen angebunden wurden, in dem sich ihr Besitzer einen Becher heißen, milchigen Tee und ein paar Züge aus der großen Wasserpfeife genehmigte.

Der Basar diente auch als Wochenmarkt für ein halbes Dutzend umliegende Dörfer. Gopal ging gerne an Markttagen in den Basar, wenn sich dort die Besucher aus anderen Dörfern drängten. Er beobachtete die Großfamilien, die sich langsam von einem Laden zum nächsten bewegten, die Frauen in ihren farbenfrohen kurzen Miedern und den langen Röcken und die wie kleine Erwachsene gekleideten Kinder in ihrer Mitte. Große, ausgezehrte Männer in verschlissenen weißen Umhängen, aber mit prächtig gefärbten roten, gelben, magenta- und grellrosafarbenen Turbanen gingen am äußeren Rand dieser Gruppen. Mit dem gespannten, wachsamen Gesichtsausdruck eines Hütehundes trieben sie jedes Kind weiter, das zu lange vor einem Laden stehengeblieben war. Mehr Geduld hatten sie mit ihren Frauen, wenn diese um ein kleines bißchen Luxus feilschten – Armreifen aus buntem Glas für sich selbst, Stoff für ein Kinderhemd, knorrige Kurkuma-Wurzeln und getrocknete rote Chilischoten für die Küche und, nach einer besonders reichen Ernte, vielleicht, einen polierten Kupferkessel und neue Messingbecher für die ganze Familie.

Auf jeder Seite des Basars zweigten schmale Gassen ab und verloren sich in den eng beieinander stehenden Häusern mit lehmverputzten Steinmauern und lose gedeckten Dächern. Die Aufteilung des Dorfes entsprach einer versteckten Ordnung, die dem flüchtigen Beobachter nicht sogleich ersichtlich war. Die Häusergruppen waren in drei Bereiche aufgeteilt, die den jeweiligen Vierteln der drei Hauptkasten – der Rajputen, der Banias und der Jats – entsprachen, deren verwinkelte Grenzen zwar unsichtbar, aber dafür umso strenger gezogen waren. Die Bewohner dieser Enklaven bildeten die größten Steinchen im Mosaik des Dorfes und hatten jeweils ihre eigenen bevorzugten Götter, Bräuche, Traditionen und Lebensweisen. Doch es gab auch vieles, das sie mit den anderen Gruppen teilten, weil es sich aus den gemeinsamen Traditionen des Dorfes herleitete.

Weiter außerhalb lagen die strohgedeckten Lehmhütten der ärmeren Gemeinschaften – der Landarbeiter und Kuhhirten, der Friseure und Schuster, der beiden Schmiede und des Ölpressers, in dessen Hof ein Ochse den ganzen Tag lang mit verbundenen Augen im Kreis um eine Holzpresse herumlief. Die acht Brahmanenfamilien, zu denen auch Gopals Familie gehörte, die die Priester, den Genealogen und den Lehrer des Dorfes stellten, lebten alle zusammen in einer eigenen Enklave in der Nähe des Viertels der herrschenden Rajputen. Denn obschon die Rajputen, genau wie die Jats, nur Kleinbauern waren, besaßen zumindest einige von ihnen noch eigenes

Land. Aufgrund ihrer Stammesbeziehungen zu den Fürsten der Gegend und sogar zum Maharadscha von Jaipur waren sie sehr stolz auf ihre Abstammung, was dazu führte, daß sie einen höheren sozialen Status für sich in Anspruch nahmen. Die hart arbeitenden und viel sparsameren Jats fochten nun diesen Vorrang an. Die Kinder der Jats gingen zur Schule, während die Rajputen jegliche schulische Ausbildung weiterhin verachteten. Sie folgten dem Beispiel ihrer Fürsten, die lesen und schreiben zu können für unter ihrer Würde hielten und dafür ihre Dienstboten hatten. Ein Jahr zuvor hatte sich die wachsende Feindseligkeit zwischen den Jats und den Rajputen so sehr zugespitzt, daß sie in gewalttätige Auseinandersetzungen auszubrechen drohte, die möglicherweise sogar auf große Gebiete Rajputanas hätten übergreifen können. Das alles hatte mit Bhawani Singh und dem Hochzeitspferd angefangen.

Bhawani Singh war ein hitzköpfiger junger Rajput, der in der Kavallerie des Maharadschas von Jaipur, der «Kachwaha Horse», diente. Obwohl seine junge Braut zu Hause auf ihn wartete, kam Bhawani Singh nur selten ins Dorf. Die anderen jungen Rajputen veranstalteten Feste für ihn und scharwenzelten um ihn herum, wenn er da war, und so verbrachte Bhawani Singh die meiste Zeit im Dorf damit, gemeinsam mit seinen Freunden zu trinken. Sie schmeichelten ihm mit ihrer Aufmerksamkeit, und er ergötzte sie mit Berichten über Hofintrigen und anderem Klatsch aus der Hauptstadt.

Bei einem seiner Besuche in Deogarh begegnete Bhawani Singh, begleitet von einem seiner Saufkumpane, abends auf dem Nachhauseweg dem Hochzeitsumzug einer Jat-Gesellschaft. Die beiden Rajputen traten zur Seite, um die Hochzeitsgesellschaft in der engen Straße vorbeizulassen. So betrunken er auch war, bemerkte Bhawani Singh doch, daß der Bräutigam auf einem Pferd saß. Das war unerhört, eine grobe Verletzung jeglichen Anstands.

Den Jats war es verboten, ein Pferd zu besteigen, dieses Privileg war allein den Rajputen vorbehalten.

«Bastarde!» schrie Bhawani Singh und lief nach Hause, um das Familienschwert zu holen, eine Erinnerung an die glorreiche kriegerische Vergangenheit der Kaste. Minuten später war er wieder zurück und stürmte, sein Schwert schwingend, auf das Pferd zu. Ehe er Unheil anrichten konnte, wurde er durch einen Schlag mit einem Bambusstock auf den Kopf niedergestreckt. Wütende junge Jats schlugen noch einige Male auf seinen Kopf ein, ehe sie von den Älteren der Gesellschaft zurückgerissen wurden. Bhawani Singhs Eltern, die vergeblich versucht hatten, ihn zurückzuhalten, trugen den Bewußtlosen nach Hause. Er starb am nächsten Morgen, ohne das Bewußtsein wiedererlangt zu haben.

An jenem Morgen war die Spannung im Basar von Deogarh mit Händen zu greifen. Schwer hing sie in der Winterluft, sickerte in die kalten Augen der grimmig dreinschauenden Männer und in die hastigen Bewegungen der Frauen, die gar nicht schnell genug in ihr sicheres Heim zurückkehren konnten. Im Rajputen-Viertel nahmen junge Männer Schwerter und Speere von den Haken an den Wänden, an denen diese alten Kriegswaffen lange unbenutzt gehangen hatten. Ein bewaffneter Zusammenstoß mit den Jats schien unmittelbar bevorzustehen. In dem benachbarten brahmanischen Viertel erlaubte Amba ihrem Sohn nicht, die Hütte zu verlassen. Diese Männer würden das Dorf in ein Schlachtfeld verwandeln.

Die erwartete gewaltsame Auseinandersetzung zwischen den Rajputen und den Jats fand jedoch nicht statt. Das sofortige Eintreffen eines Trupps der bewaffneten Polizei des *durbar* sicherte während der darauffolgenden beiden Tage einen unbehaglichen Frieden im Dorf, der den Hitzköpfen aus beiden Gemeinschaften die Gelegenheit gab, sich zu beruhigen, und den Besonneneren ermöglichte, einen Kompromiß auszuarbeiten. Die Jats entschuldigten sich für Bhawani Singhs Tod, und die Rajputen erkannten an, daß Bhawani Singh nicht ermordet worden war. Die Jats erklärten sich bereit, der Familie des Toten eine angemessene Entschädigung zu zahlen, und versprachen, die alten Bräuche, das Besteigen eines Pferdes betreffend, nicht mehr zu verletzen. Die kleine Brahmanen-Gemeinschaft von Deogarh blieb in diesem Konflikt zwischen den beiden Kasten neutral, obwohl sie als die Bewahrer der Traditionen natürlich eher mit den Rajputen sympathisierten.

Es war eine kleine, fest zusammengewachsene Gemeinschaft, die Amba und ihrem Sohn sofort geschlossen zur Seite stand, als Gopals Vater, der Dorfastrologe, an Tuberkulose starb, als Gopal fünf Jahre alt war. Er erinnerte sich nur noch verschwommen an seinen Vater, doch das Bild seiner Mutter am Tag der Bestattung seines Vaters stand ihm noch scharf und in allen Einzelheiten vor Augen. Amba saß mit steinernem Gesicht im Zentrum eines Kreises aus weinenden Frauen. Der zinnoberrote Puder auf ihrem Scheitel war abgewaschen worden und hatte nur einen hellen, verschmierten Fleck auf ihrer Stirn zurückgelassen. Ihre goldene Halskette und die goldenen Ohrringe lagen in einem kleinen Haufen vor ihr. Die Frau des *vaid* zerbrach Ambas gläserne Armreifen mit einem Stein und zerstörte damit die letzten äußeren Zeichen für ihren Status als verheiratete Frau. Dabei weinte sie mitleiderregend, betrauerte jedoch nicht nur den Tod von Gopals Vater, sondern beweinte gleichzeitig ihre eigene, gefürchtete zukünftige Witwenschaft. Gopal preßte sich an seine Mutter, deren warmer Körper ein Bollwerk bildete gegen das Gefühl innerer Auflösung und die Welle der Hoffnungslosigkeit, die über ihm zusammenschlug, und weinte zusammen mit den anderen Frauen. Amba trug bereits den weißen Sari, den sie nun für den Rest ihrer Tage nicht mehr ablegen würde, eine Witwe, aus deren Leben jede Farbe für immer getilgt und jeder

Schmuck für immer entfernt war. Wie bei den Banias und Rajputen und anders als bei den Jats und anderen niedrigeren Kasten heirateten Brahmanenwitwen kein zweites Mal.

Und obwohl Ambas Brüder aus Shekhawati kamen, um sie und ihr Kind wieder zurück in ihr Heimatdorf zu holen, schaffte es die Brahmanen-Gemeinschaft von Deogarh, Gopals Mutter zu überreden, in ihrem Dorf zu bleiben und nicht zu ihren Eltern zurückzukehren.

«Schwester, wir sind ebensosehr deine Familie, wie sie es sind», versicherten sie mit einer Aufrichtigkeit, die sich als überraschend dauerhaft erwies und länger anhielt als das übliche Mitgefühl, das bei einem solchen traurigen Ereignis von den Nachbarn erwartet wurde.

Bei zwei streitsüchtigen Schwägerinnen, die nun, nach dem Tod ihrer Mutter, in ihrem Elternhaus das Regiment führten, und einem kranken Vater, der seine Tochter und seinen Enkel nicht mehr vor den Angriffen der Frauen beschützen konnte, hielt es Amba für klüger, in Deogarh zu bleiben. Ihre Brüder fuhren, insgeheim erleichtert, zurück nach Hause, nicht ohne zu beteuern, daß sie ihr auf ewig ergeben sein und ihr unverzüglich helfen würden, sollte dies jemals notwendig werden.

Der frühe Tod von Gopals Vater brachte zwar einen merklich bescheideneren Lebensstandard, nicht jedoch akute Armut mit sich. Gopals Großvater, Pandit Vishnu Dutt Sharma, war zu seiner Zeit ein bekannter Astrologe gewesen. Sein Ruf war sogar bis zum *durbar* gedrungen. Als man ihn im Auftrag des Herrschers, Sawai Madho Singh, zum Ausgang der Rebellion von Dundlodh befragte, die dadurch ausgelöst worden war, daß der Maharadscha einen seiner eigenen Gefolgsleute zum Nachfolger des verstorbenen *thakur* dieses Besitzes bestimmt hatte, sagte Vishnu Dutt die Kapitulation der Rajputen, die das Fort von Dundlodh verteidigten, voraus, bei der keiner der Männer auf Seiten des Maharadschas sein Leben verlieren würde. Zufrieden darüber, daß diese Voraussage sich als zutreffend erwies, hatte Madho Singh den Astrologen belohnt, indem er ihm zehn Morgen fruchtbaren Ackerlands schenkte. Dieses Land wurde nun von einem Jat-Bauern bestellt, und Gopal und seine Mutter lebten von den Pachteinkünften, die der Pächter in Naturalien bezahlte. Die anderen Brahmanen-Familien halfen ihnen, indem sie ihren Anteil an den Erträgen verkauften, an ihrer Stelle mit dem Steuereinnehmer verhandelten und gelegentlich eine Bittschrift an den *durbar* aufsetzten, in der sie um eine Senkung der Abgaben ersuchten. Obgleich sie nur eine arme Witwe war, begegnete man Gopals Mutter im Dorf mit Respekt. Denn obwohl die Brahmanen in Deogarh nur eine winzige Minderheit bildeten, waren sie doch Teil der größeren, mächtigen Gemeinschaft der Brahmanen im Staat Jaipur, die den rajputischen Prinzen und Fürsten als Minister und Vertraute, Köche und Kammerherren, Astrologen und Ärzte, Sänger und Genealogen dienten.

*

Das Rasthaus war zu Gopals neuer Schule und die umherziehenden *sadhus* zu seinen Lehrern geworden, die ihm das Reich der Seele erschlossen, statt Wissen zu vermitteln. Voller Ehrfurcht und Bewunderung blickte Gopal unterschiedslos zu allen *sadhus* auf. Seine Mutter ermahnte ihn, sich nicht von Äußerlichkeiten täuschen zu lassen. Es gab immer einige Schurken unter diesen Gottesmännern, die zwar vorgaben, der Welt zu entsagen, in Wirklichkeit jedoch nur Landstreicher waren, die sich die gespendete Nahrung erschlichen und ansonsten ein lasterhaftes Leben mit Drogen und Alkohol führten. Doch da es Gopal viel mehr danach drängte, zu bewundern als Unterscheidungen zu machen, hörte er Ambas Warnungen gar nicht.

Von seinem dreizehnten bis zu seinem fünfzehnten Lebensjahr wurde das Rasthaus zum Mittelpunkt von Gopals Leben. Nachdem er seiner Mutter morgens bei der Hausarbeit geholfen hatte und danach in die Schule gegangen war, verbrachte er den Nachmittag meistens mit den *sadhus* und kehrte erst nach der Abendandacht, lange nach Sonnenuntergang, nach Hause zurück. Seine Mutter, die sich jedesmal Sorgen um ihn machte, brachte ihre Mißbilligung zum Ausdruck, indem sie wegen ihm aufblieb und auf ihn wartete und nicht zu Abend aß, ehe er wieder zu Hause war. Da sie jedoch mit dem Glauben und den Ritualen einer orthodoxen Brahmanen-Familie aufgewachsen war, konnte sie sich nicht dazu durchringen, ihm den Umgang mit den heiligen Männern zu verbieten, die zu ehren auch sie von klein auf gelehrt worden war.

Gopal liebte es, den *sadhus* zuzuhören, wenn diese in kleinen Grüppchen zusammensaßen, in einem einfachen *chillum* Ganja rauchten, sich darüber unterhielten, in welchen Pilgerzentren es das beste Ganja gab oder welche reichen Familien entlang der Pilgerstraßen umherziehenden *sadhus* gegenüber besonders großzügig waren, und den neuesten Klatsch aus den verschiedenen Klöstern austauschten. Manche erzählten auch Geschichten über die Wunder, die einige Yogis vollbrachten, und stützten ihre theologischen Ansichten mit Geschichten aus dem Leben von Heiligen und Göttern, welche ihre Argumente illustrieren sollten, wobei die Geschichten jedoch immer weniger mit der eigentlichen Diskussion zu tun hatten, je weiter der Nachmittag voranschritt und die Wirkung der Droge stärker wurde. In der Gesellschaft dieser *sadhus* hatte Gopal das Gefühl, sich einer unsichtbaren Welt zu nähern, die seine eigentliche Heimat war, einer Welt, aus der er vor langer Zeit, noch vor der Geburt seiner Erinnerung, verbannt worden war und auf die er in seinen seltenen Ekstasen einen kurzen, verlockenden Blick erhascht hatte.

Es war nicht so, daß den *sadhus* Gopals Äußeres nicht aufgefallen wäre oder daß sie seinem zweigeschlechtlichen Körper vollkommen gleichgültig gegenübergestanden hätten. Doch wenn ein *sadhu* mit einem Ausdruck des Interesses auf Gopals Brüste und seine Hüften sah, so lag in seinem Blick nicht gewöhnliche Neugier, sondern eher das Wissen um das Geheimnis, das dem menschlichen Leben eigen ist, es war ein Blick voller Ehrfurcht, nicht Verachtung. Wie oft hatte er die *sadhus* sagen hören, alles, was mit dem Körper – ja sogar mit dem Verstand – zu tun habe, sei Einflüssen unterworfen, formbar, unbeständig ... und somit falsch.

Die Ungezwungenheit, mit der die *sadhus* den Jungen akzeptierten, verwandelte sich in erstaunten Respekt, wenn sie ihn während der Abendandacht singen hörten. «Ein geborener *sadhu*!» riefen sie überrascht aus, wenn seine Seele emporstieg und seine melodische Stimme sich in die höchsten Höhen des Lobgesangs aufschwang. Sie wetteiferten miteinander darum, ihr Wissen mit einem Jungen zu teilen, der so offensichtlich dazu bestimmt war, spirituelle Höhen zu erklimmen. Sie erzählten ihm von den verschiedenen Stadien der spirituellen Reise, auf die sich ein Suchender mit Hilfe von Yogaübungen und Meditation begibt. Sie beschrieben ihm, wie der Körper im ersten Stadium allmählich vergeistigt wird. Er wird immer schwereloser, je mehr das Fleisch die reine Leichtigkeit des Geistes annimmt. Die Stimme wird melodiös und der Körpergeruch angenehm, während sich die Ausscheidungen, Urin und Kot, deutlich verringern. In fortgeschrittenen Stadien, dem ersten Himmel der Erkenntnis, hat der Meister Visionen von Göttern und wunderbaren fremden Welten, das Universum erscheint ihm von Funken erfüllt oder glänzend wie ein See aus Quecksilber, Bilder von großer Überzeugungskraft und Klarheit. Die Visionen und andere spirituelle Erfahrungen sind von so intensiven Gefühlen des Glücks und der Verzückung begleitet, daß

31

der Gaumen, wenn er einmal deren Nektar gekostet hat, den Genüssen des Alltags gegenüber gleichgültig wird. Viel mehr als die Erzählungen über die Fortschritte des Geistes faszinierten Gopal die Geschichten über die wundersamen Kräfte, die *siddhis*, die ein *sadhu* im Laufe der Vervollkommnung seines Geistes erlangen oder, besser gesagt, in sich freisetzen konnte. In dem Maße, in dem man sich tiefer in die Meditation versenkte, erfaßte man nicht nur nach und nach Geräusche, Gerüche, Geschmäcker und Farben, die jenseits der normalen Wahrnehmung lagen, sondern man war sogar fähig, diese selbst zu erzeugen. Gandha Baba aus Benares, zum Beispiel, konnte einer geruchlosen Blume den Duft jeder anderen Blüte verleihen oder die Haut eines Menschen ein köstliches Aroma verströmen lassen, ohne ihn auch nur zu berühren. Dieser Geruch blieb tagelang an der Person haften, und jeder, der in ihre Nähe kam, konnte ihn riechen. Ein vollendeter Yogi konnte die Gedanken seiner Mitmenschen lesen und ihre Handlungen alleine durch die Konzentration seines Willens beeinflussen. Er konnte Materie, sowohl grobe als auch zarte, aus ihren natürlichen Begrenzungen lösen, ihre Atomstruktur verändern und so seinen Körper und seinen Geist von allem befreien, was sie in irgendeiner Form beeinflussen könnte.

Von allen Gottesmännern, denen Gopal im Rasthaus begegnete, blieb ihm vor allem – abgesehen von dem Tantriker natürlich – Shivananda im Gedächtnis, ein Mann mittleren Alters mit strengem Gesichtsausdruck, der im allgemeinen für sich blieb, aber eine Vorliebe für den Jungen entwickelte, nachdem er ihn hatte singen hören. Während der Woche, die er im Rasthaus verbrachte, suchte Shivananda oft Gopals Nähe und bat ihn, ihn auf seinem Abendspaziergang hinauf zum Shiva-Tempel zu begleiten, welchen er jedoch nie betrat. Eines Abends, als sie von ihrem Spaziergang zurückgekehrt waren und vor dem Rasthaus saßen, der *sadhu* auf dem steinernen Mäuerchen des Brunnens und Gopal zu seinen Füßen, wurde Shivananda von einer großen gelb-schwarzen Wespe in den Nacken gestochen. Abgesehen von einem kurzen Stirnrunzeln in dem Augenblick, als er gestochen wurde, und einem kurzen Schlag auf die betroffene Stelle veränderte sich Shivanandas fröhliche Haltung nicht. Er hatte die *siddhi* der «grimmigen Glückseligkeit» entwickelt, die Schmerz in Lust verwandelt.

«Früher funktionierte das nur bei dumpfen Schmerzen», erklärte er dem Jungen, der ihn mit vor Verwunderung weit aufgerissenem Mund anstarrte, «aber jetzt hat es sich auch auf stechenden Schmerz ausgeweitet. Ich weiß nicht, ob ich auch einen starken Schmerz, der über längere Zeit anhält, umwandeln könnte, so wie mein Guru.»

Eines Tages betrat Shivanandas Guru, wie immer unbekleidet, als er sich sein Essen erbettelte, geistesabwesend den Frauentrakt im Haus eines Moslemfürsten. Als dieser die erschreckten Schreie der Frauen hörte, stürzte er herbei, schlug in seinem Zorn mit dem Schwert nach der Schulter des nackten Gurus und trennte dessen Arm ab. Der Guru wandte sich um und ging ruhig davon. Als der Moslem seinen Irrtum erkannte, wurde er von Reue gepackt, hob den Arm von Boden auf und rannte hinter ihm her. Als er den *sadhu* erreichte, erging sich der Fürst in Entschuldigungen und gab das abgeschlagene Glied zurück. Der Guru dankte ihm höflich und befestigte den Arm unbekümmert wieder an dem blutenden Stumpf.

Während sie am nächsten Tag den Weg entlanggingen, der zum Tempel führte, deutete Shivananda auf einen jungen Baum, der noch nicht zu seiner vollen Größe herangewachsen war.

«Beobachte das Eichhörnchen an dem Stamm», sagte er zu Gopal. «Es wird bis auf den obersten Ast hinaufklettern. Dann wird es den Baumstamm herunterkommen und hinter dem Busch dort drüben verschwinden.»

Mit wachsendem Erstaunen sah Gopal, wie das Eichhörnchen genau das tat, was Shivananda vorhergesagt hatte.

«Ich sah die beiden ersten Bewegungen im Geist des Eichhörnchens, ehe es sie ausgeführt hatte, und die letzte durch die *siddhi* des unmittelbaren Sehens in Vergangenheit, Gegenwart und Zukunft», erklärte Shivananda.

Trotz seiner eigenen *siddhis* blieb Shivananda äußerst unbeeindruckt von yogischen Kräften.

«Ha! Gott einzuspannen, um Gerüche herzustellen!» schnaubte er, als Gopal ihm erzählte, was er über Gandha Baba gehört hatte.

Auch als Gopal ihn aufgeregt fragte, ob die Geschichten, die über Trailinga Baba erzählt wurden – daß er über zweihundert Pfund wiege, obwohl er kaum Nahrung zu sich nahm, stundenlang unter Wasser bleiben oder sich drei Fuß über dem Boden in der Luft fortbewegen könne –, wahr seien, reagierte Shivananda verächtlich.

«Auch ein Frosch ist im Wasser zu Hause. Für die Krähe und den Geier ist es ein Leichtes, durch die Luft zu fliegen. Vergiß nicht, das Wichtigste ist, Gott zu erkennen, und nicht, sich mit solchen Kleinigkeiten abzugeben.»

«Aber welchen Gott, Maharaj?» fragte Gopal.

«Es gibt nur einen Gott – das gestaltlose Brahman, welches in unterschiedlichen Verkörperungen verehrt wird. Shiva, Rama, Krishna, Hanuman, Ganesha, Durga, Kali – sie alle sind verschiedene Formen des gleichen Gottes. Du kannst die Form auswählen, die in dir die größte Liebe weckt. Verehre diese Form als dein göttliches Ideal. Wir sind nicht wie die Juden, Christen oder Moslems, die Gott nur als den Vater lieben können – niemals als Mutter, Sohn oder Geliebten. Stell dir vor, mit welchem Makel das spirituelle Leben eines Menschen behaftet ist, der nur fähig ist, Gott als Vater zu lieben, und dessen natürlicher Neigung es eher entspräche, eine an-

34

dere Beziehung zum Göttlichen aufzubauen. Seine Verehrung wird auf ewig nur ein leeres Gefäß bleiben, nichts als eine Hülle aus Ritualen, ohne jene Kraft der Gefühle, die ein Ritual erst lebendig werden läßt.»

Gopal war von der Wortgewandtheit des *sadhu* beeindruckt, obwohl er nicht sicher war, ob er alles verstanden hatte.

DRITTES KAPITEL

Gopal kam gerade vom Festplatz außerhalb des Dorfes, als er dem Tantriker zum ersten Mal begegnete. Er hatte einen sehr angenehmen Nachmittag beim Teej-Fest verbracht, bei dem sich die anderen Jungen nicht blicken ließen. Er war vergnügt zwischen wackligen Holzständen umhergewandert, an denen Armreifen aus buntem Glas und Tonstatuen von verschiedenen Göttern und Göttinnen verkauft wurden. Er hatte das grellbunte Plakat am Zelt des Zauberers angestarrt, auf dem ein Mann mit langem Bart ein junges Mädchen entzweisägte und, da er kein Geld hatte, ganz leicht der Versuchung durch das Karussell oder die Händler widerstanden, die getrocknete rote Beeren und gelbliche Süßigkeiten aus Palmzucker und Erbsenmehl verkauften. Festlich gekleidete Frauen in leuchtendbunten langen Röcken, kurzen Miedern und leichten Baumwolltüchern, die sie um ihren Kopf geschlungen und an der Taille befestigt hatten, wirbelten in kleinen Grüppchen um ihn herum und vermittelten ihm ein Gefühl von Sicherheit und Freiheit, das umso berauschender war, weil er es nur so selten verspürte. Denn Teej war vor allem ein Fest der Frauen zu Ehren der Göttin Parvati. An diesem Tag beteten die unverheirateten Mädchen zu Parvati, sie möge sie mit einem Ehemann segnen, der genauso gut zu ihnen sei wie ihr eigener Gefährte, der Gott Shiva, während verheiratete Frauen um ein langes Leben für ihre Ehemänner baten, so daß sie sich weiterhin in Rot, Grün, Gelb und all den anderen schillernden Farben der Wüste kleiden konnten und nicht das düstere Weiß der Witwen tragen mußten. Gopal wünschte, er hätte länger bleiben können. Denn später am Abend würden die Leuchtfeuer angezündet werden, und ihr sanftes gelbes Licht würde wie strahlende Bänder durch die schummrige Dunkelheit gleiten. Dann würden die Trommeln erklingen und die Frauen zum Höhepunkt des Festes rufen – dem Teej-Tanz. Doch er hatte noch nie die Abendandacht im Rasthaus verpaßt, und die *sadhus* würden auf ihn warten.

Auf dem Rückweg beflügelte die Festtagsstimmung immer noch seine Schritte. Als er einen einsamen Abschnitt der unbefestigten Straße erreichte, gab er einem plötzlichen Impuls nach und veränderte seinen Gang, um den eines Mädchens nachzuahmen – er trat zuerst mit dem linken Fuß auf, zog die Schultern hoch, wiegte sich in den Hüften und hielt den Hals gerade, als würde er einen Wasserkrug auf dem Kopf balancieren. Er war so sehr in seine Imitation vertieft, daß er den Mann nicht hörte, der hinter ihm herankam.

«Wie weit ist es noch bis zum Rasthaus?» fragte der Mann.

Gopal sah verlegen auf. Die glitzernden Augen des Mannes hielten den Blick des Jungen fest, erlaubten ihm nicht, sich zu senken oder zur Seite hin zu entfliehen.

«Ich gehe selbst dorthin, Maharaj», antwortete Gopal mit einem leichten, aber unverkennbaren Zittern in der Stimme.

Der Tantriker war ein kräftig gebauter Mann Mitte Dreißig. Um seine Hüfte war ein rotes Tuch geschlungen, das durch häufiges Waschen auf die Farbe eines alten Ziegelsteins verblaßt war und in Falten bis zu seinen Knien hinabfiel. Über der rechten Schulter trug er eine aus dem gleichen rauhen Stoff gefertigte Tasche, die seine wenigen Besitztümer enthielt. Goldene und silberne, mit Halbedelsteinen – Türkis, Opal, Aquamarin, Granat, Mondstein und Onyx – besetzte Ringe zierten die meisten seiner Finger. Große Ohrringe aus Rhinozeros-Horn baumelten in Löchern, die durch seine Ohrmuscheln gestochen waren. Eine zwei Fuß lange Schnur aus schwarzer Schafwolle mit einer einzelnen Rudraksha-Perle hing um seinen Hals.

Sein nackter Oberkörper und seine Beine waren von der Sonne gebräunt und hatten die Farbe von dunklem Mahagoni angenommen. Während er mit seinen juwelengeschmückten Fingern sein schulterlanges gewelltes Haar zurückstrich – eine Bewegung, bei der hell aufblitzende Pünktchen rasch durch die dunkle Masse glitten –, lächelte er den Jungen an. Das Lächeln wirkte gezwungen und etwas gequält, doch es ließ immerhin sein grimmiges Gesicht mit dem schwarzen Bart eine Spur sanfter und weniger bedrohlich erscheinen. Tantriker waren berüchtigt für ihre okkulte Macht, ihre obszönen Rituale und auch dafür, daß sie keinerlei moralische Werte hatten. Von den anderen *sadhus* hatte Gopal gehört, daß den Mitgliedern einer ihrer Sekten die konventionellen Moralvorstellungen und zivilisierten Gebräuche so vollkommen gleichgültig waren, daß sie sogar voller Genuß Dung aßen und menschliches Fleisch verspeisten, wann immer sie dessen habhaft werden konnten – dazu scharrten sie verkohltes Fleisch aus den Überresten der Scheiterhaufen bei den Verbrennungsstätten und gruben Leichen aus frischen Moslemgräbern aus.

«Dann komme ich mit dir», sagte der Tantriker.

Gopals Unbehagen ließ nach, verschwand aber nicht ganz, als sie sich wieder auf den Weg machten und vertraut nebeneinander herzugehen schienen, während der Mann ein Lied vor sich hin summte, das Gopal nicht genau einordnen konnte.

«Wie lange wird der Maharaj bei uns bleiben?» fragte Gopal.

«Das Wasser fließt, der *sadhu* wandelt», antwortete der Mann.

Es war kurz vor Sonnenuntergang. In der Volksdichtung wird diese Zeit, wenn ein grau-rosa Dunst in der Luft hängt, den das Vieh aufwirbelt, wenn es nach Hause zurückkehrt, nachdem es tagsüber in den Dornbüschen geweidet hat, «Kuhstaubzeit» genannt. Der Tag geht in den Abend über, und die Luft ist gleichermaßen vom Klang der Glocken aus den Tempeln wie von dem staubigen Vorbeiziehen der brüllenden Kühe erfüllt. So wie das Sonnenlicht vom Schein unzähliger Herdfeuer und Lampen abgelöst wird, so löst sich auch nach und nach das Treiben auf den öffentlichen Plätzen des Dorfes auf, und die Menschen ziehen sich in die private Umgebung der Familie zurück.

Als sie den Weg verließen und durch das Tor des Rasthauses gingen, sprach der Tantriker erneut:

«Bist du ein Junge oder ein Mädchen?»

Ehe Gopal stammelnd etwas erwidern konnte, beantwortete der Mann die Frage selbst.

«Beides. Nichts von beidem.» Und er lachte das seltsame Lachen jener Menschen, die nur ganz selten einmal lächeln.

«Gib acht, daß dein Hintern nicht vorsteht wie das Hinterteil von schwarzen Ameisen,» fuhr der Tantriker mit spöttischer Stimme fort. «Frauen mit einem solchen Hintern sind sinnlichen Vergnügungen übermäßig zugetan.»

Vor Scham schoß Gopal das Blut ins Gesicht.

«Die Göttin muß mich zu dir geführt haben», sagte der Mann freundlicher und fuhr mit den Fingern durch Gopals Haar.

Nach einigen höflichen Worten der Begrüßung wollten die anderen *sadhus* mit dem Tantriker ganz offensichtlich nichts mehr zu tun haben. Jedesmal, wenn er sich einer Gruppe näherte, verstummten die Gespräche. Die auf dem Boden sitzenden Männer schienen den Atem anzuhalten, bis er vorbeigegangen war, so als hafte der Geruch der Verbrennungsstätten, wo einige Tantriker ihre entsetzlichen Rituale vollzogen, immer noch an seinem Körper. Der Tantriker selbst schien ihre Mißachtung nicht zu bemerken. Nachdem er seine Tasche in einer Ecke der großen Halle fallengelassen hatte, in der die *sadhus* auf ihren Matten schliefen, die sie auf dem Boden ausrollten, wanderte er durch den Saal, wie um die Örtlichkeiten zu begutachten, und schlenderte dann hinaus zum Brunnen im Hof. Er zog einen Eimer voll Wasser hoch und begann sich zu waschen, wobei er kraftvoll unter seinen Achseln und über seine Brust rieb. Während er seine Reinigung vornahm, sang er aus voller Kehle. Nun erkannte Gopal das Lied, das der Tantriker unterwegs vor sich hin gesummt hatte. Es war ein Loblied auf die Göttin Kundalini, die kosmische Energie, die zusammengerollt wie eine Schlange am unteren Ende der Wirbelsäule liegt.

Der Tantriker nahm nicht an der Abend-*puja* teil. Doch als Gopal den letzten *bhajan* sang, sah er ihn den Raum betreten und sich direkt vor ihm auf den Boden setzen. Im schwachen Schein der Öllampen schienen seine Augen wie mit dem metallischen Glitzern von Eisenspänen gesprenkelt. Sein kühler, suchender Blick zitterte wie ein Speer in Gopals Brust, und der Junge fühlte, wie ein Schreckensschauder durch seinen Körper rann. Seine Stimme zitterte und erstarb. Er spürte, wie sich der Blick des Tantrikers in seinen Rücken bohrte, als er aufstand und aus dem Rasthaus stolperte. Der Mond glühte am Himmel. Als er zu Hause ankam, fieberte er.

Nach vielen Jahren hatte Gopal in jener Nacht zum ersten Mal wieder Alpträume. Als Kind war er nachts oft hochgeschreckt, wenn in regelmäßigen Abständen furchteinflößende Bilder in sein schlafendes Bewußtsein einbrachen. Die Alpträume waren ebenso ein Teil seiner Kindheit gewesen wie seine gelegentlichen Visionen; wie er die einen herbeisehnte, so fürchtete er die anderen, doch beides spielte sich auf der gleichen Ebene ab und war nur durch einen hauchdünnen Schirm voneinander getrennt. Zwei Tage lang wich Gopal seiner Mutter nicht von der Seite. Er wachte kurz vor Sonnenaufgang gleichzeitig mit ihr auf und begleitete sie auf die Felder. Hier wartete er in einiger Entfernung, so daß ihr Schamgefühl nicht verletzt wurde, er jedoch gleichzeitig immer noch zumindest einen Teil ihres Kopfes sehen konnte, während sie zwischen den Weizenhalmen hockte und sich erleichterte. Selbst wenn sie nur wenige Minuten aus dem Haus ging, weckte dies so große Angst in ihm, daß er voller Panik aufschrie. Tagsüber öffnete ihre Abwesenheit einer überwältigenden Furcht das Tor, die in Sekundenschnelle die Welt um ihn herum mit ihren düsteren Farben erfüllte und alles, was gut war, daraus heraussog, so daß die Güte Gottes und die Schöpfung auf ewig verloren schienen. Nachts lag im leisesten Geräusch, in der unmerklichsten Veränderung im Verhältnis von Licht und Schatten, in den im Dunkeln bebenden Umrissen der Gegenstände eine unmittelbare, nie endende Bedrohung, die erst verflog, wenn seine Mutter zurückkehrte und seinen Namen rief und ihre Stimme alle Winkel der Hütte und seines Geistes erhellte und die unbekannten Gefahren vertrieb.

Am Nachmittag des dritten Tages zwang ihn seine Mutter hinauszugehen.

«Meinentwegen zum Rasthaus der *sadhus*, wenn es sein muß, nur geh!» sagte sie.

Gopal widersprach nicht. Seit dem Morgen fühlte er sich langsam besser, nicht mehr so unruhig, nicht mehr so verängstigt. Er freute sich sogar darauf, wieder bei den heiligen Männern zu sein, ihren Gesprächen über yogische Kräfte und Wunder zu lauschen und bei der Abendandacht zu singen.

Am Fuß des Hügels wartete der Mann auf ihn. Die rote Stofftasche, aus der eine eiserne Zange herausschaute, hing über seiner bronzefarbenen Schulter. Er hielt seine Bettelschale in der rechten Hand, eine dunkle Kokosnußschale, die an jene obere Hälfte eines menschlichen Schädels erinnerte, welche die Anhänger der Aghori-Sekte immer noch mit sich trugen.

«Du bist zwei Tage lang nicht gekommen», sagte er mit vorwurfsvoller Stimme.

41

Gopal hatte den Tantriker ganz vergessen. Er sah heute verändert aus, ernster. Seine Augen glitzerten nicht mehr, sondern wirkten trüb, als sei sein Blick nach innen gerichtet. Irgendwie war es sogar noch zermürbender, auf diese blicklose Weise angesehen zu werden. Der Nachmittag begann in alter Furcht zu erzittern.

«Dies ist der letzte Tag des Jahres, in dem Mahadev in seiner Form als der Gott-der-halb-Frau-ist über den Himmel herrscht. Ich habe auf dich gewartet. Endlich kann ich Shiva in einem Standbild verehren, welches nicht aus Stein ist, sondern aus lebendigem Fleisch, einem Standbild, das sowohl die männliche als auch die weibliche Natur in sich trägt», sagte der Mann, während er auf dem ansteigenden Weg vorausging, sicher, daß der Junge ihm folgen würde.

Nur ein alter *sadhu* wusch am Brunnen vor dem Rasthaus seinen Lendenschurz. Er sah gleichgültig auf, als sie an ihm vorbeigingen, grüßte sie mit einem gemurmelten «Jai Ram» und bückte sich gleich wieder, um einen Eimer voll Wasser hochzuziehen.

Der Tempel auf dem Hügel lag verlassen da, und der Tantriker durchquerte rasch die innere Säulenhalle, um in den dahinterliegenden Hof zu gelangen.

«Setz dich hin», befahl er.

Gopal spürte, wie sein Wille dem des Mannes vollkommen untergeordnet war. Er konnte nicht einmal mehr einen Finger bewegen, wenn der Tantriker ihn nicht dazu aufforderte. Die letzten Spuren seiner Willenskraft wichen aus seinem Geist und ein Gefühl uneingeschränkter Unterwerfung, gleichzeitig erregend und erschreckend, erfüllte ihn. Aus der Ferne, von einem Punkt aus, der viel weiter entfernt lag, als die paar Meter, die sie voneinander trennten, beobachtete er, wie der Tantriker aus seiner Stofftasche holte, was er für die Anbetung brauchte – schwarze Klumpen von süßlich riechendem, harzigem *dhoop*, eine kleine Tonlampe mit einem Baumwolldocht, eine Schachtel Streichhölzer und eine Flasche Senföl.

«Zieh deine Kleider aus», sagte der Mann, während er das Öl in die Lampe füllte und das *dhoop* zu fingerlangen Stückchen formte, die er in einem Halbkreis um den Jungen herum anordnete. Ein leiser Hauch von Widerstand, nicht mehr als der Keim des Gedankens, sich zu weigern, regte sich im Geist des Jungen und hatte dort zitternd ein Weilchen Bestand, ehe er vom Willen des Mannes zermalmt wurde. Folgsam gehorchte er dem Befehl.

Nachdem er die Lampe und das *dhoop* angezündet hatte, aus dem sofort dichter, gekräuselter, stark riechender Rauch aufstieg, machte sich der Mann daran, den Körper des Jungen mit Öl einzureiben; er begann mit Gopals Brüsten, dann verteilte er das Öl mit langsamen, gleitenden Bewegungen auf seinen Schultern und Armen. Nach dem ersten Schock, eine schwielige, ölige Handfläche über seine Haut kratzen zu spüren, empfand Gopal gar nichts mehr. Seine Gliedmaßen waren wie gelähmt und vollkommen gefühllos. Wellen von Ekel vermischten sich mit dem Wirbeln seines schwindenden Bewußtseins, als der Tantriker mit der Massage fortfuhr und dabei vor sich hin sang. Das letzte, woran sich Gopal erinnerte, ehe er in einen Zustand bar jeder Erinnerung hinüberglitt, war der betäubende Duft des *dhoop* und der Refrain des Liedes, das der Mann mit tiefer Stimme sang – «Erwache, o Mutter! O Kundalini, in deren Wesen die ewige Glückseligkeit liegt!»

Seine Erinnerung setzte erst wieder ein mit dem durchdringenden Geruch des Senföls, der Kälte der Steinplatten an seiner Haut und dem Anblick seiner zusammengeknüllten Kleidung neben einem immer noch glimmenden *dhoop*-Klumpen. Als er seine Tunika umband und sein Hemd über den Kopf zog, spürte er, wie sich eine Mischung ungewöhnlichster Empfindungen in seinem Rücken ausdehnte. Die *puja* des Tantrikers hatte, so erklärte er später seinen Schülern, seine Kundalini erweckt, die an ihrem Sitz oberhalb seines Anus geschlafen hatte.

Er verspürte abwechselnd Ströme höchsten Wohlgefühls und stechenden Schmerzes von seinem Rektum ausgehen und seine Wirbelsäule emporschießen. Letztere waren so schmerzhaft, daß er seinen Schließmuskel fest zusammenpressen mußte, um die Qualen zu überstehen. Die spontanen Regungen der Kundalini klangen nach einigen Minuten ab und es blieb nur ein dumpfer Schmerz in seinem Anus, der ihn noch auf dem gesamten Heimweg begleitete. Erst viele Jahre später, nach der Einübung der notwendigen Yoga-Techniken, sollte Mutter Kundalini ein zweites Mal, dann jedoch viel sanfter, erwachen und ihre erhabene Wanderung durch seine Wirbelsäule und die *chakras* in das Reich der Gotteserkenntnis beginnen, in das er von da an jederzeit eintreten konnte.

VIVEK

Little by little, belief became polluted like air and water.

Nach und nach wurde der Glaube wie Luft und Wasser verschmutzt.

Michel de Certeau, *Arts de Faire / Die Kunst des Handelns*

VIERTES KAPITEL

Die frühe Nachmittagssonne schien ungewöhnlich heiß an diesem Spätoktobertag. Sie hatte das morgendliche Azur des Himmels aufgesaugt und nur ein bläßliches Blau zurückgelassen. Hoch oben glitt ein Adlerpärchen in großen, bogenförmigen Windungen über die blanke Weite. Die vier Jungen saßen im Schatten eines *Pipal*-Baums am Rande des Cricket-Feldes im Maharaja College in Jaipur. Sie versuchten sich zu einigen, wie sie den Rest des Nachmittags verbringen sollten. Nemi Chand und Suresh, zwei Wirtschaftsstudenten im letzten Studienjahr, wollten auf einen Tee und ein Vanilleeis zu Niro's in der M. I. Road gehen. Für Nemi Chand beinhaltete «Tee bei Niro's» eine beschönigende Umschreibung für eine Portion Fisch und Chips – beides war in seiner streng vegetarisch lebenden jainistischen Familie verboten. Kamal, ein Doktorand der Physik und mit einundzwanzig ein Jahr älter als die übrigen, war entschieden dagegen, so viel Geld auszugeben. Sein Vorschlag, der, wie er betonte, den Vorteil hatte, Sparsamkeit mit Vielfalt zu verbinden, bestand darin, mit dem Rad eine gemütliche Runde durch die Ramnivas-Gärten zu drehen, danach einem Cricket-Spiel zuzusehen und dabei geröstete Erdnüsse zu knabbern. Der nachmittägliche Ausflug sollte dann mit einigen Gläsern frischem, mit Ingwer und Zitrone gewürztem Zuckerrohrsaft an Ganeshi Rams Stand vor dem Museum abgeschlossen werden.

Noch während sie sprachen, warteten die drei Jungen darauf, daß Vivek, ein Philosophiestudent im letzten Studienjahr und der anerkannte Anführer ihrer kleinen Gruppe, seine Meinung sagte.

«Nein, Leute», sagte Vivek schließlich. «Das ist doch alles langweilig. Laßt uns mal etwas ganz anderes machen.»

«Was haltet ihr von Kartenspielen im Wohnheim?»
schlug Suresh vor. «Bridge, meine ich», erklärte er hastig,
um klarzustellen, daß er damit nicht etwa den ununterbrochenen Dreier-Flush meinte, der im Wohnheim das
ganze Jahr hindurch gespielt und erst mit Beginn der langen Sommerferien abgebrochen wurde.

Nemi Chand, dessen Vorschläge eigentlich immer auf
«Tee bei Niro's» hinausliefen, überraschte die anderen
mit einer ungewöhnlichen Idee.

«Laßt uns Ram Das Baba besuchen. Vielleicht gerät er
wieder in Ekstase.»

Als er Kamals angeekelten Gesichtsausdruck sah, fügte
er hastig hinzu:

«Er ist nicht wie die anderen, Mann. Ein Onkel von
mir schwört, der Mann sei ein Heiliger, ein Parmahamsa
wie Ramakrishna oder Ramana Maharishi.»

Ram Das Baba war ein *sadhu*, der ungefähr seit der Zeit
im Sitaram Tempel gegenüber den Vidiadhar-Gärten lebte,
als das Fürstentum Jaipur 1949 in die Republik Indien eingegliedert wurde. Das war nun sechzehn Jahre her, und
der *sadhu* war damals gerade erst Mitte Zwanzig gewesen.
Sein Ruf als weit fortgeschrittener spiritueller Guru begann
schon bald eine große Zahl von Besuchern zu diesem kleinen und ansonsten in keinster Weise außergewöhnlichen
Tempel zu locken. Er war bekannt dafür, daß er häufig
samadhi erlangte und beinahe nach Belieben in den höchsten spirituellen Sphären weilte. Manchmal sprach er gerade über die Liebe eines Heiligen zum Göttlichen oder
lauschte hingerissen einem seiner Schüler, die er um sich zu
sammeln begonnen hatte, der ein religiöses Lied vortrug,
wenn er plötzlich in Ekstase geriet. Sein Körper versteifte
sich, während er mit halbgeschlossenen Augen begei-
sternde Visionen erlebte, die er manchmal beschrieb, wenn
er aus seiner Trance erwachte.

«Das sind doch nichts als die Halluzinationen eines
Verrückten, Mann», protestierte Kamal, der Nachfahre ei-

ner Familie aus dem niederen Rajputen-Adel und der erklärte Marxist in ihrer Gruppe.

«Das ist eine gute Idee», widersprach ihm Vivek. «Vielleicht können wir uns bei ihm ein wenig über diesen ganzen Gotteserkenntnis-Kram amüsieren. Das College ist ja so langweilig.»

Nemi Chand, der aus einer strenggläubigen Familie stammte, sah aus, als sei ihm gar nicht wohl bei der Sache, doch er sah zu sehr zu Vivek und Kamal auf, um sich gegen die Form aufzulehnen, die ihr Ausflug nun anzunehmen schien.

Die Jungen fuhren auf ihren Rädern durch das Collegetor, bogen nach links in die Sawai Man Singh Road und an der Kreuzung nach rechts in die Mirza Ismail Road ein. Nachdem sie das Gerichtsgebäude hinter sich gelassen hatten, wo die meisten Fahrräder, Fahrradrikschas und Handkarren nach links in den Johri-Basar einbogen, wurde der Verkehr ruhiger. Am Beginn des Purana Ghats, wo die Straße enger wurde und steil anstieg, mußten sie absteigen. Zu beiden Seiten war die Straße von alten Gärten, Gartenhäusern und Tempeln gesäumt, und wie sie sich so durch die Vororte von Jaipur schlängelte, ließ sie nichts von ihrer bunten Vergangenheit erahnen. Als Teil einer alten Route, die den Norden mit den zentralen und den östlichen Landesteilen verband, und der ersten großen Straße, die die Briten angelegt hatten – über die dreihundertsechzig Meilen lange Strecke von Agra nach Deesa –, war die Agra Road immer schon sehr wichtig für den Handel und den Durchzug der bewaffneten Streitkräfte des Mogulreichs und des Britischen Empires gewesen.

Die meisten der Gartenhäuser, im neunzehnten und zu Beginn des zwanzigsten Jahrhunderts von Ministern, hohen Beamten des *durbar* von Jaipur und reichen Händlern aus der Stadt erbaut, lagen nun verlassen da. Die Gärten, die im persischen *charbagh*-Stil mit Obst- und Zierbäumen, Blumenbeeten, Bächen, Brunnen und einem offenen Pavillon in der Mitte angelegt worden waren, verwilderten. Seit etwa zehn Jahren mehrten sich jedoch Anzeichen dafür, daß man versuchte, die Anlagen wiederherzurichten. Die Golcha-Gärten am Anfang des Ghats, die von einer der reichsten Familien von Jaipur angelegt worden waren, und der Sitaram Tempel, den ein anderer bekannter Juwelier hatte errichten lassen, waren Teil dieser Erneuerung.

Als sie den Tempel erreichten, der in der Nähe einer Reihe eleganter *chhatris* gegenüber den Vidiadhar-Gärten lag, schwitzten die Jungen wegen der Hitze und vor Anstrengung, weil sie die Fahrräder den steilen Hang hinaufgeschoben hatten. Sie stiegen die drei Stufen einer kleinen Treppe hinauf, quetschten sich an einem schlafenden Hund vorbei, der vor dem Tor in seinem eigenen Schatten lag, und gelangten in den großen, sorgfältig gepflegten Garten des Tempels mit seinen ordentlichen Blumenbeeten und einem kleinen Wäldchen aus sorgsam gehegten jungen Mangobäumen. Der größte Teil des Tempels, der, von einer niedrigen Marmorbalustrade umgeben, in der Mitte des Gartens lag, bestand aus einem offenen Pavillon, um den mit Blattwerkverzierung geschmückte Arkaden herumführten, deren Bögen prächtige Rahmen für das in der Ferne auf einem graubraunen, felsigen Hügel gelegene Fort Nahargarh bildeten. Das abgeschlossene innere Heiligtum mit einem marmornen Turmdach lag an der linken Seite des Pavillons. Die Tür des Heiligtums war offen, doch ein Vorhang versperrte die Sicht. Er wurde nur dreimal am Tag zurückgezogen, um den Gläubigen einen Blick auf die Tempelgottheiten – Rama und seine Gefährtin Sita, jedesmal in andere Gewänder gehüllt – zu ermöglichen. In der rechten äußeren Ecke saß eine Gruppe von etwa zwanzig Männern und fünf Jungen in ihrem Alter in einem Halbkreis und lauschten aufmerksam einem kleinen Mann, der in ein Gewand aus grobem weißen Stoff gekleidet war und in der Lotus-stellung auf dem Marmorboden saß. Die meisten der Männer waren in ihren späten Dreißigern oder Vierzigern: *dhoti*-tragende Händler, die einen angenehmen Nachmittag mit erbaulichen spirituellen Themen verbrachten, ehe sie zurück in den Basar eilten, um den abendlichen Ansturm der Kunden zu bewältigen. Bei den Jungen konnte man nicht so leicht erkennen, wer sie waren, obwohl Vivek einen von ihnen kannte – er war seit kurzem Mitglied im Ringer-Trainingszentrum in der Nähe des Chandpol-Tors, doch Vivek hatte noch nicht gegen ihn gekämpft. Nach der Art, wie die jungen Männer Baba mit einer Mischung aus Ergebenheit, Vertrautheit und Besitzerstolz ansahen, hätte man sie eher für seine Schüler als für gelegentliche Besucher halten können.

Baba Ram Das hielt inne, als er die Jungen näher kommen sah, und die anderen wandten den Kopf, um zu sehen, was seine Aufmerksamkeit erregt hatte.

«Wo kommt ihr her?» fragte Baba und lächelte zur Begrüßung.

«Aus der Stadt», antwortete Vivek für alle.

«Seid ihr Studenten?»

«Ja. Am Maharaja College.»

«In deinen Augen brennt ein feuriges Licht. Es verrät die edle und großzügige Natur eines Löwen.»

Dann zeigte er auf Kamal.

«Sein Licht ist eher das eines Fuchses.»

Die Männer lachten.

«Komm, setz dich hin», sagte er freundlich zu Kamal und zog damit jenen Stachel heraus, den seine letzte Bemerkung hätte hinterlassen können.

Vivek fand Babas Erscheinung lange nicht so beeindruckend, wie er erwartet hatte. Baba war klein, etwas pummelig und hatte feingeschnittene, beinahe feminine Gesichtszüge. Sein sorgfältig gestutzter grauer Bart und das kurze dunklere, silbrig durchzogene Haar hoben den jugendlichen Glanz seiner glatten braunen Haut hervor.

«Wie ich gerade sagte», fuhr Baba mit seiner Antwort auf eine Frage seiner Zuhörer fort, «wenn man Tränen vergießt und einem die Haare zu Berge stehen, sobald man Ramas Namen auch nur einmal hört, dann weiß man ganz sicher, daß man keine Gebete mehr zu verrichten oder andere religiöse Pflichten zu erfüllen braucht. Dann hat man das Recht, allen Ritualen zu entsagen. Oder, besser gesagt, die Rituale werden von ganz alleine wegfallen. Dann reicht es aus, wenn man Ramas Namen vor sich hin spricht oder einfach nur ‹Om› sagt. Doch um diesen Zustand zu erreichen, muß man einen beschwerlichen spirituellen Weg gehen. Das Verlangen der Seele zu stillen ist ungleich schwerer als die Bedürfnisse des Körpers zu befriedigen.»

Kamal, der lieber im Schatten eines Baumes in den Ramnivas-Gärten gelegen, Erdnüsse geschält und einem Cricket-Spiel zugesehen hätte, warf Vivek einen Blick zu, in dem sich Verschworenheit und Ärger spiegelten, letzteren betonte er noch, indem er die Augen verdrehte. Er hatte seine eigenen Überzeugungen, was die Existenz einer Seele und das Leben nach dem Tod betraf, Überzeugungen, die er während der Pausen in der College-Kantine mit lauter Stimme zum Ausdruck brachte, um die anderen Studenten, von denen die meisten sehr religiös waren, zu provozieren.

«Es gibt keine Seele», verkündete er. «Ihr verwechselt das mit eurem Bewußtsein. Und ihr findet euer Bewußtsein so herrlich, daß ihr den Gedanken nicht ertragen könnt, es würde nicht für immer existieren. Nun, die schlechte Nachricht ist, daß das Bewußtsein mit dem Hirntod endet. Das einzige, was nach dem Tod des Gehirns noch übrig bleibt, ist schnell verwesendes Fleisch. Und dann, nach der Verbrennung, Asche und ein paar verkohlte Knochen. Und selbst die verschwinden, wenn sie in einen Fluß geworfen werden. Alles, was von einem Menschen übrig bleibt, sind homöopathische Dosen von Kohlenstoff im Wasser der Ozeane. Tut mir leid, keine Seele.»

Während Baba redete, wurden Kamals Blicke immer flehender. Als sein Freund schließlich zustimmend nickte, rief er Babas Namen, der daraufhin den Kopf wandte und die Jungen fragend ansah.

«Baba», begann Kamal höflich, «es heißt, du hättest Visionen von Göttern.»

Baba lächelte bejahend.

«Die moderne Wissenschaft hat nachgewiesen, daß es keine Visionen gibt. Das sind alles nur Vorspiegelungen des Geistes. Woher weißt du, daß deine Visionen nicht einfach nur Halluzinationen sind?»

«Das weiß ich nicht, denn ich hatte noch nie Halluzinationen», erwiderte Baba, immer noch mit einem gelassenen Lächeln. «Aber ich habe gehört, daß jemand, der Halluzinationen hat, sich davor fürchtet, daß sie wiederkommen. Ich hingegen kann meine nächste Vision kaum erwarten. Außerdem zerstören Halluzinationen nach einer Weile die körperliche Verfassung eines Menschen. Verrückte haben eine ausgezehrte Gestalt und hohle Wangen, doch Visionen stärken die Gesundheit, man wird fröhlicher, sprüht vor Wohlbefinden. Sieh doch nur, wie wohlgenährt ich bin!»

Ein kurzes, unbehagliches Lachen erklang unter den Männern. Sie spürten die Bedrohung, die von den Studenten ausging.

Kamal war kein Mensch, der ohne Gegenwehr aufgab.

«Baba, hast du Gott gesehen?»

«Ja, genauso deutlich, wie ich dich jetzt vor mir sehe», sagte Baba Ram Das, und sein Lächeln wurde noch eine Spur wärmer. «Ich habe vertrauter mit Ihm gesprochen, als ich jetzt mit dir rede. Doch, mein Sohn, wer will schon Gott sehen? Die Menschen sehnen sich nach Geld und

Ruhm. Wer sehnt sich schon nach Gott? Sie weinen bittere Tränen, wenn die Menschen, die sie lieben, nicht bei ihnen sind. Wer weint schon um Ihn?»

«Baba, stimmt es nicht, daß all diese heiligen Männer als Parasiten in unserem armen Land leben?» Kamal war jetzt wütend und achtete nicht auf den warnenden Druck von Viveks Hand auf seinem Arm. «Ein Guru tut doch nichts anderes, als seinen Schülern ihren Reichtum zu rauben.»

«Nein, mein Sohn», sagte Baba. «Der Guru raubt seinen Schülern nicht ihr Geld, sondern ihre Unwissenheit. Er nimmt ihnen nicht ihren Reichtum und ihren Besitz, sondern ihre Angst und ihre Sünden. Er empfiehlt ihnen nicht die Abkehr von materiellen Gütern, sondern bringt sie dazu, sich von ihren Fesseln zu lösen.»

In der Versammlung erhob sich ein lautes, zustimmendes Murmeln. Als Vivek in die verzückten Gesichter der Männer blickte, erkannte er in der Art, wie sie Babas Bild mit ihren Blicken aufsogen, das schüchterne Aufwallen ihrer Liebe. Er war beeindruckt. Dieser Mann war nicht verrückt. Kein Verrückter konnte in Männern, für die er beinahe ein Fremder war, so viel Liebe wecken. Er sah, wie Nemi Chand Baba mit den strahlenden Augen eines neuen Anhängers unverwandt anstarrte, und sogar Suresh schien zwischen Zweifel und Glaube zu schwanken. Nur Kamal widerstand der Anziehungskraft des *sadhu*. Mit angeekeltem Gesichtsausdruck sah er aus dem Pavillon zu den fernen Schutzwällen von Nahargarh und den befestigten Mauern hinüber, die sich wie Schlangen über die Umrisse der kahlen braunen Hügel wanden.

«Genug jetzt von diesem Gerede», rief Baba, einer plötzlichen Laune folgend, und klatschte in die Hände. «Laßt uns ein Loblied auf Rama singen.»

Als er sah, wie Vivek seinen Freunden ein Zeichen gab, aufzustehen und zu gehen, fragte er:

«Singst du nicht gerne zu Ehren Gottes?»

«Ich weiß nicht, ob ich an ihn glaube.»

«Man braucht nicht zu glauben, um singen zu können. Der Glaube kommt beim Gesang. Selbst wenn du Gott nicht geliebt hast, selbst wenn du Seiner Verehrung in deinem Leben keinen Platz eingeräumt hast, dann kehrst du in Ramas Schoß zurück, wenn du diese Verfehlungen in einem Lied beklagst. Seine Sünden hinauszusingen bedeutet, eine Verbindung zu Gott herzustellen.»

Zunächst zögerlich, dann mit wachsender Begeisterung stimmten die Jungen, abgesehen von Kamal, der demonstrativ schwieg, in den *bhajan* ein. Es war ein bekanntes Lied, Hanumans Antwort an Ravanas Frau, die versucht, den Affengott mit köstlichen Früchten aus dem Garten des Dämonen-Königs zu locken, damit er die himmlische Waffe fallenläßt, die er zurück zu Rama trägt.

Brauche ich denn Früchte?
Ich besitze die Frucht, die dieses Leben
Selbst Frucht tragen läßt. In meinem Herzen
Wächst Ramas Baum,
Und dessen Frucht heißt Erlösung.

Unter Ramas Baum, der jeden Wunsch erfüllt,
Da sitze ich gelassen
Und pflücke die Frucht, die mir gefällt.
Doch wenn du von Früchten sprichst –
Ich bettle nicht um gewöhnliches Obst.
Sieh nur, ich gehe
Und lasse die sauren Früchte dir.

Selbst als er in den *bhajan* einstimmte und den Rhythmus mitklatschte, ließ Vivek Baba nicht aus den Augen, auch dann nicht, als er die Melodie summte, weil ihm die Worte nicht mehr einfielen, denn dieses Lied stammte aus einer Zeit in seiner Kindheit, die in verlockender Unerreichbarkeit jenseits der Erinnerung lag, einer Zeit, die ein dichter

Nebel des Vergessens bedeckte. Aus all den männlichen Stimmen stach Babas hoher Alt durch seine Süße und die Intensität des Gefühls, das ihn erfüllte, hervor. Sein Blick wurde immer abwesender, je länger sie sangen, doch er trat nicht in den Zustand des *samadhi* ein. Am Ende des *bhajan* glitzerte etwas in Babas Augen auf, und er wurde blaß. Er schauderte einmal, so als sei ihm schwindlig. Doch obwohl sein Oberkörper hin und her schwankte, fiel er nicht.

Als die letzten Töne verklungen waren, hallte das Lied noch eine Weile in Vivek nach. Es riß den Nebel auf und beleuchtete eine Szene aus jener vergangenen Zeit, als er noch ein kleiner Junge und seine Liebesbeziehung zu seiner Mutter auf ihrem Höhepunkt war, die Zeit, als jede noch so kurze Trennung von ihr eine Qual bedeutete, die seine zerbrechliche Unbeschwertheit zu zerreißen drohte. In dieser Erinnerung hörte er noch einmal ihre beiden Stimmen, die sich beim Morgengebet in ihrem *puja*-Raum im Gesang vereinten. Er sah deutlich das kleine Marmorstandbild, das Krishna mit seiner Flöte darstellte, und den mit frischen Ringelblumen und weißen Narzissen überhäuften Sockel vor sich. Noch einmal roch er den süßlichen Geruch des *puja*-Raums, der sich aus Blumendüften und dem Duft von Weihrauch zusammensetzte. Seltsamerweise konnte er seine Mutter, die das Zentrum des Gemäldes bildete, das sich vor seinem geistigen Auge ausbreitete, nicht klar erkennen. Sie war eine unvergängliche, aber diffuse Erscheinung, leuchtend, jedoch ohne klare Umrisse.

Plötzlich spürte Vivek eine Hand auf seiner Schulter. Er sah auf und blickte in die freundlichsten Augen, die er je gesehen hatte. Die Freundlichkeit, die darin lag, war von Liebe durchzogen, so wie goldene Fäden in einem Stück Brokat aufschimmern. Viele Jahre später las er, wie ein Journalist Babas Blick beschrieb: Er gleiche dem eines Liebhabers, der seine Geliebte ansieht, kurz nachdem bei-

der Verlangen gestillt wurde und die Körper sich voneinander gelöst haben, die Seelen jedoch immer noch eins
sind. Er zögerte nicht, als Baba ihm bedeutete, ihm in das
innere Heiligtum des Tempels auf der gegenüberliegen-
den Seite des Pavillons zu folgen.

Der Bann wurde erst gebrochen, als Vivek vor den ver-
goldeten Standbildern von Rama und Sita stand, die vom
schwachen Schein tönerner Öllampen beleuchtet wurden.
Baba hielt seine Hände in seinen eigenen. Er zog Vivek
nahe an sich heran. Als er sprach, klang seine Stimme erregt.

«Wo bist du gewesen? Du kommst so spät. Warum
warst du so grausam und hast mich so viele Tage warten
lassen?»

Unwillkürlich wandte Vivek den Kopf und sah über
seine Schulter. Einen Moment lang glaubte er, Baba rede
mit jemandem, der hinter ihm stand. Zu Viveks Entsetzen
preßte Baba nun die Hände des Jungen an sein Herz und
begann zu schluchzen, während er weitersprach.

«Oh, wie habe ich mich danach gesehnt, meinen Geist
in das Herz eines Menschen zu gießen, der würdig ist, ihn
zu empfangen. Kommst du bald wieder? Morgen? Versprich mir, daß du wiederkommst!»

‹Der Mann ist verrückt!› dachte Vivek. Mit einiger
Mühe befreite er seine Hände aus Babas krampfhaftem
Griff.

«Versprich mir, daß du bald wiederkommst. Alleine»,
wiederholte Baba wie ein flehendes Kind.

Unfähig, dem mitleiderregenden Ausdruck in seinen
Augen zu entgehen, murmelte Vivek ein «ja» und stürzte
zurück zu seinen Freunden. Unglaublich! Mit einem
Fremden zu reden wie mit einer Geliebten! «Der hat eindeutig eine Schraube locker», sagte er später zu seinen
Freunden, als sie auf direktem Wege nach Hause fuhren,
ohne auf Nemi Chands wehmütiges «Tee bei Niro's» zu
achten, als sie an dem Lokal vorbeifuhren.

«Ich dachte, er würde aussehen wie Moses. Wie Charlton Heston in *Die Zehn Gebote*, den wir in der Morgenvorstellung im Prem Prakash gesehen haben. Oder wenigstens wie Tagore», sagte Suresh, als sie am Panch-Batti-Kreisverkehr anhielten, von wo aus sie in verschiedene Richtungen nach Hause fahren würden.

«Mit seinen langen silbrigen Locken und dem wallenden weißen Bart sieht Tagore immer aus wie ein Schwindler. Wie so ein alter *rishi* auf den Postern, die im Basar verkauft werden», sagte Kamal. «Dieser Mann ist kein Schwindler, der ist nur verrückt.»

Vivek stimmte nicht in das Lachen seiner Freunde ein. Er konnte nicht abstreiten, daß der Mann einen tiefen Eindruck bei ihm hinterlassen hatte. Es lag eine so kindliche Offenheit in seinem Wesen, eine so vollkommene Arglosigkeit, wie er es bei keinem Erwachsenen je erlebt hatte. Vielleicht waren Verrückte ähnlich arglos, doch Ram Das konnte nicht völlig verrückt sein. Verrückte waren unfähig zu lieben, während Ram Das so voller Liebe schien, daß sie manchmal auf eine peinliche Weise überfließen mußte, wie bei der Begegnung im Allerheiligsten an diesem Nachmittag. Doch auf jeden Fall war er ein Exzentriker, war Viveks abschließender Gedanke.

FÜNFTES KAPITEL

Vivek erwachte von einem lauten, krachenden Schalten und dem kehligen Rumpeln des Motors, als ihr alter Vauxhall zu der Paßhöhe hinaufzufahren begann, auf der die alte Hauptstadt Amber lag. Mit seinen verfallenen, aber immer noch prächtigen *havelis* und dem herrlichen Fort, das die sandbraunen kahlen Hügel in der Umgebung von Jaipur dominierte, jener Stadt, die es vor zweihundertfünfzig Jahren als Hauptstadt abgelöst hatte, glich Amber einem alten Tempel, der von der ihn beseelenden Gottheit abrupt verlassen worden war.

Der Anstieg war nur kurz, und das Schaltgeräusch ging in ein hohes Jaulen über, als der Vauxhall nun die kurvige Straße zur Ebene unter ihnen hinabfuhr. In der Ferne schimmerten die Stadtmauern von Jaipur wie eine goldene Fata Morgana in den Strahlen der untergehenden Sonne. Die Landschaft rechts neben der Straße war übersät mit Tempeln, *havelis* und Gartenhäusern, die meisten davon hinter hohen Steinmauern verborgen. Zu ihrer Linken lag das Jagdrevier des Maharadschas, ein riesiges Gebiet von flachem, tiefgelegenem Grasland, auf dem es zwar von Pfauen und Hirschziegenantilopen nur so wimmelte, aber abgesehen von dem prunkvollen Jagdsitz keinerlei menschliche Behausung zu sehen war. Während der Regenzeit lagen weite Teile des Geländes unter Wasser, was eine große Anziehungskraft auf Schwärme von Wildgänsen und die Jagdgesellschaften des Maharadschas ausübte.

Die Abenddämmerung brach herein, als sie durch das nördliche Stadttor in den Basar fuhren. Tempelglocken läuteten schon zu den Abendandachten. 1948 gab es in Jaipur über tausend Tempel – mehr als in jeder anderen indischen Stadt mit Ausnahme von Benares. Die Basare füllten sich unter dem Ansturm der abendlichen Kundschaft. Die Gebäude, deren Kuppeln, Türme und Fächerbögen eine eklektische Mischung aus rajputischen, islamischen und europäischen Einflüssen darstellten, waren alle einheitlich rosa gestrichen. Der genaue Farbton war jedoch nicht einfach zu beschreiben. Verschiedentlich als Sandstein-Rosa, Oleander-Rosa oder, 1897 von Mark Twain, als die «Farbe von zerdrückten Erdbeeren» bezeichnet, entstand dieser ungewöhnliche Farbton aus einer Mischung aus Kalk und roter Erde, mit der die Gebäude getüncht wurden. Bei den meisten Häusern im Basar lagen im Erdgeschoß Geschäfte, auf der ersten Etage Wohnräume, und ganz oben gab es Galerien mit vorstehenden, durchbrochenen Fenstern, von denen aus die Frauen die feierlichen Prozessionen beobachten konnten, die Jaipurs Herrscher und die Einwohner der Stadt so liebten.

Sie saßen zu fünft in dem Wagen, der durch die Basare zu ihrem Haus in der Bhagwan Das Road ratterte, wo Trilok Nath schon auf seine Familie wartete. Viveks Großonkel, der jüngere Bruder seines Großvaters väterlicherseits und das vermeintliche Oberhaupt der Familie, lümmelte auf dem Beifahrersitz, und sein fetter Oberschenkel ließ dem bedrängten Fahrer kaum Platz zum Schalten. Viveks Großtante Sharada Devi nahm den größten Teil des Rücksitzes in Anspruch. Mit ihrer beträchtlichen Leibesfülle preßte sie seine Mutter gegen die rechte Tür und drohte zeitweise den schmalen Jungen an der linken Seite des Wagens zu zerquetschen. Hin und wieder veränderte Sharada Devi ihre Haltung und spannte das überbordende Fleisch an ihren Schenkeln an, um so Vivek ein wenig mehr Platz zu gönnen, doch beharrlich ignorierte sie die räumlichen Bedürfnisse der Mutter des Jungen. Vivek mochte seine Großtante nicht. Nicht daß sie ihm jemals irgend etwas getan hätte. Im Gegenteil, sie hatte den Jungen sehr gern. Eine aufrichtige Wärme drang durch die Liebe, die sie stets dann in übertriebenem Maße zur Schau stellte, wenn andere Menschen – vor allem Viveks Vater – in der Nähe waren. Bei solchen Gelegenheiten wuschelte sie durch Viveks Haar und gurrte Kosenamen mit einer Stimme, mit der man sonst zu Babys spricht, was ihm überaus peinlich war. Wenn seine Mutter auch zufällig in der Nähe war, konnte man davon ausgehen, daß Shadara Devi ihr Vorwürfe machen würde.

«Maheshwari, sieh nur, wie dünn der Junge geworden ist! Du gibst ihm nicht genug zu essen. Es sieht so aus, als müßte ich mich auch noch selbst um ihn kümmern, und das in meinem Alter. Ach, ihr jungen Frauen ...», klagte sie seufzend und mit dem Kopf schüttelnd.

Der Grund, warum Vivek seine Großtante nicht mochte, lag darin, wie sie seine Mutter behandelte, wenn sein Vater bei der Arbeit war. Sie äußerte sich nur in groben und sarkastischen Bemerkungen über Maheshwaris Haushaltsführung, verlangte Unmögliches von ihren Kochkünsten und ließ sich ausführlichst über ihre Mängel aus. Maheshwari ertrug die täglichen Demütigungen ohne Widerrede. Als sie sich am Anfang ihrer Ehe bei ihrem Mann über das Verhalten seiner Tante beschwerte, gab ihr Trilok Nath mehr als deutlich zu verstehen, daß er tiefer in der Schuld seiner Tante stehe, als dies bei seiner Mutter der Fall war, die ihm das Leben geschenkt hatte. Sharada Devi hatte ihn aufgezogen, seit sein Vater die Familie verlassen hatte, um ein *sadhu* zu werden, und sich seine Mutter in ihrer Trauer und Verwirrung von einem Tag auf den anderen von ihren Aufgaben, den Haushalt zu führen und ihren fünfjährigen Sohn zu erziehen, zurückzog und sich von da an für den Großteil ihrer Zeit in ihrem Gebetsraum einschloß. Er sei seiner Tante zu großem Dank verpflichtet, erklärte Trilok Nath seiner jungen Frau unverblümt, und deshalb erwarte er von ihr, daß sie sich mit Sharada Devis Art abfinde und der alten Dame keinen Grund zur Klage gebe. Maheshwari hatte halb erwartet und halb befürchtet, die Stellung der leidenden Schwiegertochter einnehmen zu müssen, auf die sie die Tradition und ihre eigene Mutter ausgiebig vorbereitet hatten, und so trug sie ihren Kummer mit einem Mindestmaß an Tränen und bewahrte ihre angeschlagene Würde mit Hilfe der stillen Unterstützung von Viveks Großonkel und ihres Sohnes, der jedesmal vehement für seine Mutter eintrat, den amüsierten Erwachsenen ganz deutlich zu verstehen gab, daß er seine Mutter über alles in der Welt liebte, und sie mit der ganzen Kraft seines leidenschaftlichen kleinen Herzens verteidigte.

Vor allem jedoch fand Maheshwari Trost in einem immer stärker werdenden Glauben an einen gütigen Gott, wie unergründlich Seine Wege auch sein mochten. Sie ließ nicht einen der vorgeschriebenen Fastentage ausfallen und verkürzte während ihrer immer länger dauernden Aufenthalte im Gebetsraum, den sie nach dem Tod von Viveks Großmutter übernommen hatte, auch nicht ein einziges Ritual. Dieser Raum wurde zu ihrem Zufluchtsort. Vivek half seiner Mutter begeistert bei ihren religiösen Verrichtungen. Er brachte ihr die Blumen für ihre Morgen-*puja*, die der Gärtner jeden Morgen frisch pflückte. Er saß mit gekreuzten Beinen, gefalteten Händen und geschlossenen Augen neben ihr und imitierte ihre andächtige Haltung, während sie zu dem weißen Marmorstandbild Krishnas betete, das sie von ihrer Schwiegermutter geerbt hatte. Er versuchte, ihre Sprachmelodie nachzuahmen, wenn sie ihm aus dem Ramayana vorlas und er die Verse des Epos nachsprach. Er bestand jedesmal darauf, seine Mutter zu begleiten, wenn professionelle Sänger irgendwo in der Nachbarschaft Auszüge aus dem Ramayana vortrugen, und schlief nicht ein, bis die Vorstellung zu Ende war, wie spät es dabei auch wurde. Wenn ein um Almosen bettelnder *sadhu* an ihre Tür kam, stürzte Vivek eilfertig in die Küche, um dem Bettelmönch *rotis* und Gemüse sowie Münzen aus der

Geldbörse seiner Mutter zu holen, während diese sich mit dem heiligen Mann über spirituelle Fragen unterhielt.

Vivek betete seine Mutter an, und dies im wahrsten Sinne des Wortes. Wenn sein Vater morgens ins Büro gegangen war, begann Maheshwari ihre Gebete, indem sie die steinernen Füße des Standbildes wusch und ein wenig von diesem Wasser trank, das so sehr von dem Segen des dunklen Gottes erfüllt war. Vivek nahm ebenfalls einen Schluck von diesem Wasser, bestand jedoch dann darauf, daß seine Mutter ihren großen Zeh in eine andere Schale mit Wasser tauchte. Er trank dann dieses Wasser und freute sich über Maheshwaris Gesichtsausdruck, der zwischen Verlegenheit und Glück hin und her schwankte.

Sharada Devi murrte, wenn die Diener oder ihr Mann in der Nähe waren, und machte bissige Bemerkungen über Maheshwaris Frömmigkeit, die eines Tages noch den Haushalt in den Ruin treiben würde, doch sie hütete sich vor einer offenen Auseinandersetzung, bei der sie sich womöglich entschieden gegen die zahlreichen ärgerlichen äußerlichen Ausprägungen von Maheshwaris Glauben stellen müßte. Die Ausübung des Glaubens war unantastbar, selbst bei einer niederen Schwiegertochter. Man konnte nur dagegen einschreiten, wenn die Frau ihre Familie sträflich vernachlässigte ... was Maheshwari jedoch nicht tat. Sie achtete auch besonders darauf, nicht zu laut gegen Maheshwaris Großzügigkeit den *sadhus* gegenüber zu protestieren. Jeder wußte, daß die meisten von ihnen arbeitsscheues Gesindel und verkleidete Bettler waren. Doch sie mußte sich beherrschen, da ihr eigener Schwager, Trilok Naths Vater, sein Haus verlassen hatte, um das Leben eines umherziehenden *sadhu* zu führen. Das einzige, was Sharada Devi tun konnte, war, Maheshwari Vorhaltungen zu machen, daß Vivek zu viel Zeit im Gebetsraum verbrachte und, da er das häufige Fasten seiner

Mutter nachahmte, nicht genug aß. Doch eines Tages bot sich Sharada Devi endlich eine Gelegenheit.

Es war einer jener kalten Januartage, auf die die Einwohner Delhis in ihrem durch die langen, heißen Sommermonate begünstigten kollektiven Gedächtnisschwund nie richtig vorbereitet sind. Der Nebel hatte bis über die Mittagszeit hinaus über der Stadt gehangen, bis es der bläßlichen Wintersonne endlich gelang, die letzten Schwaden zu zerstreuen. Am späten Nachmittag lagen Viveks Mutter und seine Großtante immer noch unter dicke Decken gekuschelt in ihrem Zimmer beim Mittagsschlaf. Vivek stand draußen auf dem Rasen und sah dem Gärtner zu, der Rosenstecklinge und Dahlien für den Frühling einpflanzte, als der *sadhu* am Tor erschien.

«Gib im Namen Gottes», rief der *sadhu* mit lauter, befehlsgewohnter Stimme, die so anders klang als das schmeichlerische Jammern der gewöhnlichen Bettler.

Vivek ging zu ihm hinüber. Der *sadhu* war groß und kräftig und hatte einen dichten Bart. Seine halbnackte Erscheinung war genauso respekteinflößend wie seine tiefe Stimme.

«Meine Mutter schläft», sagte der Fünfjährige, legte die Hände zusammen und hob sie an seinen geneigten Kopf, genauso wie er auch seine Mutter heilige Männer hatte grüßen sehen.

«Dann wirst *du* heute das Verdienst erwerben, geschenkt zu haben», sagte der *sadhu* und lächelte auf den Jungen hinab. «Es ist kalt. Du kannst mir einen Umhang bringen.»

Vivek zögerte nicht. Er rannte zurück ins Haus. Anstatt des Umhangs würde er dem *sadhu* den neuen Wollanzug seines Vaters geben! Den mit dem geschlossenen Stehkragen, wie ihn die Regierungsbeamten seit der Unabhängigkeit trugen. Der taubengraue Flanellanzug, vor nicht ganz einem Monat bei Kirpa Ram Tailors am

Connaught Place geschneidert, war der Lieblingsanzug seines Vaters.

«Sei gesegnet!» sagte der *sadhu*, als seine Finger über den zarten Stoff eines Anzugs strichen, den er nie tragen würde.

«Vergiß nicht, Junge, wenn dein Geschenk Verdienst erwerben oder Bedeutung haben soll, dann gib immer, was du am meisten liebst. Irgendwann, wenn du älter bist, wirst du das verstehen.»

Der *sadhu* drehte sich nicht um, als er mit festem Schritt auf die nahegelegenen Lodi-Gärten zuging.

✳

«Der Junge kann nichts dafür», sagte Sharada Devi, die eher versuchte, den Ärger seines Vaters umzulenken als ihn zu besänftigen, als Trilok Nath abends von der Arbeit nach Hause kam und feststellte, daß sein Lieblingsanzug verschwunden war. Die glücklose Maheshwari stand in einer Ecke des Zimmers, die Augen fest auf einen unsichtbaren Punkt neben ihren Füßen gerichtet, während Trilok Naths Zorn um sie herum wogte und brandete. Vivek hatte keine Angst um seine Mutter. Er wußte, daß der Ärger seines Vaters nie länger als ein paar Minuten anhielt.

«Du kannst beten und fasten, soviel du willst, aber laß den Jungen in Ruhe», sagte Trilok Nath zu seiner Frau, als er sich wieder beruhigt hatte. «Er ist keine Frau. Das gute Karma, das er für sein nächstes Leben braucht, wird er sich durch seine mannhaften Taten selbst verdienen.»

«Du brauchst ihn nicht einzusperren, sobald ein *sadhu* am Tor auftaucht, aber wir müssen doch sehr vorsichtig sein bei allem, was mit *sadhus* zu tun hat», sagte Sharada Devi, und ihre Stimme triefte vor süßlicher Vernünftigkeit. «Wir dürfen sein Horoskop nicht vergessen.»

Und dann tauschten die drei jenen besonderen verschwörerischen Blick, der Kinder von den Geheimnissen der Erwachsenen ausschließt, sogar wenn diese Erwachsenen selbst so gut wie gar nichts gemeinsam haben. Jahre später, als sie in Jaipur lebten und Vivek das erste Jahr auf dem College war, erfuhr er von seiner Mutter, daß das Geheimnis mit seinem Großvater zu tun hatte.

*

Sein Großvater, Durga Prasad, war ein vielversprechender junger Anwalt, auch wenn manche Leute der Ansicht waren, er sei zu schüchtern, um in einem Beruf ganz nach vorne zu kommen, der eine gewisse Dreistigkeit erfordert, als er plötzlich, im Alter von fünfundzwanzig Jahren, wenige Tage nach der Geburt seines Sohnes Trilok, beschloß, der Welt zu entsagen und ein Wandermönch zu werden. Seine Familie und Freunde waren schockiert über diesen Entschluß, von dem sie erst erfuhren, als Durga Prasad schon aus Delhi verschwunden war. Natürlich gab es einige familiäre Probleme, die sein sensibles, vielleicht zu sensibles Gemüt belastet haben könnten. Durga Prasads verwitwete Mutter verließ, in stille Trostlosigkeit versunken, ihr Bett nicht mehr, seit ein geliebter Neffe sie um ihren gesamten Goldschmuck betrogen hatte. Sein jüngerer Bruder, Kali Prasad, der noch nie eine besondere Neigung zu bezahlter Arbeit an den Tag gelegt hatte und sich die Zeit lieber beim Kartenspiel mit seinen gleichermaßen unbeschäftigten Freunden vertrieb, war auch nach seiner Hochzeit nicht verantwortungsbewußter geworden, wie Durga Prasad gehofft hatte. Darüber hinaus begann Kali Prasads temperamentvolle junge Frau, Sharada Devi, einer althergebrachten Familientradition zum Trotz, ihre ältere Schwägerin herumzukommandieren. Später hieß es, Durga Prasad sei das ewige Gezänk der Frauen und die ständigen Forderungen seiner Frau, er solle seine Autorität geltend machen und die natürliche Ordnung von Herrschaft und Gehorsam zwischen den beiden streitenden Frauen wiederherstellen, leid gewesen. Doch solche Probleme waren nichts Ungewöhnliches. Jeder wußte, daß nichts in der Welt dem Gefühl des Friedens und der Anerkennung gleichkommt, das man aus einem harmonischen Familiengefüge schöpft, daß aber auch nichts den Schmerz und das Leid aufwiegt, wenn diese Harmonie aus dem Gleichgewicht gerät. Weise Menschen wußten jedoch auch, daß sowohl Harmonie als auch Zerrüttung nur sehr kurzlebig sind, wie der Tag und die Nacht aufeinanderfolgen, und so verloren sie in diesem natürlichen Auf und Ab des Familienlebens nie ihre Gelassenheit.

Was auch immer Durga Prasad dazu bewogen haben mochte, eines Morgens verließ er in schwarzer Anwaltsrobe und Krawatte, seine schwarzlederne, mit Akten prall gefüllte Aktentasche in der Hand, ihr Haus in Daryaganj, um zum Gericht in Tis Hazari zu gehen, und kam nie mehr zurück. Er ließ einen Brief an seinen Bruder zurück, in dem er ihn über seinen Entschluß, ein *sadhu* zu werden, informierte und seinem jüngeren Bruder die Sorge für seine Frau, seinen Sohn und ihre Mutter übertrug. Während der nächsten zwölf Jahre wußte niemand in der Familie, wo er sich aufhielt. Es gab natürlich Gerüchte. Gelegentlich erzählte jemand, er sei in Benares, Rishikesh, Hardwar oder sogar im Süden, in der Tempelstadt Madurai gesehen worden, er sei in ein safrangelbes oder weißes Gewand gekleidet, sei kahlgeschoren oder habe verfilztes langes Haar, trage einen Bart oder sei glattrasiert. Die Familie war besorgt, doch glücklicherweise hatten sie keine unmittelbaren finanziellen Schwierigkeiten, da ihnen genug Geld geblieben war, um noch einige Jahre in bescheidenem Wohlstand zu leben. Mochte Kali Prasad auch ein Müßiggänger sein, so war er doch ein gutherziger junger Mann ohne größere Laster, wie Spielsucht oder eine Vorliebe für die Prostituierten in der G. B. Road, die eine Familie innerhalb kürzester Zeit in den Ruin treiben können. Klugerweise gab er die Verantwortung für die Erziehung seines Neffen, das reibungslose Funktionieren des Haushalts – da sich Durga Prasads Frau nach dem Verschwinden ihres Mannes in den *puja*-Raum zurückgezogen hatte – und die finanziellen Angelegenheiten der Familie in Sharada Devis fähige Hände (viele Jahre lang betrieb die junge Frau einen bescheidenen, aber nichtsdestotrotz profitablen Geldverleih) und begann selbst, das Leben zu führen, das er immer angestrebt hatte. Es war das Leben eines Mannes, der weder mit einem besonderen Talent gestraft noch zu großem Ehrgeiz verdammt war und der das Glück hatte, nicht für seinen Lebensunterhalt arbeiten zu müssen. Morgens veranstaltete er mit seinen Freunden Ringkämpfe am Ufer des Jamuna, ehe er sich eine Ölmassage gönnte, nachmittags unterhielt er sich mit Freunden und spielte Karten, und abends spazierte er durch den Chandni Chowk, wo er *chaat* aß und hübschen Frauen hinterhersah, oder er hörte Grammophonaufnahmen von Mallika Pukhraj und Master Madan. Er liebte Kinder, und obwohl er nie eigene hatte, betrachtete er seinen Neffen als seinen Sohn und verbrachte jede freie Minute zu Hause und spielte mit dem Kind.

Dem uralten Brauch entsprechend, daß ein *sadhu* zwölf Jahre, nachdem er seinen Geburtsort verlassen hat, diesen noch einmal aufsuchen muß, kehrte Durga Prasad einige Tage nach Trilok Naths zwölftem Geburtstag nach Delhi zurück. Er kam jedoch nicht nach Hause, sondern zog es vor, in einem Rasthaus für umherziehende *sadhus* zu übernachten, das zu einem Shiva-Tempel in der Nähe des Purana Qila gehörte. Zufällig sah ihn dort einer seiner entfernten Verwandten, der diesen Tempel regelmäßig besuchte. Der Verwandte erzählte Kali Prasad, daß sein Bruder in der Stadt sei und Durga Prasad schwach, ja vielleicht sogar krank aussehe. Mit Hilfe zweier Freunde brachte Kali Prasad seinen Bruder mit Gewalt zurück nach Hause und schloß ihn in seinem alten Zimmer ein, als er versuchte davonzulaufen. Durga Prasad protestierte, indem er sich weigerte zu essen. Nachdem er beim ersten Mal auf das Flehen seiner Frau, doch sein Leben als Familienvater wieder aufzunehmen, noch mit einem gemurmelten «Was bedeutest du mir schon, Frau?» geantwortet hatte, wies Durga Prasad jeden weiteren Versuch, sich mit ihm zu unterhalten, zurück und versank in eisernes Schweigen. Beunruhigt über den sich verschlechternden Gesundheitszustand seines Bruders, hatte Kali Prasad keine andere Wahl, als ihn gehen zu lassen.

Erst fünf Jahre später sah ihn ein Mitglied der Familie wieder. Durga Prasads Frau hatte, begleitet von zwei anderen verwitweten Kusinen, endlich ihren langgehegten Traum verwirklicht und eine Pilgerfahrt nach Benares unternommen. Als die drei Frauen eines Tages eine Allee entlanggingen, die zum Vishwakarma-*ghat* führte, rutschte Durga Prasads Frau aus und fiel hin. Ein *sadhu*, der gerade vorbeikam, zog sie, da es *sadhus* verboten ist, den Körper einer Frau zu berühren, an den Haaren wieder hoch. Sobald sie einander erkannten, lief der *sadhu* – der niemand anderes war als Durga Prasad – davon. Seine Frau brachte die verrutschten Falten ihres Saris in Ordnung und ging weiter auf ihrem Pilgerweg, ohne sich noch einmal nach ihrem fliehenden Ehemann umzudrehen.

«Einige Wochen vor deiner Geburt», erzählte Viveks Mutter, «erfuhren wir vom Priester des Shiva-Tempels, bei dem dein Großvater beim letzten Mal, als er in Delhi war, übernachtet hatte, daß er in Benares gestorben war. Als du ein paar Monate alt warst, bemerkte deine Tante als erste, wie sehr du deinem Großvater ähneltest. Bei der Feier deiner Namensgebung sagten einige der alten Verwandten, die ihn noch als Kind gekannt hatten, du seist ihm wie aus dem Gesicht geschnitten – mit den gleichen großen, leicht vorquellenden Augen und den langen Buddha-ähnlichen Ohrläppchen. Manche vermuteten sogar, die Seele deines Großvaters sei in dir wiedergeboren worden – wovon dein Vater sie sehr schnell wieder abbrachte. Und dann ließen wir dein Horoskop erstellen. Das Horoskop sagte voraus, daß auch du, noch ehe du dreißig wärst, die Welt verlassen und ein *sadhu* werden würdest.

‹Schicksal bedeutet nur eine höhere Wahrscheinlichkeit›, sagte dein Vater, als er das Horoskop sah, dann schloß er es weg. ‹Die Bemühungen des Menschen können diese Wahrscheinlichkeit verringern, bis sie nicht mehr schicksalhaft ist. Kein Sohn von mir wird jemals ein Wandermönch. Wir haben genug davon in diesem rückständigen Land.›»

Erst als Trilok Nath zwei Jahre, nachdem die Fürstentümer von Rajputana in das seit kurzem unabhängige Indien eingegliedert worden waren, mit seiner Familie nach Jaipur zog, nahm er die Erziehung seines Sohnes, der damals sechs Jahre alt war, selbst in die Hand und begann seinen Feldzug gegen die Zukunft, die Vivek in seinem Horoskop vorhergesagt worden war. Viveks frühe Kindheit, die von der Gegenwart seiner Mutter und ihrer Götter und Göttinnen durchdrungen war, fand damit ein abruptes Ende. Seine Mutter nahm die Tatsache, daß er sie verließ, mit der gleichen stoischen Ruhe hin wie Sharada Devis Kränkungen oder die Gleichgültigkeit ihres Mannes. Es war nun einmal der Lauf der Welt, daß eine Mutter ihren Sohn ab einem gewissen Alter seinem Vater und der Männerwelt, für die dieser stand, überlassen mußte. Sie fütterte und kleidete immer noch liebevoll seinen Körper, doch sie sah ein, daß seinem Geist eine Form gegeben wurde, die von nun an sein Vater vorgab. Vielleicht später, wenn er ein Mann war, konnte sie versuchen, ihm eine Brücke zurück in ihre Zwei-Personen-Welt zu bauen. «Weißt du noch, damals, als du ein kleiner Junge warst …?» würde sie seine Erinnerung zu wecken versuchen, unsicher, ob er ihr Angebot annehmen würde. Sie wünschte, sie hätte eine Tochter bekommen. Töchter waren anders.

Trilok Nath war in keinster Weise strengreligiös oder spirituell veranlagt. Er nannte sich selbst einen Agnostiker, was bedeutete, daß er kaum einen Gedanken an die Belohnungen und Kümmernisse eines späteren Lebens verschwendete, sondern in vollen Zügen die Annehmlichkeiten des gegenwärtigen auskostete.

«Der einzige Sinn des Lebens liegt in der Fortpflanzung der Spezies. Der ganze Rest ist religiöser Hokuspokus», sagte er. «Was man in seinem Leben erreichen soll, ist ganz einfach: Geld verdienen, heiraten, Kinder zeugen, selbst ein glückliches Leben führen und zum Glück der anderen beitragen, soweit dies in unserer Macht steht.»

Er war ein stämmiger Mann mit einem ansteckenden Lachen, der es liebte, Partys zu veranstalten. Diese zeichneten sich durch eine Fülle von köstlichem Essen, das er von einem speziell zu diesen Gelegenheiten eingestellten muslimischen Koch zubereiten ließ, und geistreiche Gespräche aus, und an solchen Abenden stürzte er sich begeistert in plumpe Flirts mit den Frauen seiner Kollegen, indem er ihnen tief in die Augen sah und dabei gefühlvolle *ghazals* sang. Er mochte besonders gerne scharf gewürztes Hähnchen und Lammcurrys, die nicht seine Frau und seine Tante, beides Vegetarierinnen, sondern der Koch für ihn alleine in einer abgetrennten Ecke der Küche zubereitete. Trilok Naths erster Schritt bei der Erziehung seines Sohnes bestand darin, ihn von seinen vegetarischen Eßgewohnheiten abzubringen und in seinen Geschmacksnerven das Vergnügen am Verzehr von Fleisch zu wecken.

«Vegetarier sind friedvolle Kreaturen, sie haben keine Energie und lassen sich leicht dominieren. Warum glaubst du, haben die Briten uns über Hunderte von Jahren hinweg beherrscht? Nicht weil sie bessere Waffen gehabt hätten, sondern durch ihren unabhängigen, kämpferischen Geist. Und der stammt daher, daß sie Rind und anderes Fleisch essen. Ein Elefant ist ungeheuer stark, doch für einen Menschen ist es ein Leichtes, ihn zu versklaven. Und eine Katze, so klein sie auch ist, wird immer um ihre Unabhängigkeit kämpfen.»

Er schrieb Vivek in der von Jesuiten geführten St. Xavier's School gegenüber ihrem Haus in der Bhagwan Das Road ein. Er half ihm bei seinen Hausaufgaben und ermunterte ihn, am Schulsport teilzunehmen. Als Vivek, der sehr sportlich war, nach und nach durch die Junior-Hockey- und -Cricket-Teams der Schule aufstieg, bis er schließlich in beiden Sportarten Kapitän der ersten Mannschaft war, kam Trilok Nath zu allen Spielen seines Sohnes, die am Sonntagmorgen stattfanden, wenn er nicht ins Büro mußte.

In den ganzen zehn Jahren auf St. Xavier's war Vivek ein hervorragender Schüler. Er glänzte in Geschichte und Englisch, hatte aber eine unerklärliche Abneigung gegen Mathematik, weshalb er es nie schaffte, Klassenbester zu werden. Trilok Nath zeigte Verständnis für diese Schwäche seines Sohnes, ja er war sogar stolz darauf.

«Mathematik», sagte er, «ist das Handwerkszeug eines Händlers.»

An Viveks zwölftem Geburtstag gab ihm sein Vater den Schlüssel für den Vitrinenschrank in seinem Zimmer, in dem seine kleine Büchersammlung stand.

«Eines Tages wirst du die meisten davon lesen können», sagte er.

Die Bücher waren in English, Urdu und Persisch geschrieben, Sprachen, die Trilok Nath sehr gut beherrschte. Er interessierte sich vor allem für Geschichte und konnte, zum Erstaunen und Entzücken seines Sohnes, ganze Passagen aus Gibbons *Geschichte des Verfalls und Untergangs des Römischen Reiches* auswendig aufsagen, die den Ehrenplatz in der Mitte des obersten Regals einnahm. Er liebte die Gedichte von Hafis und Shakespeares Sonette. Seine Sammlung zeichnete sich dadurch aus, daß in ihr kein einziges religiöses Buch vertreten war, abgesehen von der Bibel, denn Trilok Nath hielt die Lehren des Jesus von Nazareth für den Gipfel spirituellen Denkens, mit denen jeder gebildete Mensch vertraut sein sollte, ohne unbedingt mit ihrem Inhalt einverstanden sein zu müssen.

«Es gibt nichts, was du von unseren alten Weisen oder aus unseren *shastras* lernen könntest», sagte er seinem Sohn. «Sie sind die Ursache für die Schwäche der Hindus und den Aberglauben, der in diesem Land grassiert.»

Wenn er nachmittags gegen fünf aus dem Büro nach Hause kam, nahm er Vivek mit in den Jaipur Club. Dort spielte er ein paar kraftvolle Runden Tennis, während Vivek im Pool schwamm oder, als er älter wurde, selbst mit den Söhnen der Kollegen seines Vaters Tennis spielte. Nachdem sie geduscht und sich umgezogen hatten, saßen Vater und Sohn gemütlich an einem Tisch auf dem Rasen des Clubs und tranken eiskalte Limonade, während weißgekleidete Kellner diskret um sie herumhuschten und die Gartenlampen anzündeten, um die rasch hereinbrechende Dunkelheit der Wüste fernzuhalten.

Vivek gefiel es, der Sohn seines Vaters zu sein, auch noch als er älter wurde und ihm die öffentlichen Bekundungen von Stolz und Zuneigung seines Vaters manchmal peinlich waren. Trilok Nath ermunterte seinen Sohn, an seinem Berufsleben teilzuhaben, sooft sich die Gelegenheit dazu bot, und ermöglichte dem Sohn dadurch den Zugang zu der wichtigsten Seite eines Vaters. Viveks Erinnerungen an das erste Mal, daß sein Vater ihn wenige Monate nach ihrer Ankunft in Jaipur zu einer öffentlichen Veranstaltung mitnahm, blieb stets lebendig und die Bilder erstrahlten in immer neuen Farben, anstatt im Laufe der Zeit zu verblassen.

Es war der Tag, an dem das Dusshera-Fest des Jahres 1951 im Stadtpalast gefeiert wurde, und von Trilok Nath, dem neuen Sekretär des Rajpramukh, des Maharadschas von Jaipur, wurde erwartet, daß er daran teilnahm, selbst wenn diese Zeremonie eigentlich zu der alten Feudalordnung gehörte, die sich im System der unabhängigen Republik Indien auflösen sollte. In der cremefarbenen rohseidenen Kombination aus *kurta* und *pyjama*, die sein Vater vor kurzem für ihn hatte schneidern lassen, sah der sechsjährige Vivek überraschend erwachsen aus. Maheshwari, die ihrem Sohn von der Veranda aus mit einer Mischung aus Stolz und Wehmut nachsah, als er in den Wagen kletterte, winkte, als das Auto abfuhr, doch Vivek, der sich aufgeregt plappernd mit seinem Vater unterhielt, drehte sich nicht mehr um. Im Palast, in dem im Laufe einer glanzvollen Zeremonie am 30. März 1949 der Staat Rajasthan gegründet worden war, stellte Trilok Nath seinen Sohn seinem neuen Chef vor. Der schneidige Maharadscha, der mit seinem magentaroten seidenen Turban und mit einem Schwall von Halsketten aus Rubinen und Smaragden, die sich über seinen *achkan* aus purpurrotem und goldenem Brokat ergossen, prächtig aussah, hatte den Jungen angelächelt und ihm über den Kopf gestrichen. Unter den Blicken der Hofdamen, die sich hinter durchbrochenen Steinfenstern aufhielten, begann der Maharadscha dann mit der rituellen Verehrung der Wappen und Kriegswaffen. Danach hatten sie zugesehen, wie die Dusshera-Prozession zum Palasttor hinauszog. Sie wurde angeführt von den staatlichen Truppen von Jaipur, der Kavallerie und den Kamelreitern, die von Militärkapellen begleitet wurden. Danach folgte die Leibgarde des Maharadschas auf ihren vollkommen gleich aussehenden schwarzen Pferden. Hinter der goldenen Kutsche des Maharadschas, die von sechs weißen Pferden gezogen wurde, ritten die Adligen von Jaipur, deren Pferde genauso prächtig herausgeputzt waren wie ihre schnauzbärtigen Reiter. Schon bald erklangen die «Maharaja Man Singh *ki jai*»-Rufe der Menge, die sich auf den Straßen und in jedem Fenster und auf jedem Balkon entlang der königlichen Route drängte, wie das gedämpfte Geräusch von Wellen, die sich an den hohen Palastmauern brachen.

Vivek fühlte den festen Arm seines Vaters um seine Schultern. «Eines Tages», sagte sein Vater, von starken Gefühlen bewegt, «eines Tages...» Die Liebe und der Stolz in seiner Stimme schienen, viel mehr als sein unvollendeter Satz, Vivek eine glorreiche Zukunft zu versprechen.

In den darauffolgenden Jahren begleitete Vivek seinen Vater, nachdem dieser zum Distriktrichter von Jaipur ernannt worden war, während der Schulferien häufig auf seinen Dienstreisen. Diese Reisen, von denen manche bis zu einer Woche dauerten, konnte man nahezu als Expeditionen bezeichnen. Mit Zelten, Campingzubehör und Vorräten beladene Kamele brachen am frühen Morgen auf, während Vater und Sohn später gemächlich mit einem Gefolge von Dienern, Polizisten und Protokollführern nachkamen. Gegen Abend erreichten sie ihren Zielort. Die Zelte wurden aufgestellt und die Feuer angezündet. Trilok Nath kontrollierte die Steuerlisten, hörte Klagen an und schlichtete Streitigkeiten. Ein Strom von Bittstellern aus dem Dorf fand sich bei ihm ein. Die Dorfbewohner, die aus einem in Hunderten von Jahren der Unterdrückung gebildeten kollektiven Gedächtnis schöpften, waren sehr bewandert in der Kunst des Schmeichelns. Dem Distriktrichter Sahib Komplimente über seinen Sohn zu machen und dem Kind jeden Wunsch zu erfüllen war Teil ihres langerprobten Repertoires. Vivek war noch zu klein, um zu erkennen, daß die Aufmerksamkeiten und Bemühungen der Männer aus dem Gefolge seines Vaters oder der Dorfbewohner nichts mit Liebe zu tun hatten und er für andere Leute nicht, wie für seine Familie, den Mittelpunkt der Welt bildete.

Auf dem Maharaja College, auf das Vivek im Alter von siebzehn Jahren kam, nachdem er die Schule abgeschlossen hatte, war er schnell bekannt für seine unkonventionelle Brillanz. Er studierte Philosophie, las jedoch auch sehr viel, wenn auch unsystematisch, aus den Bereichen Geschichte und Psychologie sowie populärwissenschaftliche Bücher. Er hatte die Fähigkeit seines Vaters geerbt, mühelos unzählige Seiten aus einem Buch, das er nur ein einziges Mal gelesen hatte, im Gedächtnis zu behalten, und so erstaunte er, zur stillen Verzweiflung seiner Lehrer, seine Klassenkameraden mit langen Zitaten aus Herbert Spencer, Bertrand Russel, Marx und Jung. Doch sein sensationelles Gedächtnis schien ihn jedes Jahr bei den Prüfungen zu verlassen, bei denen er immer nur sehr mittelmäßige Noten erzielte. In Anbetracht der großen Pläne, die Viveks Vater für seinen Sohn hatte, begannen dessen Prüfungsergebnisse ihm einige Sorgen zu bereiten. Doch alles in allem war Trilok Nath stolz auf seinen Sohn und genoß in vollen Zügen das Lob seiner Kollegen, die Vivek für einen «geborenen Führer» hielten.

Mit seinem dichten, gewellten schwarzen Haar und seinen großen, leuchtenden, wenn auch etwas hervorquellenden Augen und seinem muskulösen Körper war Vivek ein gutaussehender junger Mann, der sich seiner Wirkung auf das andere Geschlecht jedoch weder bewußt war, noch besonderen Wert darauf legte. Dies erhöhte noch den Reiz, den er auf einige der intellektuelleren Studenten ausübte, und die zu ihm als einem Vorbild aufsahen, dem sie in ihren eigenen Kämpfen gegen die sexuellen Obsessionen der Jugend nacheifern konnten. Ob nun diese Enthaltsamkeit in seiner Natur lag oder nicht, gestärkt wurde sie auf jeden Fall durch den Ethos des Ringens. Zu Kali Prasads Entzücken, der in Erinnerungen an seine eigene Jugendzeit an den Ufern der Jamuna schwelgte, und mit der Zustimmung von Trilok Nath, der Ringen für die männlichste aller indischen Sportarten

hielt, hatte sich Vivek zu einem begeisterten Ringer entwickelt. Jeden Tag stand er im Morgengrauen auf und
lief die drei Meilen zum Ringer-Trainingszentrum in der
Nähe des Chandpol-Tors, um seine Kondition zu trainie-
ren. Das Trainingszentrum wurde von einem professio-
nellen Ringer geleitet, der in vergangenen Zeiten bei
Wettkämpfen gegen Ringer aus anderen Fürstentümern
zahlreiche Lorbeeren für den *durbar* von Jaipur gewon-
nen hatte und der bei offiziellen Anlässen in der königlichen Prozession durch die Basare der Hauptstadt ge-
schritten war. Sein Training war hart und er stellte hohe
Ansprüche. Nach einem kurzen Bad legte Vivek die tra-
ditionelle Bekleidung des Ringers, den Lendenschurz, an
und machte sich, zusammen mit einem Dutzend anderer
junger Männer aus unterschiedlichen sozialen Schichten
und Berufen – er war der einzige Student – daran, aus frischem Schlamm und Stroh die neun mal neun Meter
große Kampffläche zurechtzumachen. Danach folgte
eine Stunde verschiedener Formen von Krafttraining sowie Kniebeugen und Klappmesser. Der Lehrer teilte ihm
dann einen anderen angehenden Ringer als Partner zu,
gegen den er kämpfen und Angriffe und Konter üben
sollte. Nachdem sie eine anstrengende Stunde lang ihre
Kräfte gemessen hatten, war es ein himmlischer Genuß,
sich auf dem Boden der Kampffläche zu rollen und
die kühlenden und kräftigenden Eigenschaften des
Schlamms aufzunehmen. Wenn er nach einem erneuten
Bad aus dem Trainingszentrum nach Hause kam, saß Trilok Nath gewöhnlich schon am Tisch bei seinem englischen Frühstück aus Porridge mit Milch, gebuttertem
Toast und Omelett, letzteres durch gehackte Zwiebeln
und grünen Chili den indischen Gepflogenheiten angepaßt. Viveks Frühstück hingegen, das seine Mutter ihm
liebevoll zubereitete, bestand aus dem, was alle Ringer
morgens zu sich nahmen: einem Liter frischer, schäu-
mender Milch, einer kleinen Portion hausgemachter

Schmelzbutter und einer Menge geschälter, über Nacht in Wasser eingelegter Mandeln.

Vivek hatte von seinem Trainer gelernt, daß von den zahlreichen Tugenden, wie Einfachheit, Ehrlichkeit oder Sauberkeit, die ein Ringer auf sich vereinen mußte, keine höher bewertet wurde als die Keuschheit. Der Samen war der Sitz der Kraft und des Charakters eines Ringers. Milch, Schmelzbutter und Mandeln, die Grundbestandteile der Ernährung eines Ringers, bauten einen Vorrat von äußerst kraftvollem Samen auf, der für die Steigerung der Körperkraft unabdingbar war. Ringen war nicht nur eine einfache körperliche Betätigung, sondern das Zusammenspiel von Muskelkraft und Moralvorstellungen, und Vivek liebte es, ein Teil der hingebungsvollen Welt dieses Sports zu sein. Die Studenten, die sich in seinem dritten Jahr am College um ihn zu sammeln begannen, bewunderten nicht nur seine brillanten intellektuellen Fähigkeiten, sondern blickten auch ehrfürchtig auf seine Körperkraft und seine Selbstdisziplin. Keiner von ihnen hätte ahnen können, wie sehr der plötzliche Tod seines Vaters Vivek verändern und in welchem Ausmaß dieses Ereignis sein Leben in eine völlig andere Richtung lenken würde.

RAMDAS

The road of excess leads to the palace of wisdom.

Der Weg der Ausschweifung führt zum Palast der
Weisheit.

William Blake, *The Marriage of Heaven and Hell*

SECHSTES KAPITEL

Amba war besorgt. Vielleicht hätte sie den Jungen nicht zwingen sollen, an jenem Nachmittag aus dem Haus zu gehen. Nach seiner Rückkehr saß Gopal teilnahmslos in einer Ecke der Hütte, den Blick unbeweglich auf die Fläche vor seinen Füßen gerichtet. Er antwortete nicht auf ihre Fragen, wo er gewesen sei, und vergrub den Kopf zwischen den Knien, als sie weiter in ihn drang. Trotz all ihres guten Zuredens wollte er kein Abendessen und ging hungrig zu Bett.

Gegen drei Uhr morgens erwachte Amba von einem lauten Schrei. Gopal kniete auf seiner Matte und preßte die Fingerknöchel seiner rechten Hand auf eine Stelle am Ende seiner Wirbelsäule, mitten in seiner Pospalte. Seine Augen waren zugekniffen und Wellen von Schmerz liefen über sein Gesicht. ‹Ein Skorpion hat ihn gestochen›, war ihr erster Gedanke. Sie zündete eilig die Petroleumlampe an, stieß den Jungen zur Seite und drehte seine Schlafmatte um. Ein Skorpion war nirgends zu sehen. Sie hielt die Lampe hoch und unterzog den Rest des Bodens einer sorgfältigen Prüfung. Der Skorpion war verschwunden. Zu ihrer Erleichterung schien es Gopal schon wieder besser zu gehen. Der Schmerz ließ genauso schnell nach, wie er aufgetaucht war. Bald schlief er so tief und fest, daß er beinahe bewußtlos zu sein schien. Sein Körper war starr und es gab keine Anzeichen für das gelegentliche Zucken, das vom ununterbrochenen Fluß des Lebens zeugt, selbst wenn die äußeren Sinne schlummern. Amba saß bis zum Morgengrauen an seiner Seite, und oft legte sie eine Hand auf seine Stirn, um zu sehen, ob er fieberte.

Gopals Augen waren glanzlos, als er am späten Morgen aufwachte, ein langsames, trübes Erwachen aus einem koma-ähnlichen Zustand. Als seine Mutter ihn ansprach, reagierte er weder auf ihre Stimme noch auf ihre ängstlichen Berührungen. Gegen Mittag verschwand seine Apathie. Statt dessen überkamen ihn nun Phasen großer Erregung, in denen er sich sehr merkwürdig verhielt. Er begann zu schreien, brach plötzlich mitten im Schrei ab und fing an, Bruchstücke von religiösen Liedern zu singen, die durchsetzt waren mit scheinbar unzusammenhängendem Gemurmel. Oft versteiften sich seine Glieder und sein Blick wurde glasig, so als sei in diesem Körper niemand zu Hause.

Nachmittags kam der *vaid*. Dieses Mal nahm er den Zustand des Jungen ernster, als es bei seinen Trancen der Fall gewesen war. Die Nerven, die den Geist zu den Sinnes- und Bewegungsorganen leiten, seien ausgetrocknet, lautete nach reiflicher Überlegung seine Diagnose. Die Verbindung des Geistes zu diesen Organen war bedenklich geschwächt, und die Sinne, die nun nicht mehr durch den Geist kontrolliert wurden, reagierten vollkommen ungehemmt. Er ließ ein Fläschchen mit einer gelblichen Flüssigkeit, einem nasalen Purgiermittel, und eine Flasche mit Kräutermedizin zurück, welche die Trockenheit der Nerven beheben und diese kräftigen würde, so daß Gopals Geist seine Sinne wieder erreichen und durchdringen konnte.

Im Laufe der nächsten zwei Tage kam es zwar zu einer Veränderung, nicht aber zu einer Verbesserung von Gopals Zustand. Einige Stunden nach der Verabreichung des nasalen Purgiermittels, das zu heftigen Niesanfällen führte, schwoll Gopals Gesicht auf die Größe einer kleinen Melone an. Als die Schwellung langsam zurückging, lag in seinen Augen, die allmählich wieder aus den Schlitzen hervorkamen, in denen sie beinahe vollständig verschwunden waren, ein Ausdruck, den nicht einmal mehr seine Mutter als den ihres Sohnes erkannte. Es war nicht länger ein Ausdruck von Innerlichkeit, sondern eine andere Form der Abwesenheit, so als blicke Gopal in unbekannte Sphären und sehe Dinge, die anderen verborgen blieben. Am fünften Tag kam der Arzt aus Jaipur zu seinem festgelegten monatlichen Besuch in Deogarh. Nach einer flüchtigen Untersuchung, bei der er die Augenlider des Jungen hochzog und das Weiße seiner Augen eingehend betrachtete, lautete die Diagnose, Gopal leide an Hysterie. Die Krankheit stand in keinerlei Verbindung mit dem Skorpion, der ihn vielleicht, vielleicht aber auch nicht, gestochen hatte. Er gab dem Jungen eine Spritze und ließ einige weiße Tabletten da, von denen Gopal alle zwölf Stunden eine mit Milch einnehmen sollte.

Die Tabletten des Arztes erwiesen sich als noch wirkungsloser als die Medizin des *vaid*. Zusätzlich zu seinen früheren Symptomen überkamen Gopal nun noch unkontrollierbare Weinkrämpfe, die von hysterischen Lachkrämpfen unterbrochen wurden. Der Dorfastrologe, der seine Kunst von Gopals Vater gelernt hatte, wurde zu Hilfe gerufen. Er kam zu dem Schluß, daß der Junge von einem besonders bösartigen und hartnäckigen Geist besessen sein müsse, seit er an jenem Abend, an dem seine Krankheit ausgebrochen war, vom Tempel nach Hause gekommen war.

«Der Balaji-Tempel in Mehndipur ist der beste Ort, um seinen Zustand zu bessern», riet er Amba. «Selbst die mächtigsten Geister, die der muslimischen Fürsten, können gegen die vereinten Kräfte der Tempelgötter, vor allem gegen die Kraft Hanumans, der Geißel aller bösen Geister, nicht bestehen.»

Zunächst zögerte sie. Der Gedanke an Geisteraustreibung beschwor Bilder von furchterregenden Männern mit blutunterlaufenen Augen und einem Verhalten, das das ihrer besessenen Patienten an Wildheit oft noch übertraf, vor ihrem geistigen Auge herauf. Geisteraustreibung bedeutete, mit einem langen Messer den Kopf eines Huhns abzuhacken und den Besessenen, der in Trance vor dem Exorzisten wankte, mit dem warmen Blut zu bespritzen. Es bedeutete, den Besessenen zu schlagen und zu peitschen, bis er vor Schmerz schrie, während der Exorzist noch lauter brüllte und dem Geist befahl, den Körper zu verlassen.

«Im Balaji-Tempel gibt es keine Exorzisten», beruhigte der Astrologe sie sanft. «Hanumanji braucht ihre Hilfe nicht. Die Menschen gehen erst zu Balaji, wenn die Exorzisten versagt haben. Doch um die besten Ergebnisse zu erzielen, sollten Sie warten, bis Sie eine persönliche Aufforderung des Gottes erhalten.»

«Wie wird man aufgefordert?» fragte Amba.

«Nun, normalerweise spricht der Gott durch einen Traum direkt zu dem Besessenen oder einem nahen Verwandten», erklärte er.

Die Notwendigkeit einer persönliche Aufforderung stellte kein Hindernis dar, denn schon in der nächsten Nacht träumte Amba von einem Affen, der gelassen auf einem Pferd durch das Viertel der Rajputen ritt. Der Astrologe stimmte ihr zu, daß dies durchaus als eine Einladung des Affengottes betrachtet werden könne.

So ermutigt und mit der Hilfe der kleinen Brahmanen-Gemeinschaft des Dorfes, die einen der Männer dazu bestimmte, Mutter und Sohn bis Jaipur zu begleiten, wo sie in den Bus nach Mehndipur steigen würden, beschloß Amba die heilende Pilgerreise zum Balaji-Tempel zu unternehmen.

Gopal stand unter dem Einfluß eines starken Beruhigungsmittels aus Kräutern, das er auf Drängen des Dorf-*vaid* getrunken hatte, ehe Mutter und Sohn Deogarh verließen, und so döste er während der langen Busfahrt die meiste Zeit vor sich hin. Amba, die sanft die Spucke wegwischte, die ihm aus dem Mundwinkel lief, und hin und wieder seinen Kopf zurechtrückte, so daß er auf ihrer Schulter ruhte und nicht bei dem ständigen Rumpeln des Busses, der über die unebene Straße holperte, ihren Arm hinabrutschte, war von Zärtlichkeit und Sorge um ihren seltsamen Sohn erfüllt. Sie fragte sich, ob sie darauf hätte bestehen sollen, daß er hinausging und mit den anderen Jungen spielte, als er noch ein Kind war. Sie fragte sich, ob sie den Anzeichen für seine frühreife Religiosität nicht energisch hätte entgegenwirken sollen, als diese zum ersten Mal auftraten. Doch sie war einsam gewesen, und froh darüber, daß er an ihrer täglichen *puja* teilnahm und ihr bei der Hausarbeit half. Sie war stolz gewesen auf ihren Sohn, der bei religiösen Feierlichkeiten so oft in die anderen Häuser im Dorf eingeladen und von den Familien mit einer Mischung aus der Vertraulichkeit, die man im Umgang mit einem kleinen Jungen empfindet, und der Ehrfurcht, die man einem heiligen Mann entgegenbringt, der manchmal auch bei Gott weilt, empfangen worden war. Sie hatte innerlich vor Stolz geglüht, wenn ein Familienoberhaupt ihren Sohn bei der Hand oder, als er noch kleiner war, sogar auf den Arm genommen und ihn vor die Versammlung in die Nähe des Priesters gesetzt hatte.

‹Oh, Balaji!› schwor Amba im Stillen, ‹laß ihn wieder gesund werden, und ich verspreche dir, daß ich jedes Jahr zur Zeit deines Festes zu deinem Tempel kommen und drei Tage fasten werde.›

Der Bus rumpelte Meile um Meile an einer kargen, mit staubigem olivgrünem Gestrüpp gesprenkelten und von ausgetrockneten Wasserrinnen und engen Schluchten durchzogenen Landschaft vorbei, die sich zu beiden Seiten der Straße ausdehnte. Über große Teile der Strecke hinweg sang der Busfahrer in einem volltönenden Bariton die Lieder der Wüste, die von Liebe, Verrat und gewaltsamem Tod auf den Sanddünen handelten. Immer häufiger kamen niedrige, mit dornigen Büschen bewachsene Hügel in Sicht, auf denen die Erde teilweise weggewaschen und der darunterliegende Fels zu sehen war. Der Tempel lag am Fuß eines solchen Hügels, an dessen Flanke geschmiegt, vier Meilen von der Bushaltestelle an der Hauptstraße entfernt. Als sie nach einer zwanzigminütigen Tonga-Fahrt durch die sonnenbetäubte, nur durch das rhythmische Klappern der Pferdehufe auf dem Schotter unterbrochene Nachmittagsstille die Straße erreichten, die zum Tempel führte, traf sie der plötzliche Lärm wie ein Schock. Der Balaji-Tempel mit seinem flachen Dach und ohne den hohen Turm, der für die großen Hindu-Tempel kennzeichnend ist, war ein einfacher zweigeschossiger Komplex am Ende der Straße, die von Geschäften und einer Reihe von *dharmashalas* gesäumt war, welche von frommen Gläubigen errichtet worden waren, um die Pilger zu beherbergen. Der Tempel unterschied sich nur durch seine in einem galligen Grün gestrichene Fassade von den Nachbargebäuden. Trotz seiner kannelierten Säulen, der kleinen Bogenfenster und der durchbrochenen Steinfenster vermittelte das ganze Gebäude einen Eindruck von Schäbigkeit, der durch die grüne Farbe, die von den Stuckarbeiten abblätterte, noch verstärkt wurde. Der Platz vor den Treppen, die zum Tempel hinaufführten, und auch die Treppen selbst waren übersät mit Bananenschalen, zerdrückten Ringelblumen und anderem Abfall. Neben dem Tempel drängten sich Eßstände, kleine Lebensmittelläden und Straßenhändler, die Gemüse, grellbunte Poster und bemalte Tonfiguren der Tempelgottheiten sowie Gebetbücher und anderen religiösen Krimskrams verkauften. Ein Schild vor dem Laden gleich rechts neben dem Tempel wies diesen als die Praxis eines westlichen Arztes aus. Man sah den guten Doktor, einen kräftigen, unrasierten Mann, dem zwischen dem unteren Ende seines Unterhemdes und dem oberen Rand seiner *pyjamas* eine Speckrolle hervorquoll, auf einer Pritsche liegen und gedankenverloren seine Fingernägel paarweise zusammenlegen, während er auf Patienten wartete, die einen Grund haben könnten, von den Heilkräften der Götter in dem großen Tempel enttäuscht zu sein. In Balaji lebte die Medizin als arme Verwandte der Religion, unterwürfig und von etwas zweifelhaftem Ruf.

Mit den Augen des Glaubens gesegnet, bemerkte Amba weder die schäbige Umgebung des Tempels noch die wenig beeindruckende Architektur. Sie sah nicht ein Gebäude aus Ziegeln und Stein, sondern die Wohnstätte gütiger Götter, in deren Nischen und Ecken die heilende Kraft knisterte. Nachdem sie ein Zimmer in einem der *dharmashalas* gefunden hatten, breitete sie das Bettzeug, das sie mitgebracht hatte, auf dem Boden aus und blieb neben Gopal sitzen, bis dieser eingeschlafen war. Dann bat sie ihre Nachbarin, die mit ihrer Tochter in der Hoffnung auf Heilung für das Mädchen zum Balaji-Tempel gekommen war, ein Auge auf ihren schlafenden Sohn zu halten, und machte sich auf den Weg zum Tempel, um eine Vorstellung davon zu bekommen, was den Jungen am nächsten Morgen erwartete.

Als sie die Stufen hinaufstieg, die zum Tempelvorplatz hinaufführten, empfing sie ein fremdartiges Aroma, ein süßer, rauchiger Geruch, der von der Haupthalle zu ihr herüberwehte. Der Hof war voller Menschen, meist junge Frauen, von denen viele in seltsam verrenkten Haltungen auf dem Boden saßen oder lagen. Ein junges Mädchen, vielleicht siebzehn oder achtzehn Jahre alt und trotz ihrer unnatürlichen Blässe sehr attraktiv, weckte ihre Aufmerksamkeit. Ihr loses Haar hing wild um ihren Kopf, den sie hin und her warf, während ihr Gesicht schmerzvoll zuckte. Ihre Lippen bewegten sich in lautlosem Murmeln, das von lautem Schreien – «Baba, Baba, ich gehe nicht weg, ich gehe nicht weg» – unterbrochen wurde, wenn der Geist, dem Tonfall und dem Geschlecht der Verben nach zu schließen ein männliches Wesen, seine Weigerung, ihren Körper zu verlassen, herausbrüllte. Ein anderes Mädchen, das nicht viel älter als zehn Jahre alt zu sein schien, stand im Kopfstand gegen die Wand gelehnt. Amba hörte ein Rascheln, und eine Schulter streifte sie hinten an den Beinen. Sie drehte sich um und sah ein Mädchen mit hohen Saltos davonspringen; mit diesen akrobatischen Saltos bewegte sie sich von einem Ende des Hofes zum anderen und wieder zurück. Amba sah sich um, doch außer ihr schien niemand von dem Mädchen Notiz zu nehmen und ihr Blick glitt von gleichgültigen Gesichtern ab.

Über den Vorplatz gelangte sie in die Haupthalle. Auf der linken Seite, hinter den Tempelsäulen, gab es einen engen, dunklen Gang, von dem aus sie eine gute Sicht auf alles hatte, was in der Halle vor sich ging. Als sich ihre Augen an die Dunkelheit gewöhnt hatten, stellte sie fest, daß sie nicht alleine war. Ganz in ihrer Nähe hockte eine alte Frau, die alles, was für eine rituelle Anbetung notwendig war, um sich herum ausgebreitet hatte. Vor ihr standen zwei mit Wasser gefüllte kupferne Töpfe. Sie zählte die Perlen einer Gebetsschnur ab, die in ihrem Schoß lag, und jedesmal, wenn sie alle gezählt hatte, tauchte sie einen Löffel in einen der Töpfe, nahm damit Wasser heraus und goß es in den zweiten Topf. Eine andere alte Frau, deren Gesicht so schwarz war, daß es beinahe mit der Dunkelheit verschmolz, stand neben ihr. Amba bemerkte mit Schrecken, daß eine ungewöhnlich lange, weinrote Zunge zwischen ihren Lippen hervorsah. ‹Die Göttin Kali›, dachte Amba bei sich und verbeugte sich instinktiv in ihre Richtung. Die Frau hob eine welke Hand und segnete sie, und einen Augenblick lang hätte Amba schwören können, daß sie ihre Zunge ihretwegen noch ein Stück weiter heraussteckte. Sie fühlte sich unwohl, und so ging sie rasch zurück in die große Halle, wo sie den Weg eines Hundes kreuzte, der einen schnellen Bogen schlug, um ihr auszuweichen. Der Hund lief auf die Vorderseite der Halle zu, wo sich eine große Menschenmenge gegen ein eisernes Gitter drängte, hinter dem die Speiseopfer – Reis, Getreide, Kristallzucker und Kokosnüsse – auf einem Haufen lagen. Ein Teil der Opfergaben wurde von einem Priester in einer großen kupfernen Lampe verbrannt, wobei heilige Asche und der dichte Rauch entstanden, den sie auf dem Vorplatz gerochen hatte. Durch den Rauch und die viereckigen Öffnungen in dem Gitter konnte sie über die Köpfe der Leute hinweg, die drängelten, um näher heranzukommen, das Idol von Balaji sehen, einen ocker- und silberfarben gestrichenen dreieckigen Stein, dessen Form vage an einen menschlichen Kopf erinnerte und auf den zwei Augen aufgezeichnet waren, um ihm das Aussehen eines Gesichts zu verleihen.

Sie sollte bald zurückgehen, dachte Amba bei sich. Der Junge könnte schon aufgewacht sein. Doch sie wollte auch genau wissen, was ihren Sohn während der nächsten Tage erwartete, ob es im Tempel wirklich keine furchterregenden Exorzisten und schmerzhaften Behandlungen gab, wie der Astrologe ihr versprochen hatte. Obwohl sie von der langen Busfahrt erschöpft war, raffte sie sich auf und stieg die Treppen zum zweiten Stockwerk hinauf, zum Hof von *Pret-raja,* dem König der Geister, eine Balaji untergeordnete Gottheit, die jedoch in vielerlei Hinsicht unmittelbareren Zugang zu den Angelegenheiten der Geister hatte. Hier saßen die meisten Menschen gesittet auf dem Boden, ihr Gebetbuch offen vor sich, und sangen Lobeshymnen auf *Pret-rajas* Wunder. Der Gesang wurde von einem etwa fünfzehnjährigen Jungen angeführt, unter den wohlwollenden Blicken eines Priesters, der vor dem durch ein Gitter geschützten, in den gleichen Ocker- und Silbertönen bemalten und mit Augen verzierten steinernen Bildnis *Pret-rajas* saß. Der Gesang war von religiöser Hingabe erfüllt, doch mit mütterlichem Stolz bemerkte Amba, daß der Junge ihrem Sohn nicht das Wasser reichen konnte. Seine Stimme war wie ein kleiner, trüber Fluß, verglichen mit dem reinen und majestätischen Strom von Gopals Gesang. Die Hymne wurde häufig von dumpfen Schlägen durchbrochen. Das Geräusch stammte von den besessenen Patienten, die sich immer wieder mit dem Rücken gegen die Wand warfen. Amba ging an das rückwärtige Ende der Halle, wo es drei Eisengitter gab, so ähnlich wie die Gittertüren vor Gefängniszellen. Sie lehnte sich an eines der Gitter und sah, daß der Platz vor den beiden anderen schon von zwei Mädchen besetzt war, deren Beine an die Eisenstäbe gekettet waren. Eines der Mädchen begann laut mit ihren Ketten zu rasseln und hin und wieder mit rauher Stimme zu schreien:

«Hört auf! Haltet den Mund und hört endlich mit diesem Unsinn auf, sonst werde ich euch alle vernichten.»

Ein paar der Leute, die vor ihr saßen, hörten sie und wandten den Kopf, doch sie drehten sich schnell wieder um, als sie ihnen Grimassen schnitt und obszöne Gesten machte. Dann rief sie nach ihrem Ehemann, einem jungen Mann, der verzweifelt versuchte, sie zu ignorieren und sich auf seinen Lobgesang zu konzentrieren. Sie forderte ihn laut und vernehmlich auf, unverzüglich mit ihr Geschlechtsverkehr zu haben und machte Anstalten, ihren Rock zu heben. Das hatte den gewünschten Erfolg, denn ihr Mann stürzte zu ihr hinüber, um sie davon abzuhalten. Als hätte sie nur darauf gewartet, griff das Mädchen nach dem Arm des Mannes und vergrub die Zähne in seinem Unterarm. Ihr Gatte gab ihr einen heftigen Schlag ins Gesicht, der sie gegen das Gitter schleuderte.

«Ich habe genug davon», schrie der junge Mann, an niemanden direkt gewandt. «Ich weiß nicht, was mit ihr los ist. Von mir aus kannst du hier verrotten! Mach ruhig weiter hier Theater, ich gehe nach Hause.» Das Mädchen hatte sich von dem Schlag erholt, sie setzte sich auf und lachte verzückt.

Zutiefst schockiert lief Amba die Treppen hinab und stürzte aus dem Tempel auf die belebte Straße, wo die Menschen aus den *dharmashalas* zwischen den Läden und den Ständen der Straßenhändler umherwuselten und Gemüse und die restlichen Zutaten für ihr Abendessen kauften. Da die Patienten sich in einem Zustand absoluter Reinheit befinden mußten, damit ein Appell an die Göt-

90

ter überhaupt eine Aussicht auf Erfolg haben konnte, gab es auf dem Markt keine Gewürze und Zwiebeln, keinen Knoblauch oder andere unreine Nahrungsmittel zu kaufen.

Amba war erleichtert, als sie bei ihrer Rückkehr in das Pilgerhaus von ihrer Nachbarin hörte, daß Gopal den ganzen Nachmittag über geschlafen hatte und gerade erst aufgewacht war. Die Nachbarin bestand darauf, daß sie an ihrem ersten Abend beim Balaji-Tempel nicht selbst kochte, sondern Mutter und Sohn mit ihrer Familie zusammen zu Abend aßen.

Der Abend war angenehm kühl, und als Amba im Hof vor ihren Zimmern am Herdfeuer saß und ihr einfaches warmes Abendessen verspeiste, spürte sie ganz deutlich, wie sich Hoffnung in ihr zu regen begann. Auch Gopal schien es besser zu gehen. Er wirkte immer noch entrückt, so als lebe er in einer völlig anderen Welt, doch er aß mit offensichtlichem, wenn auch stillem Genuß. An den anderen Herdfeuern hatten sich ebenfalls kleine Gruppen zusammengefunden, in denen die Angehörigen Neuigkeiten über die Fortschritte austauschten, die ihr besessener Verwandter tagsüber bei den Ritualen im Tempel gemacht hatte. Ab und zu ertönte ein Schrei, ein plötzliches irres Auflachen oder auch einige gebrüllte Obszönitäten, doch mit diesem Eindringen der Geisterwelt ging man völlig gelassen um. Ein oder zwei Mitglieder einer Gruppe standen auf, um den besessenen Patienten zu beruhigen, während die anderen nach einer höflichen Pause, mit der sie den Geist würdigten, der sich für eine Weile zu ihnen gesellt hatte, mit ihrer Unterhaltung fortfuhren. Obschon Gopal vollkommen abwesend schien und, ohne ein Wort zu sagen, gehorsam ihren Anweisungen folgte, war seine Mutter erleichtert, daß es ihr hier nicht peinlich zu sein brauchte oder sie sich gar für ihn schämen mußte, wenn er zu singen anfangen oder plötzlich unverständliche Worte vor sich hin murmeln würde. Sie hätte sich keine Sorgen zu machen brauchen. Während der nächsten Tage wandelte sich Gopals Zustand. Die häufigen Phasen hektischer Erregung wichen einer bleiernen Mattigkeit. Seine Antworten kamen nicht länger automatisch, sondern Amba mußte die Worte aus ihm herauskitzeln. Der abwesende Ausdruck, der auf seinem Gesicht lag, war nicht der eines Idioten, sondern der eines Menschen, dessen Augen dazu bestimmt waren, leer zu bleiben.

«Ihr Geist ist heute wieder gekommen», sagte die Nachbarin und nickte zu ihrer Tochter hinüber. Amba sah das dunkelhäutige, magere, kaum sechzehnjährige Mädchen genauer an, das die *rotis* mit einer Ruhe und Sorgfalt zubereitete, die nichts von ihrem verwirrten Zustand ahnen ließen.

«Was ist mit ihr geschehen?» fragte sie.

«Das war sehr seltsam», antwortete die Mutter. «Eines Nachmittags, genau einen Tag vor ihrer Verlobung, ging Sheela in das Toilettenhäuschen, um sich zu erleichtern, und rief mich, damit ich ihr mit ihrer Unterwäsche helfe, weil sie gerade ihre Hände mit Henna gefärbt hatte. In der gleichen Nacht, als wir alle schon zu Bett gegangen waren, hörten wir, wie sie vor Angst schrie. Sie erzählte uns, daß sie, als sie gerade kurz vor dem Einschlafen war, eine lachende Frau gesehen hatte, die auf sie zukam und auf ihrem Kopf zu tanzen begann, wovon sie schreckliche Kopfschmerzen bekam. Ich sah, daß sie fürchterliche Angst hatte, und versuchte, sie so gut wie möglich zu beruhigen. In den nächsten zwei Jahren kam die tanzende Frau immer wieder und erschreckte das Mädchen, und jedesmal bekam sie die gleichen Kopfschmerzen. Alle Exorzisten, die wir hinzuzogen, waren der gleichen Ansicht: Sheela war von einem weiblichen Geist besessen. Doch trotz all ihrer Bemühungen konnten sie sie nicht von ihren Heimsuchungen erlösen, und so mußten wir sie zu Balaji bringen.»

«Hat es ihr geholfen?» fragte Amba voller Neugier.

«Der Geist erscheint oft, aber sie weigert sich zu sagen, woher sie kommt oder was sie will. Sie beschimpft uns nur, wir würden das Leben des Mädchens ruinieren, weil wir uns bemühen, einen Ehemann für sie zu finden. Kannst du dir das vorstellen? Die Ehe soll das Leben eines Mädchens ruinieren! Das, wonach sich jedes Mädchen sehnt, sobald es erwachsen wird.»

«In meinen Gopal ist der Geist auch in der Nacht gefahren», begann Amba nun ihre eigene Geschichte zu erzählen. Während sie redete, bemerkte sie einen *sadhu* mittleren Alters mit kurzgeschorenem grauen Haar und glattrasiertem Gesicht, der sich zu ihrer kleinen Gruppe gesellt hatte. Er hockte schweigend an der Seite und lauschte aufmerksam ihrem Bericht von Gopals Kindheits-Trancen und den Ereignissen an dem Tag, als der Geist in ihn fuhr. Sein Interesse an ihrem Sohn beunruhigte sie nicht so sehr, wie es bei einem anderen Mann seiner Art der Fall gewesen wäre. Er war keiner dieser bärtigen Männer mit wildem Blick und verfilztem Haar, die man sie gleichzeitig zu fürchten und mit Ehrfurcht zu betrachten gelehrt hatte. So viele von ihnen waren Schurken, die einfache Menschen ausnutzten. Doch dieser Mann war feingliedrig, und ihn umgab eine beruhigende Aura der Autorität. Obwohl er eher klein war, gaben sein gelassener Gesichtsausdruck und das Mitleid in seinen Augen ihr die Gewißheit, daß er ein echter heiliger Mann war. Beruhigt wandte sie sich ab und schenkte ihm keine weitere Beachtung.

Amba hatte bemerkt, daß die einzelnen Gruppen im Pilgerhaus nicht festgefügt waren. Die Menschen setzten sich zu einer der Gruppen und gingen wieder fort, je nachdem, wie sehr sie eine bestimmte Geschichte über Besessenheit und Fortschritte bei der Heilung eines Patienten im Tempel von Balaji interessierte. Als sie den Blick über den Hof des Pilgerhauses schweifen ließ, wo die Herdfeuer nach und nach erloschen und die Menschen sich langsam zerstreuten, fühlte sie sich sicher, beschützt und wohlig müde. In den folgenden Tagen würden die Geister für sie ihren Schrecken verlieren, weil ihre individuelle Persönlichkeit immer deutlicher zutage trat und sie ihr vertrauter wurden. Sie würde erfahren, daß es sich bei ihnen um die umherwandernden Geister von Menschen handelte, die eines gewaltsamen oder zu frühen Todes gestorben waren. Diese Geister, von denen die Kranken besessen waren, sehnten sich danach, ihre Wohnstatt, die auf halbem Weg zwischen Leben und Tod lag, zu verlassen, und waren deshalb nicht wirklich böse, sondern nur wütend und furchtbar unglücklich.

Die erste Zeremonie des Tages begann kurz nach Sonnenaufgang, doch in den Pilgerhäusern waren schon lange vorher alle auf den Beinen. Die Tempelregeln schrieben eine tägliche Morgenreinigung und frische Kleidung vor, ehe ein Patient und seine Verwandten vor Balaji treten durften. Da es im ganzen Pilgerhaus nur zwei Wasserhähne gab, bildeten sich schon während der letzten Nachtstunden, wenn der Mond noch hoch am Himmel stand, lange Schlangen. Als sie den Tempel erreichten, stieg die Sonne in einem goldenen Flammenmeer gerade über die Spitze der Klippe, an die sich der Tempel schmiegte, die Morgenröte strömte über den Vorplatz und die breiten Steinstufen hinab und überflutete sie mit gold-orangefarbenem Glanz. In der Haupthalle, die von flackernden Lichtern in den Ecken erhellt wurde, drängten sich schon über hundert Menschen, Besessene und ihre Angehörigen, die geduldig warteten, bis sie an der Reihe waren.

«Du brauchst nur zu warten, bis einer der Priester dich auffordert vorzutreten», sagte die Nachbarin, die sich großzügig erboten hatte, Amba das Verfahren zu erklären.

Sie nickte, und ihr Arm legte sich fester um die Schulter des Jungen, als sie das Geschehen beobachtete. Wenn ein Priester einen Verwandten anstieß, nahm dieser den

Patienten bei der Hand und trat vor das ocker- und silberfarben bemalte, flache steinerne Bildnis Balajis. Dort hielten sie einem anderen Priester, der hinter dem eisernen Gitter stand, zwei *laddoos* hin. Der Priester berührte mit den Süßigkeiten das Standbild und gab sie dem Patienten zurück. Die gesamte Familie zog sich daraufhin in den hinteren Teil der Halle zurück, wo der Patient entweder durch gutes Zureden oder durch Zwang dazu gebracht wurde, die *laddoos* zu essen. Gespannt warteten dann die Angehörigen und andere neugierige Zuschauer, ob die Macht Balajis, die in die *laddoos* eingeflossen war, den Geist, von dem der Kranke besessen war, zwingen würde hervorzukommen. Manche Geister waren starrsinnig, und wenn es sich um den Geist eines Moslems handelte, war es möglich, daß es der vereinigten Wirkung mehrerer, über die nächsten Tage verteilter Zeremonien bedurfte, ehe er sich zeigte.

Die Hand des Jungen fest umklammernd und ihn halb hinter sich herziehend, wanderte Amba durch die Halle und blieb hin und wieder am Rand einer Gruppe stehen, wo sich ein Geist gezeigt hatte. Bei einigen Patienten äußerte sich das Erscheinen des Geistes dadurch, daß sie ihren Oberkörper ruckartig hin und her bewegten und den Kopf heftig zur Seite hin schüttelten. Bei andern trat der Geist gewaltsamer in Erscheinung, und sie begannen mit den Fäusten auf den Boden zu schlagen oder sich mit dem Rücken gegen die Wand zu werfen. Eine kleine Menschenmenge hatte sich um ein zartes junges Mädchen geschart, deren Geist Balaji mit rauher, männlicher Stimme herausforderte.

«Du hast mich hierher gerufen», sagte der Geist, «aber wenn du auch nur einen Funken Mut hast, dann komm raus aus deinem Tempel, und ich zeige dir, wie stark ich bin.»

Die Menschen, die um das Mädchen herumstanden, begannen nun mit lauter Stimme den Gott zu preisen, was den Geist nur noch mehr in Wut versetzte, und er schrie Beleidigungen heraus.

«Du willst doch kämpfen, Baba, nicht wahr?» riefen die Umstehenden. «Verpass ihm eine ordentliche Tracht Prügel, Baba, sonst wird dieser Mistkerl nie Ruhe geben.»

Das Mädchen begann sich mit geballten Fäusten auf die Schenkel und die Brust zu schlagen, und das protestierende Schreien des Geistes wurde immer lauter.

«Ich werde mich nicht unterwerfen! Eher sehe ich euch alle in der Hölle wieder!»

Nach einiger Zeit hörte das offensichtlich erschöpfte Mädchen auf, auf sich selbst einzuschlagen. Doch zur großen Enttäuschung ihrer Familie und der umstehenden Menge wurde sie ohnmächtig, gerade als der Geist kurz davor war, sich zu ergeben, und so konnte er noch einmal entwischen.

Als sie an der Reihe waren, nahm Gopal gehorsam die *laddoos*, die der Priester ihm reichte, und ließ sich dann in eine Ecke der Halle führen, wo die drei sich hinsetzten. Auch nachdem er überredet worden war, die beiden *laddoos* zu essen, ließ sich sein Geist nicht blicken. Als sie über zwanzig Minuten gewartet hatten, sah seine Mutter in stummer Enttäuschung zu ihrer Nachbarin hinüber.

«Manchmal dauert es über einen Monat. Und es gibt immer ein paar Leute, deren Geist sich nie zeigt», erklärte die Frau. Ambas Schrecken bemerkend ergänzte sie, «Vertraue Baba.» Ein alter Mann, der sich zu ihnen gesellt und darauf gewartet hatte, daß etwas passierte, gähnte und spazierte weiter. Gopal, der die ganze Zeit mit geschlossenen Augen, den Rücken gegen die Wand gelehnt, dagesessen hatte, öffnete plötzlich die Augen, stand auf und ging mit festem Schritt auf den Ausgang zu. Seine Mutter wollte ihn schon aufhalten, als die Nachbarin warnend die Hand hob.

«Laß ihn gehen, Schwester. Ein Patient darf hier alles tun. Nichts ist verboten. Es wird ihm nichts geschehen.»

Doch Amba konnte nichts gegen das stechende Unbehagen tun, das sie befiel, als sie ihren sanftmütigen Sohn mit seinem seltsam geformten Körper um die Ecke biegen und in Richtung des Tempelvorplatzes verschwinden sah.

Nach wenigen Minuten – und es lag nur an der Nachbarin, die Amba zurückgehalten hatte, daß sie überhaupt so lange gewartet hatten – folgten die Frauen dem Jungen aus dem Tempel. Von der obersten Treppenstufe aus konnten sie Gopal auf der Straße sehen. Er hockte, den Rücken zum Tempel gewandt, auf dem Boden. Sein Hemd und seine heilige Schnur lagen zusammengeknüllt neben ihm. Als die Frauen die Stufen hinabstiegen, fiel Ambas Blick auf den *sadhu*. Er saß mit gekreuzten Beinen auf der untersten Stufe, unbeweglich wie ein Fels im flachen Wasser, inmitten der vielen Menschen, die zum Tempel hinaufstiegen. Gespannt beobachtete der *sadhu* den Jungen.

«Misch dich nicht ein, ganz gleich, was er tut», sagte die Nachbarin und steigerte dadurch noch Ambas wachsendes Unbehagen, das das merkwürdige Interesse des *sadhu* an ihrem Sohn in ihr hervorrief.

Als die Frauen näherkamen, erkannten sie, daß Gopal in den offenen Abfluß starrte, der vor dem Teeladen vorbeifloß. Entsetzt sah seine Mutter, wie er sorgsam eines der großen Blätter, die als Teller Verwendung fanden, aus dem träge dahinfließenden Schlamm, der auch Kinderurin, Gemüseabfälle und Orangenschalen, die auf seiner Oberfläche hüpften, mit sich führte, herauspickte. Gopal leckte die Essensreste von dem Blatt und legte es sich auf den Kopf, ehe er es wieder in den Abfluß zurückwarf. Abgesehen von den beiden Frauen und dem *sadhu* schien niemand auch nur die geringste Notiz von dem Jungen zu nehmen. Für neugierige Zuschauer gab es andere, interessantere Schauspiele: Ein Mann mittleren Alters lag mit dem Gesicht nach unten auf dem Boden, hatte seine Arme nach vorne über den Kopf ausgestreckt und seine Handflächen zusammengelegt und zog sich mit Hilfe seiner Ellbogen immer wieder ein paar Zentimeter vorwärts; ein kleiner Junge lief wie ein Hund auf allen Vieren und wurde von seinen Eltern an einer Leine geführt; ein älteres Paar bemühte sich, seine Tochter zu beruhigen, eine junge Frau, die Obszönitäten schrie und gleichzeitig versuchte, sich die Bluse vom Leib zu reißen. Doch Amba hatte nur Augen für ihren Sohn und das Ritual, das er mit den Blättern vollzog und so lange wiederholte, bis sie es nicht mehr ertragen konnte. Sie achtete nicht auf ihre protestierende Nachbarin, ging zu dem Jungen hinüber und hob sein Hemd und die heilige Schnur auf. Gopal drehte sich mit einem glückseligen Leuchten in den Augen zu ihr um. Sanft hielt sie ihrem armen, besessenen Sohn ihre Hand hin. Den Blick starr geradeaus gerichtet, führte sie ihn, ohne sich noch einmal nach dem Tempel umzudrehen, zurück in das Pilgerhaus.

Obwohl sie den Tempelgottheiten immer mehr *laddoos* darbrachten und die Opfergaben um die teureren *burfis* erweiterten, zeigte sich Gopals Geist während der darauffolgenden drei Tage nicht ein einziges Mal, weder bei den Morgen- und Abendzeremonien für Balaji noch bei den Nachmittagszeremonien für Pret-raja. Gopal aß widerspruchslos die *laddoos*, wartete geduldig, ob der Geist in Erscheinung treten würde, und spazierte wieder hinaus auf die Straße, wo er sich seinen privaten Ritualen widmete. Nun säuberte er nicht mehr nur die großen Blätter von Essensresten, sondern hatte es sich zusätzlich zur Aufgabe gemacht, die Umgebung des Tempels rein zu halten, vor allem von Kuhmist und Hundekot. Er wartete, bis ein Hund fertig war, dann stürzte er auf ihn zu, um die noch warmen Haufen in die Hand zu nehmen. Triumphierend trug er den Hundekot zum Abfluß hinüber, der parallel zur Straße verlief, und legte ihn so feierlich ins Wasser, wie Gläubige einem heiligen Fluß Blumen darbringen. Die einzige Veränderung in seinem Zustand war, daß er nun immer mehr Schlaf brauchte. Er hielt nicht nur einen ausgiebigen Mittagsschlaf, sondern ging auch gleich nach einem frühen Abendessen zu Bett und mußte morgens wachgerüttelt werden, um rechtzeitig zur Morgenzeremonie im Tempel zu sein. Seine Mutter unterhielt sich nach dem Essen gewöhnlich noch ein wenig mit der Nachbarin, und oft setzten sich die beiden Frauen zu den anderen Gruppen von Patienten und ihren Familien. Hier wurden die intimsten Details des Elends der einzelnen Besessenen enthüllt, Vermutungen über die mögliche Herkunft des Geistes angestellt und über die Wirksamkeit spezieller Heilungsrituale diskutiert. Die täglichen Berichte über die Eskapaden der verschiedenen Geister – was sie sagten und wie sie sich verhielten, wenn sie kamen – gaben ihr die Gewißheit, daß auch Gopals Geist, wie starrsinnig er auch immer sein mochte, sich bald zeigen und, nach den gebührenden Auseinandersetzungen, sich Balajis Autorität unterwerfen würde. Bei diesen abendlichen Zusammenkünften sah sie den *sadhu* nicht mehr. Doch wenn sie morgens nach der Zeremonie aus dem Tempel kam, saß er schon an der gleichen Stelle auf den Tempelstufen und beobachtete Gopal. Sein Interesse an ihrem Sohn machte ihr keine Angst mehr. Am dritten Tag fühlte sie sich ihm vertraut genug, um ihn mit zusammengelegten Händen respektvoll zu grüßen. Er erwiderte den Gruß mit einem leisen Kopfnicken und segnete sie mit der rechten Hand.

Sheelas Geist enthüllte schließlich seine Herkunft und Ambas Nachbarin war überglücklich. Der Durchbruch kam eines Nachmittags am Ende der Zeremonie für Pretraja. Wie immer hatte sich der Geist gezeigt, sich jedoch geweigert, seinen Namen zu nennen. Enttäuscht wollte die Mutter schon den Tempel verlassen, als jemand ihr vorschlug, doch einmal einen untergeordneten Gott um Hilfe zu bitten – einen Gehilfen des Totengottes, der dafür verantwortlich war, die Seelen in das Reich der Geister ihrer Vorfahren zu geleiten, und der seine Wohnstatt im Hof des zweiten Stockwerks hatte. Dieser Gott war nicht bedeutend genug, um ein Standbild oder gar einen eigenen Priester zu haben. Sein Aufenthaltsort war durch eine kleine Marmorplattform gekennzeichnet, auf der Reis, *dal* und andere Nahrungsmittel, die die Gläubigen ihm als Opfer dargebracht hatten, aufgehäuft waren. Streunende Hunde und Straßenkinder hatten sich um den Haufen versammelt und stürzten sich darauf, sobald eine neue Opfergabe dazugelegt wurde, um die Delikatessen – *laddoos* oder *burfis* – zu ergattern. Als das Reittier des Totengottes galt auch ein Hund auf dem Tempelgelände als heilig. Links neben der Plattform und etwas höher gelegen als diese gab es eine Wasserzisterne, in der die Hunde am liebsten badeten. Die Patienten mußten das Wasser aus dieser Zisterne trinken, um ihrem Glauben an den Gott Ausdruck zu verleihen und dem Geist, der in sie gefahren war, Unbehagen zu bereiten. Als Sheela einen Schluck von dem schmutzigen Wasser getrunken hatte, fiel sie in Trance und stürzte zu Boden, und zum ersten Mal gab der Geist seine Identität preis.

«Stellen Sie sich vor», sagte ihre Mutter, «es war Sheelas Tante! Die Frau hat sich umgebracht, als Sheela drei Jahre alt war.»

«Selbstmord?» Amba war schockiert.

Die Nachbarin seufzte laut und zufrieden, ein Zeichen dafür, wie sehr sie darauf brannte, die ganze Geschichte zu erzählen. Die Kinder schliefen in ihren Zimmern. Erschöpft von dem anstrengenden Nachmittag war Sheela gleich zu Bett gegangen, als sie aus dem Tempel zurückkamen, während Gopal beim Abendessen kaum noch die Augen offenhalten konnte.

«Sie war die Frau des älteren Bruders meines Mannes», begann die Nachbarin, «und sie war dreißig Jahre alt, als sie starb. Sie mochte Männer, verstehen Sie. Mochte sie zu sehr. Wir Frauen wußten über ihre Affären Bescheid und auch darüber, daß sie bei ihren Geliebten überhaupt nicht wählerisch war, sie nahm sogar die niederen Arbeiter aus der *beedi*-Fabrik unserer Familie. Wir flehten sie an, damit aufzuhören, warnten sie vor den Gefahren, doch sie war wie ein durchgegangenes Pferd, das nicht mehr stehenbleiben kann. Mein Schwager bemerkte bis zum Schluß nichts von den Liebesabenteuern seiner Frau. Doch eines Tages erwischte er sie auf frischer Tat mit einem der Arbeiter und es gab einen bösen Streit zwischen den beiden. Sie brachte sich noch in der gleichen Nacht um.

Ihr Geist behauptet nun, es sei nicht Selbstmord, sondern Mord gewesen. Ihr Mann habe sie erwürgt und es dann so aussehen lassen, als habe sie sich erhängt. Sie will, daß die ganze Familie sie in einer besonderen *puja* um Verzeihung bittet, ehe sie meine Tochter verläßt und in das Reich der Geister unserer Vorfahren eingeht, in das sie gehört. Jetzt ist alles vorbei. Wir können nach Hause gehen.»

Gopals Geist weigerte sich weiterhin hartnäckig, sich zu zeigen, und ohne die fröhliche Unterstützung ihrer Nachbarin, von der sie mehr und mehr abhängig geworden war, begann Amba die Hoffnung zu verlieren. Sie ging immer noch täglich zu den Zeremonien in den Tempel, führte alle vorgeschriebenen Rituale aus und säuberte pflichtbewußt die verdreckten, stinkenden Hände ihres Sohnes, nachdem dieser die Straße gereinigt hatte. Doch die leidenschaftlich vorgetragenen Erzählungen von Balajis Kräften und den wundersamen Heilungen, die der Gott herbeigeführt hatte, konnten die Stimme des Zweifels, der sich mit immer stärkerem Nachdruck meldete, nicht länger unterdrücken. Sie waren nun schon seit über einer Woche in Mehndipur. Sie dachte bereits darüber nach, an welchem Tag sie abreisen sollten, als der *sadhu* eines Nachmittags, als sie gerade die Tempelstufen herabkam, auf sie zutrat. Wieder war sie beeindruckt von seiner würdevollen Haltung, durch die sich in seiner Umgebung eine Insel des Friedens inmitten des ganzen Lärms und Drecks bildete.

«Du willst zurück nach Hause, Tochter», sagte er, und nicht die Spur einer Frage klang bei dieser Feststellung in seiner Stimme mit.

Sie war nicht überrascht, daß er dies wußte. Sie ging fest davon aus, daß wahre *sadhus* in die Zukunft sehen konnten.

«Es gibt einen einfachen Grund dafür, warum der Junge nicht von seiner Besessenheit geheilt werden kann. Er ist gar nicht von einem Geist besessen», sagte er.

«Aber Maharaj», erwiderte sie, «alle sagen, der Grund dafür, daß er so verrückte Dinge tut, sei ein Geist, von dem er besessen ist. Der Astrologe …»

Der *sadhu* schüttelte den Kopf.

«Sie irren sich», sagte er mit einer Entschiedenheit, die weder Fragen noch Diskussionen zuließ.

❋

«Der *sadhu* sagte meiner Mutter, daß meine Verrücktheit weder auf einen Geist noch auf einen Dämon zurückzuführen sei, wie der Astrologe behauptet hatte», erzählte er später seinen Schülern. «Sie hatte ihren Ursprung bei den Göttern. Wenn ich verrückt war, so war es die Verrücktheit der Heiligen. Er erklärte ihr, daß mein merkwürdiges Verhalten der Ausdruck unkontrollierter Wellen der Hingabe war. Ich war so erfüllt von der Liebe zu Gott, sehnte mich so sehr danach, Ihn zu sehen, daß die Konventionen des normalen Verhaltens den Strom der Sehnsucht, der mein Herz überflutete, nicht eindämmen konnten. Ohne sich von den Fesseln des Hasses, der Angst, des Schamgefühls, der Eitelkeit, des Ekels, des Standesdünkels und des inneren Drangs nach gesellschaftlich anerkannt gutem Benehmen zu befreien, kann niemand das Ziel einer spiri-

102

tuellen Reise erreichen. Durch meine Verrücktheit befreite ich mich von einigen dieser Fesseln. Als ich meine heilige Schnur fortwarf, verwarf ich gleichzeitig meinen Stolz auf meine brahmanische Herkunft. Die Rituale, die ich mit den Blättern und dem Hundekot vollzog, dienten dazu, die Ketten von Ekel und Schamgefühl zu sprengen. Natürlich machten all diese Ketten, die von unserer Erziehung geschmiedet werden, nach dem Ende meiner Verwirrung ihren Anspruch wieder geltend. Erst nach vielen Jahren harter Arbeit und spiritueller Übung konnte ich ihre Herrschaft über meinen Geist endgültig brechen.»

«Tochter», sagte der *sadhu*, «es gibt keinen anderen Weg, um ihn von seiner Krankheit zu heilen. Der Junge ist dazu bestimmt, ein *sadhu* zu werden, vielleicht sogar ein großer Parmahamsa. Überlasse ihn uns. Laß ihn mit mir in unser Kloster kommen. So Gott es will, wirst du ihn wiedersehen.»

Amba war wie gelähmt.

Drei Tage lang hoffte und betete sie. Sie war eine der ersten, die im Morgengrauen, wenn die großen Tore aus Teakholz geöffnet wurden, den Tempel betraten, und verließ ihn als eine der letzten, kurz bevor sie wieder geschlossen wurden. Sie ließ Gopal nicht mehr von ihrer Seite, schleppte ihn von einem Ritual zum nächsten und beschwor die Priester, sich öfter bei Balaji für ihren Sohn einzusetzen. Sie brachte bei der morgendlichen Zeremonie doppelt so viele *laddoos* als Opfergabe dar und glich die zusätzlichen Ausgaben dadurch aus, daß sie kein Gemüse mehr für das Abendessen kaufte, sondern zum Reis nur dünnes, wäßriges *dal* aß. Die ganze Zeit über kämpfte sie darum, nicht die Hoffnung zu verlieren, daß Gopal doch von einem Geist besessen sei und nicht von Gott, wie der *sadhu* behauptet hatte.

Seit ihm sein tägliches Ritual mit dem Hundekot verwehrt wurde, zog sich Gopal in sich selbst zurück und

103

wurde apathisch, seine Augen verloren den Glanz, den seine Obsession in ihnen geweckt hatte. Am Morgen des vierten Tags stand er nicht mehr auf. Amba flehte ihn an, versuchte ihn zu überreden, schimpfte, doch Gopal blieb bei seiner stummen Weigerung. Um die Mittagszeit begann er leise zu weinen, Tränen liefen über seine Wangen, bis seine Tränendrüsen ausgetrocknet waren. Auf Ambas ängstliche Fragen antwortete er nicht.

Gegen Abend, als im *dharmashala* die Herdfeuer angezündet wurden, gab Amba auf. Sie hatten den ganzen Tag über nichts gegessen, doch selbst jetzt, als der Duft von Essen hereinwehte, machte Amba keine Anstalten aufzustehen und das Abendessen zu kochen. Sie blieb in dem dunklen Raum sitzen, neben ihrem Sohn, der zusammengekrümmt, vielleicht wieder weinend, auf einer Matte lag.

Sie spürte eher als sie es sah, daß der *sadhu* an der Tür erschienen war.

«Nehmt ihn, Maharaj», sagte sie, ohne den Kopf zu wenden. «Wenn er mit Euch gehen will.»

«Mach dir keine Sorgen, Tochter, er wird kommen», antwortete der *sadhu* und brach ihr das Herz.

SIEBTES KAPITEL

Die Dämmerung kam, und die bleischwere Dunkelheit senkte sich allmählich auf den Jungen und den alten *sadhu* herab, als sie das Kloster erreichten. Trotz der dreistündigen holprigen Busfahrt über eine mit zahlreichen Schlaglöchern übersäte Straße und eines Fünf-Meilen-Marschs auf dem hügeligen Weg, der den einzigen Zugang zu der engen Schlucht von Galta bildete, wirkte der *sadhu* frisch und ausgeruht. Obwohl er kaum gesprochen hatte, sondern nur ständig «Hari Rama» vor sich hin murmelte, hatte er Gopal oft zugelächelt, und in den lebhaften Blicken, die er ihm während der ganzen Busfahrt zuwarf, lag teilnahmsvolles Interesse. Der Junge hatte kein Wort gesprochen, seit der *sadhu* ihn am Morgen im *dharamshala* abgeholt hatte. Doch er wirkte eindeutig lebhafter als am Vortag und war, wie der *sadhu* es vorausgesagt hatte, diesem gehorsam zum Tonga-Stand am Ende des Basars gefolgt. Seine ganze Apathie schien sich auf seine Mutter übertragen zu haben, die mit versteinertem Gesicht und trockenen Augen, nicht einmal fähig, Verzweiflung zu verspüren, zusah, wie ihr Sohn in die Tonga kletterte und sich auf seine Reise nach Galta machte.

Als sie durch das Tor kamen, legte er schützend seinen Arm um die Schulter des Jungen und deutete auf das Kloster, das auf dem felsigen Hügel vor ihnen lag.

«Hier wirst du leben», sagte er und fügte hinzu: «Bei mir.»

Der an drei Seiten von kahlen Hügeln, die sich hoch gegen den Himmel abzeichneten, eingeschlossene Komplex von Galta, zu dem das Kloster gehörte, bestand aus Tempeln, Bade-*ghats* und Ruhepavillons für die Pilger, die bei einer Sonnen- oder Mondfinsternis in großer Zahl hierher kamen, um ein Bad in den Tempelteichen zu nehmen. Die Anlage erstreckte sich über drei Ebenen, die wie die Terrassenfelder in den Bergen im Hang des mittleren Hügels lagen. Die weitläufigen Ruinen des alten Klosters, der Garten, die fünf von verschiedenen Königen von Jaipur errichteten Rama- und Krishna-Tempel und der große Tempelteich für Frauen lagen auf der untersten Ebene. Eine steile Treppe führte hinauf zu einigen kleineren Tempeln und dem tiefen Tempelteich für die Männer auf der mittleren Ebene. Auf der obersten Ebene befand sich ein kleines Reservoir, das mit den Tempelteichen verbunden war und aus einer nie versiegenden Quelle gespeist wurde, deren Wasser aus einer wie ein Kuhmaul geformten Öffnung im Fels austrat. Neben dem Reservoir stand ein kleiner, aus weißem Marmor errichteter Sonnentempel. Um seinen Innenhof gruppierten sich ein Dutzend völlig verfallener Räume. Ein schmaler Pfad schlängelte sich vom Sonnentempel aus durch Stoppeln und Steine den Hügel hinauf zu dem zehn Jahre zuvor erbauten neuen Kloster, das etwa eine halbe Meile entfernt lag. Zu der Zeit, als Gopal in das Kloster kam, lebten dort zweiunddreißig Asketen der Ramanandi-Sekte.

Das Kloster von Galta war das Vermächtnis von Krishnadas. Er war bekannt unter dem Namen Pavahari Baba («der von Luft lebt»), ein berühmter Asket, der zu Beginn des sechzehnten Jahrhunderts in die Gegend des heutigen Jaipur gekommen war. Er wählte eine Höhle in der unwirtlichen Wildnis von Galta im Osten der Stadt, um dort in der von einem Yogi gewünschten asketischen Enthaltsamkeit zu leben und zu meditieren. Zu jener Zeit lebten in Galta die Anhänger einer tantrischen Sekte, die wegen ihrer magischen Kräfte gefürchtet waren. Es entspann sich ein Duell übernatürlicher Mächte, im Laufe dessen es Pavahari Baba gelang, die Tantriker zu besiegen und zu verjagen. Das einzige Problem in dieser Gegend, die ansonsten den idealen Rahmen für asketische Meditation bildete, war der Mangel an Wasser. Pavahari Baba mußte jeden Nachmittag an den Hunderte Meilen entfernten Ganges fliegen, um sein tägliches Bad zu nehmen. Als er eines Tages über Rama, den Gott, den er sich auserwählt hatte, meditierte, wurde Pavahari Baba mit einer Vision des Gottes gesegnet.

«Brauchst du irgend etwas, Pavahari?» fragte der Gott.

«Wie könnte mir etwas fehlen, solange ich Dich habe, mein Herr!» erwiderte Pavahari Baba aufrichtig, aber auch zutreffend.

Doch als der Gott sich anschickte, sich zurückzuziehen, fügte der Asket hinzu:

«Na ja, vielleicht eines noch. Es ist so unpraktisch, jeden Nachmittag an den Ganges zu fliegen, um ein Bad zu nehmen. Vielleicht könnte ja der Ganges hierher kommen?»

Rama erfüllte ihm diesen Wunsch auf der Stelle und das Wasser des Ganges sprudelte aus der Felswand.

Im Jahre 1504 gründete Pavahari Baba, der der Ramanandi-Tradition angehörte, an jener Stelle ein Kloster. In den darauffolgenden Jahrhunderten kamen, mit Unterstützung des *durbar* von Jaipur und der Herrscher der kleineren Fürstentümer des Staates, Tempel und Tempelteiche für die Pilger hinzu, und so wurde Galta zum bedeutendsten Ramanandi-Zentrum in Nordindien. Im Jahre 1946 war der aktuelle *mahant*, der sechzehnte Nachfolger Pavahari Babas, Madhavacharya, Gopals Begleiter.

Einige Ziegen wanderten auf den Kieswegen zwischen den Tempeln umher und stritten sich mit den Affen um die Erdnüsse, die gerösteten Kichererbsen und die vereinzelten Bananen, die die Pilger den Tieren als Futter hinwarfen. Dieser Kampf um das Futter wurde nur halbherzig ausgetragen. Er diente nicht so sehr der Nahrungsbeschaffung als der Aufrechterhaltung einer Hierarchie, die die Ziegen aufgestellt hatten und die Affen immer wieder anfochten. Als sie die Treppen hinaufstiegen, die zum Kloster führten, kamen sie an einer Ziege vorbei, die zum Tempelteich der Männer hinaufkletterte und dabei ein wachsames Auge auf den Affen an ihrer Seite hielt, der das gleiche Ziel hatte, jedoch darauf achtete, nicht in die Reichweite ihrer kurzen, aber nichtsdestotrotz spitzen Hörner zu geraten.

Die Andacht, die bei Einbruch der Dämmerung abgehalten wurde, war schon vorüber, und die meisten der Asketen befanden sich in der Versammlungshalle beim Abendessen, als sie das Kloster betraten. Aus dem *puja*-Raum des Klosters, einer großen Halle mit weißem Marmorfußboden, in deren hinterem Teil zwei vier Fuß hohe, vergoldete, blumengeschmückte Statuen von Rama und Sita standen, wehte der Klang singender Männerstimmen herüber, begleitet von einem Harmonium und dem rhythmischen Klingeln von Messingglöckchen.

«Der *kirtan* wird seit vierhundert Jahren ohne Unterbrechung gesungen, Tag und Nacht», sagte Madhavacharya. «Jeweils zwei Mönche haben Gesangdienst, und die Sänger wechseln jede Stunde. Die anderen dürfen immer mitsingen, wenn sie Zeit haben.»

Gopal blieb einen Augenblick stehen und lauschte.

«Ich singe gerne», sagte er, seine ersten Worte, seit sie in Mehndipur in den Bus gestiegen waren.

«Du kannst singen. Sooft du willst», antwortete Madhavacharya und freute sich über den Glanz, der in die Augen des Jungen trat.

Die Petroleumlampe, die an einem Nagel an der Wand hing, tauchte die karge Einrichtung des Raumes in ein bläßlich-gelbes Licht: ein einfaches hölzernes Bett, auf dem eine dünne Matratze und ein rauhes Bettuch lagen, neben dem Bett ein niedriger Schemel, in der Ecke ein abgenutzter Schreibtisch aus Teakholz, auf dem zwei dicke, in Stoff gebundene Bücher und eine Brille mit Drahtgestell lagen, und eine zerschlissene Bambusmatte, die ein Viertel des Fußbodens bedeckte. Zwei weiße Roben und ein Handtuch lagen säuberlich gefaltet und übereinandergelegt auf einem in die Wand eingelassenen Regal. Eine etwa fünfzehn Zentimeter hohe Bronzestatue aus Mysore, die Rama als Kind – Ramlalla – darstellte, stand auf dem Fensterbrett gleich über dem

Bett, daneben ein kleiner Tonteller mit zwei Ringelblumen und einem länglichen Stück *dhoop* darauf.

Madhavacharya bedeutete Gopal, sich auf die Matte vor dem Bett zu setzen. Zwei junge Asketen, die kaum ein paar Jahre älter als Gopal waren, betraten den Raum. Der eine trug einen Wassereimer und der andere einen Teller mit Bananen in der einen Hand und eine Wasserpfeife, die er neben dem Bett auf den Boden stellte, in der anderen. Nachdem sie in respektvollem Gruß die Füße des *mahant* berührt hatten, setzten sie sich auf den Boden und begannen, seine Füße zu waschen. Madhavacharya schälte die Bananen.

«Iß», sagte er zu Gopal.

Ein weiterer Mönch kam herein, das in rotes Tuch gebundene Rechnungsbuch des Klosters in der Hand.

«Ah, Vishnu Das!» In Madhavacharyas Stimme fehlte die Wärme, die sie erfüllt hatte, als er die beiden jungen Mönche segnete.

Vishnu Das, ein hochgewachsener, dünner Mann Mitte Vierzig mit einem hageren, bärtigen Gesicht und tiefliegenden Augen, berührte Madhavacharyas Füße zu einer flüchtigen Respektsbezeugung.

«Ich hoffe, Ihr hattet eine gute Reise», sagte er.

«Ja», antwortete Madhavacharya kurz angebunden und begann zu rauchen, wobei er den Rauch in bebenden Zügen einatmete.

«Und der Zweck Eurer Reise, aufgrund dessen wir Eure Anwesenheit so lange entbehren mußten, wurde ebenfalls erfüllt?»

«Ja.»

«Können wir zusammen die Abrechnungen durchsehen? Ich habe auch eine schlechte Neuigkeit. Es geht um Charan Das. Ihr erinnert Euch? Ich habe Euch gewarnt, was ihn betrifft.»

«Nicht heute, Vishnu. Ich bin müde. Ich bin sicher, daß Ihr das Kloster während meiner Abwesenheit vorbildlich geführt habt. Morgen.»

Als er bemerkte, wie Vishnu Das Gopal ansah, fügte er hinzu:

«Er wird bei uns bleiben.»

«Ist er es?»

«Ja. Ich habe eine starke Vorahnung, was diesen Jungen angeht.»

Vishnu Das warf Gopal einen kühlen Blick zu, der einen Augenblick lang an den Rundungen seiner Brüste hängenblieb und dann wieder zu Madhavacharya zurückkehrte. Er lächelte schwach.

«Morgen also», sagte er und nickte den jungen Mönchen zu.

Nachdem die Asketen das Zimmer verlassen hatten, öffnete Madhavacharya das Fenster, blies die Lampe aus und nahm sanft die Statue von Ram-lalla auf den Schoß. Eine Welle von Zärtlichkeit glitt über sein Gesicht und glättete seine Züge. Er begann seine abendliche Meditation mit einer kontemplativen Betrachtung von Rama als seinem kleinen Sohn. Seine ohnehin schon sanften Gesichtszüge wurden noch weicher, als er sich immer tiefer in seine Mutterrolle versenkte. Mit geschlossenen Augen begann er sich hin und her zu wiegen und seinem metallenen Kind mit von Mutterliebe erfüllter Stimme leise etwas vorzusingen.

Gopal lag auf der Matte und lauschte Madhavacharyas leisem Wiegenlied. Als er die Augen schloß, spürte er die Gegenwart seiner Mutter. Plötzlich fühlte er ein Ziehen tief in seinem Körper. Er spürte, wie etwas Schweres in seinem Inneren schlingernd in Bewegung geriet. Ein feuchter Film überzog seine bis dahin tränenlosen Augen und kündigte ein qualvolles Gefühl der Verlassenheit in einem Herzen an, das sich der Trauer lange verschlossen hatte. Er weinte still, sein Schluchzen war nicht lauter als das Rascheln der Blätter im Wind. Dann wurde sein Kopf sanft in den Schoß des *sadhu* gehoben. Der Kummer, der schwer auf seiner Brust gelastet hatte, brach auf und verschwand, entließ ihn aus seiner dunklen Umklammerung. Warme Finger streichelten seine Stirn und tätschelten seine feuchten Wangen. Tabakdurchsetzter Atem strich leise über ihn hinweg, als er einschlief.

Eine Stunde vor Sonnenaufgang, als der kalte silberne Mond immer noch hoch am schiefergrauen Himmel stand, wurde Gopal von den Geräuschen des zum Leben erwachenden Klosters geweckt. Er war alleine im Zimmer. Wie viele ältere Asketen zog es Madhavacharya vor, seine Morgenmeditation während des letzten Viertels der Nacht zu verrichten, wenn die Stille der Hügel noch nicht von den ersten Rufen der Vögel und dem Husten der Affen durchbrochen wurde, die in den Bäumen um das Kloster herum lebten. Einige Asketen nahmen ein Bad im Tempelteich und bereiteten sich auf die erste der vier täglichen *arati*-Zeremonien vor. Nach der Andacht am frühen Morgen würden sie bis zum Mittagessen auseinandergehen: Die meisten erledigten ihre alltäglichen Aufgaben, die aus Kehren, Putzen, Kochen, Gartenarbeit oder anderen Arbeiten bestanden, die zum reibungslosen Funktionieren des Klosterbetriebs und ihres gemeinsamen Lebens beitrugen; andere stimmten in den *kirtan*-Gesang ein oder saßen in den Tempeln und unterhielten sich mit den frommen Laien, während wieder andere in ihrem Zimmer das Ramayana oder andere heilige Texte studierten. Die Nachmittage waren frei und jeder Asket konnte sie so ausfüllen, wie es ihm gefiel. Die meisten saßen mit ihren Freunden zusammen, scherzten, unterhielten sich über die Ereignisse des Tages und schwatzten über die Klosterpolitik. Einige luden ihre Freunde in ihr Zimmer ein, um mit ihnen ausgiebig Ganja zu rauchen.

Der Klang des Tritonshorns, der die Geburt einer neuen Morgendämmerung ankündigte, rief die Mönche in den Sonnentempel. Gopal saß auf einem Stein auf halbem Weg zwischen dem Kloster und dem Tempel und beobachtete ihren Gast vom Vorabend, den bärtigen Mönch

111

Vishnu Das, der die Anbetung des Sonnengottes leitete. Über die Turmspitze hinweg sah er, wie die schwere Sonne Stück für Stück über den Hügel gehoben wurde, das Verschwinden des blassen Mondes vorantrieb und nun erst Wärme in die Weiten des Himmels entsandte. Unter ihr hatte Vishnu Das mit dem *arati* begonnen, um die feurige Gottheit willkommen zu heißen und sie zu erfreuen.

Das Gesicht zum Altar gewandt, einen fünfarmigen Leuchter in der rechten Hand, beschrieb er mit dem rechten Arm zunächst im Uhrzeigersinn sieben Kreise um das Standbild des Sonnengottes, während er mit der linken Hand eine Messingglocke läutete. Während die übrigen Mönche Hymnen zu Ehren des Sonnengottes und seiner Tochter, der Morgendämmerung, sangen, wiederholte Vishnu Das die gleichen Bewegungen mit einem Weihrauchgefäß, das drei Stücke glimmenden Weihrauchs enthielt. Angeführt von Madhavacharya strömten die Asketen dann zurück in den *puja*-Saal, wo zu Ehren der Schutzgötter des Klosters, Rama und Sita, ein weiteres *arati* verrichtet wurde. Hier herrschte eine viel lebhaftere Atmosphäre, als die rituellen Objekte vor den Standbildern im Kreis bewegt wurden. Einige Mönche stimmten in den fortlaufenden *kirtan*-Gesang ein. Andere tanzten im Uhrzeigersinn um den Altar herum und rezitierten dabei das Mantra

«Hari Krishna, Hari Krishna, Krishna, Krishna, Hari, Hari
Hari Rama, Hari Rama, Rama, Rama, Hari, Hari.»

Der Tanz wurde immer ekstatischer und mehr und mehr Mönche reihten sich in den Kreis ein, bis alles mit der letzten Bewegung von Vishnu Das' Fliegenwedel endete und die Mönche niederknieten, um den Segen des Göttlichen Paares zu empfangen. Die Tänzer schwitzten, und ihre glückselige Erschöpfung bestärkte sie in dem Glauben, daß der Gott Vishnu in seiner Inkarnation als Rama oder Krishna mit ihnen gesungen und getanzt hatte. Auf mehreren Tabletts wurden Bananen und in Scheiben geschnittene Gurken zunächst den Gottheiten dargeboten und dann, gefolgt von mehreren Tassen heißem Tee, unter den Mönchen zum Frühstück verteilt.

*

Eine Woche nach seiner Ankunft in Galta war Gopal wieder völlig gesund. Abgesehen davon, daß er in den ersten Wochen seine Mutter schmerzlichst vermißte, befand er sich wieder in seinem normalen Geisteszustand, wie in der Zeit, ehe er dem Tantriker begegnet war.

So viele, manchmal sogar tödliche Krankheiten werden auf unerklärliche Weise geheilt, sei es in einem weltlichen oder einem religiösen Umfeld, in Krankenhäusern oder Heiltempeln, in Arztpraxen und bei den Schreinen heiliger Männer, daß Gopals plötzliche Genesung von seinem Leiden, sei dieses nun durch einen Geist oder einen Gott verursacht worden, nicht einmal als ein kleineres Wunder bezeichnet werden kann. Was auch immer Gopals Seele gefangen gehalten hatte, er nahm sein Verschwinden genauso unbeeindruckt hin wie Madhavacharya. Doch mit der Wiederherstellung der Normalität kehrten auch seine normalen Gefühle wieder. Obwohl Madhavacharya ihn nur nachts zu Gesicht bekam, erkannte er schnell, daß er unter Heimweh litt. Madhavacharya beschloß, bei der Bekämpfung dieses Heimwehs nicht auf die allmähliche Wirksamkeit seines Einfühlungsvermögens zu vertrauen, sondern ihm mit der radikaleren Methode liebevollen Scheltens zu begegnen.

«Wie kannst du hoffen, jemals ein *sadhu* zu werden! Oder gar ein Parmahamsa! Das ockerfarbene Gewand eines Mönchs anzulegen reicht nicht aus, um jemanden zu einem Mönch zu machen, wenn er sich nicht wahrhaft von der Welt losgesagt hat. Du bist erst dann ein *sadhu*, wenn die Welt für dich ein Waldbrand ist, wenn du deine Familie als einen tiefen Brunnen, deine Eltern als brüllende Tiger betrachtest. Du darfst weinen, aber nur um Gottes Willen. *Das* ist wahre Entsagung!»

Gopal gewöhnte sich schnell an die tägliche Routine des Klosterlebens. Er stand morgens schon vor vier Uhr auf, wenn es noch dunkel war, und beendete sein Bad, ehe die meisten anderen Mönche zum Tempelteich kamen. Er schämte sich seiner Brüste und achtete stets darauf, sie unter dem losen gelben Gewand zu verbergen, das die jungen Asketen trugen, die sich auf ihre Initiation in den Orden vorbereiteten. Die Vorschriften, die ein Asket befolgen mußte – obwohl er selbst noch gar nicht initiiert worden war –, waren minimal. Da waren die *aratis* – die beiden, die am frühen Morgen verrichtet wurden, dazu noch eines am Nachmittag und das letzte nach Sonnenuntergang. Gemeinsam mit den anderen Mönchen und den zu Besuch im Kloster weilenden Asketen und frommen Laien nahm er in der Versammlungshalle das Mittagessen, das aus gebratenen *puris*, frischem Yoghurt und zwei Sorten Gemüse der jeweiligen Jahreszeit bestand, und das Abendessen aus Reis und *dal* ein. Auch die Aufgaben, die er zu erledigen hatte, waren nicht sehr mühsam. Im Gegensatz zu den Asketen, deren Pflichten jeden Tag wechselten, hatte Madhavacharya ihm eine feste Arbeit zugeteilt, nämlich die *puja*-Halle und den unterhalb von Pavahari Babas Höhle gelegenen Hanuman-Tempel zu fegen. Gopal hätte gerne am Sanskrit-Unterricht teilgenommen, wo die neuaufgenommenen Mönche lernten, die heiligen Texte zu lesen und zu rezitieren, doch Madhavacharya hatte ihm unerklärlicherweise nicht die Erlaubnis dazu gegeben.

«Das würde nur deine Klarsicht trüben», war seine rätselhafte Begründung. «Ich selbst werde dir alles beibringen, was du wissen mußt.»

Trotz seiner zahlreichen Verpflichtungen hielt Madhavacharya sein Versprechen. Wenn sie nachts im Zimmer des *mahant* alleine waren, unterrichtete er Gopal, indem er ihm Geschichten erzählte. Viele dieser Geschichten kannte er schon. Er hatte sie während seiner Kindheit im Dorf oder von den *sadhus* im Rasthaus gehört. Madhavacharya jedoch deckte ihre tiefere Bedeutung auf und enthüllte ihre verborgenen Wahrheiten.

Wenn Gopal morgens mit seiner Arbeit fertig war, spazierte er über das Gelände, besuchte die verschiedenen Tempel und beobachtete die Pilger bei ihrer Gottesverehrung – nicht als einfacher Zuschauer, sondern als stiller Beteiligter. Er stieg auch gerne zu der Höhle hinauf, in der Pavahari Baba meditiert hatte. Sie war klein und dunkel, und es roch nach Fledermäusen. In dieser Höhle konnte man weder liegen noch stehen, sondern nur mit gekreuzten Beinen sitzen. Wenn Gopal dort war, schloß er die Augen und stellte sich vor, selbst der große Asket zu sein und über die göttliche Gestalt Ramas zu meditieren, die ihn in Kürze mit einer Vision segnen würde. Den Nachmittag und einen Großteil des Abends verbrachte er singend in der *puja*-Halle. Es war nicht nur die Tiefe seiner Gefühle, die in seinen Liedern Ausdruck fand, die mehr und mehr Pilger dazu bewegte, die kurze Anhöhe zum Kloster hinaufzuklettern, um dem begabten jungen Sänger zuzuhören. Was sie hörten, aber kaum wahrnahmen, war eine Stimme, erfüllt von überirdischer Schönheit, als gehöre sie nicht ihm selbst, sondern einem zweiten, der näher bei Gott weilte. Mit jedem Tag spürte Gopal, wie die religiöse Inbrunst seines Gesangs wuchs. Es schien ihm, als würden ihn sogar der Fußboden und die Wände der Halle, die die Erinnerung an vergangene Ekstasen bargen, immer weiter zu *mahabhava* tragen, dem «großen Empfinden», von dem Madhavacharya nachts so oft erzählte.

ACHTES KAPITEL

Die Ramanandi-Bewegung hatte ihren Ursprung in einer devotionalen Sekte, die im fünfzehnten Jahrhundert gegründet wurde, als sich *bhakti*-Kulte im ganzen Land schlagartig verbreiteten. Die spirituelle Disziplin der Ramanandis bestand in der Verehrung Ramas durch das Einnehmen einer der fünf geistigen Haltungen oder *bhavas*, durch die sie eine Beziehung zum Göttlichen aufzubauen suchten. Man konnte sich bemühen, sich in den Gefühlszustand von Ramas Diener, seinem Freund oder einem Elternteil hineinzuversetzen, sich dem Gott in der Gelassenheit der *shanta bhava* oder aber in der *madhura bhava* der Geliebten nähern.

«Du kannst deine Liebe zu Gott durch jede dieser Haltungen ausdrücken», erklärte Madhavacharya dem Jungen im Laufe der Monate. «Halte dich an eine Form, die du besonders liebst – Gott als dein Herr, dein Freund, dein Kind oder sogar dein Geliebter. Bewahre diese Form stets strahlend und lebendig vor deinem Auge. ‹Ich bin Sein Diener› oder ‹Ich bin Sein Freund› enthalten das gereifte ‹Ich›, das ‹Ich› der spirituellen Erkenntnis. ‹Ich bin ein Brahmane›, ‹Ich bin der Sohn von diesem oder jenem›, ‹Ich bin reich›, ‹Ich bin arm› – darin lebt das ‹Ich› der Unwissenheit, das die Fesseln der Selbstüberschätzung und des Stolzes stärkt. Dieses ‹Ich› bindet dich an die Welt, und du mußt ihm entsagen, wenn du ein Leben des Geistes führen willst. Beim Tempel von Balaji habe ich auf den ersten Blick erkannt, daß du dazu geboren bist, der Welt zu entsagen, daß du in deinem früheren Leben das höchste Stadium der Bindungslosigkeit erreicht hast.»

Je tiefer der Verehrer Gottes sich in eine *bhava* versenkt, desto weniger ist er sich der äußeren Umgebung und seines eigenen Körpers bewußt. Wenn die Versenkung intensiv genug ist, kann die innere Strömung einer bestimmten geistigen Haltung so stark werden, daß sich Gott in der gewählten Form manifestiert. Der Verehrer sieht seine Gestalt vor sich. Sie lächelt, redet und handelt, als sei sie vollkommen lebendig. Das wahre Erleben einer *bhava*, bei dem der Geist frei ist von jeglichen Gedanken und Gefühlen abgesehen von der *bhava* selbst, führt zu dem ekstatischen Zustand des mystischen Aufgehens in Gott, dem *savikalpa samadhi*.

«Dabei verliert sich das ‹Ich› nicht vollständig im Göttlichen, wie es beim *nirvikalpa samadhi* der Fall ist», erklärte Madhavacharya dem Jungen. «Eine schmale Linie, kaum noch eine Spur, bleibt erhalten, um die Gegenwart Gottes zu genießen. Man wird von Wonne durchströmt, die einen aus seinem Leben herausträgt. Der Körper wird von unerwarteten Freudeschüben gepeinigt, die so stark sind, daß man die Last dieser verstörenden Belohnung kaum tragen kann.»

Die *madhura bhava*, die geistige Haltung der Geliebten Gottes, vereint die Essenz aller anderen Haltungen auf sich. Sie ist somit die schwierigste. Bei der Verehrung Krishnas etwa muß der Gläubige in seinem Inneren den Gefühlszustand Radhas erzeugen. Die Lehrer raten von diesem Versuch ab. Sie sind der Ansicht, daß nur die *bhava* von Radhas Freundin, nicht aber die von Krishnas Geliebter erreichbar ist. Der Unterschied zwischen diesen beiden Formen ist entscheidend, wenn er auch nur in der Intensität, nicht in der Sache selbst liegt. Radha war die Frau eines anderen Mannes und ihre Sehnsucht nach Krishna, die von der wilden Leidenschaft eines verbotenen ehebrecherischen Verlangens durchdrungen war, drohte stets ihre spirituellen Bemühungen mit Lust zu verunreinigen. *Madhura* sollte alle Qualitäten der erotischen Liebe in sich tragen ... abgesehen von der Körperlichkeit.

Für einen Ramanandi-Asketen war es einfacher, die *madhura*-Haltung einzunehmen, denn er brauchte nicht den Sturm in Radhas Seele nachzuahmen, sondern mußte in seinem Inneren die ruhigere, sanftere Liebe Sitas zu Rama, ihrem Gatten, nachempfinden. Doch auch er mußte die biologische Beschaffenheit seines männlichen Körpers transzendieren und in seiner emotionalen Reaktion auf Gott weiblich werden. Denn das Bewußtsein, einen Körper zu haben, und die feste Überzeugung ‹Ich bin ein Mann, ich bin eine Frau› sind zwei fundamentale Bestandteile des menschlichen Wesens. Wenn es dem nach Gott strebenden Mann gelingt, seine Männlichkeit zu überwinden, indem er zur Ehefrau Gottes wird, dann hat er eine der beiden Fesseln der Natur abgestreift und ist jenem Zustand schon sehr nahe, der jenseits aller *bhavas* liegt. Für eine weibliche Verehrerin der beiden Gottheiten ist dies nur scheinbar einfacher. Sie kann zwar auch weiterhin ihren Körper behalten, doch der Drang nach der Vereinigung mit Krishna oder Rama weckt in ihr all ihre natürliche weibliche Sexualität und gefährdet so die *bhava*.

Die meisten Ramanandi-Asketen hatten ihrer Verehrung für Rama bisher dadurch Ausdruck verliehen, daß sie die *bhava* des Dieners einnahmen. Sie hatten sich bemüht, die Haltung und die Gefühle Hanumans zu verinnerlichen, dem ergebensten Diener des Gottes. Die *bhava* des Elternteils beschränkte sich auf eine kleine Schar größtenteils sehr weit fortgeschrittener Asketen, wie Madhavacharya, die den Mut hatten, Rama als ihren Sohn zu betrachten und ihn auf den Schoß zu nehmen. Die erotische Haltung, bei der der Gläubige Frauenkleider und Schmuck anlegt und sich, da er sich mit Sita identifiziert, Gott gegenüber wie eine Ehefrau verhält, war, abgesehen von einer kurzen Phase im achtzehnten Jahrhundert, immer eine Ausnahme gewesen. Beeinflußt von der Lyrik des Tulsi Das, der in seinem «Uttara Kand» das Liebesleben des Göttlichen Paares beschreibt, förderte der damalige *mahant* von Galta, Madhuracharya, die erotische Verehrung

Ramas, was zu einem skandalösen Verhalten der vermeintlich keuschen Mönche führte, als diese versuchten, die erfüllte Liebe von Rama und Sita nachzuahmen. Zum Teil auch als Reaktion auf die Exzesse jener turbulenten Jahre, die eine Intervention des Herrschers Jai Singh, des Gründers von Jaipur, erforderlich machten, setzte sich eine asketischere Form der Verehrung, die Yogaübungen und das Studium und die Rezitation des Ramayana umfaßten, als die vorherrschende Ausprägung des spirituellen Lebens der Ramanandis durch. Der urspüngliche ekstatische Ansatz jedoch starb nie ganz aus. Vishnu Das und andere ältere Asketen klagten darüber, daß Madhavacharya versuchte, die Verehrung Gottes durch diese *bhava*, wie sie sein Vorgänger aus dem achtzehnten Jahrhundert praktizierte, mit ihrer großen Gefahr der abstoßenden und letztendlich verheerenden Emotionalität wiederzubeleben.

Bei einer Versammlung der ehrwürdigsten Mönche, die einige Tage vor seiner Abreise nach Mehndipur einberufen worden war, hatte Madhavacharya sich gegen diese Vorwürfe gewehrt:

«Niemand hat jemals das andere Ufer erreicht, indem er nur über seinen Büchern hockte. Was nützt es, über Ihn zu lesen, zu versuchen, mit dem Verstand Seine Geheimnisse zu ergründen, wenn ihr die Macht Seines Namens nicht spürt? Wir können nur denken, was wir auch fühlen, meine Brüder. Das traurigste Schicksal eines Asketen ist es, eine Leidenschaft zu empfinden, die sich alleine auf den Geist beschränkt, Gedanken zu hegen, die abgelöst sind von Sehnen und Knochen, Ekstasen nur in seinem Kopf, nicht aber mit seinem Körper zu erleben.»

«Eure Beredsamkeit ist legendär, älterer Bruder», erwiderte Vishnu Das kühl. «Aber wir müssen erst lernen zu gehen, ehe wir laufen können. Die meisten von uns sind arme Sterbliche, dazu bestimmt, unser Leben damit zu verbringen, uns kriechend auf Rama zuzubewegen. Was

Ihr anregen möchtet, ist zuviel verlangt und wird unseren anfälligen Geist nicht erleuchten, sondern allenfalls einen Kurzschluß darin verursachen. Was am Ende dabei herauskommt, ist Wahnsinn ... und ein Skandal.»

Für die älteren Mönche war der Fall Charan Das nur das letzte Indiz einer beunruhigenden Entwicklung, die der *mahant* aktiv begünstigte.

∗

Madhavacharya war gerade damit fertig, die Rechnungsbücher des Klosters durchzusehen, und kümmerte sich nun um seine Korrespondenz, als Charan Das hereingebracht wurde. Klein und schmal, mit einem faltigen Gesicht und einem Mund, in dem nur noch wenige Zähne waren, sah Charan Das nicht aus, als sei er erst Mitte Fünfzig, sondern mindestens zehn Jahre älter. Er trug immer noch einen purpurroten Rock und eine kurze hellgelbe Bluse, die in seinem Rücken mit einer einzigen Schnur zusammengebunden war. Der alte Mönch gluckste vor Freude, als er von Vishnu Das in das Büro des *mahant* geführt wurde.

«Ah, mein Freund, Rama sei gepriesen, daß Ihr wieder zurück seid. Diese Kerle wollen mich daran hindern, zu Gott zu gehen», sagte er und warf dem grimmig dreinblickenden Vishnu Das, der neben ihm stand, einen vernichtenden Blick zu.

«Der ältere Bruder weigert sich, die Frauenkleider auszuziehen, die er schon die letzten beiden Wochen über getragen hat. Er besteht außerdem darauf, im Teich der Frauen zu baden», berichtete Vishnu Das.

«Wo soll ich denn sonst baden, wenn nicht im Frauenteich!» rief Charan Das, schockiert über die implizierte Vorstellung. «Das wird ein trauriger Tag für Galta sein und das sichere Ende der Tugend bedeuten, wenn Männer und Frauen anfangen, gemeinsam zu baden. Oh,

Madhav, mein Freund, Ihr könnt Euch meinen Zustand nicht vorstellen, mein Herz fließt über vor Liebe zu meinem Herrn! Er kann jeden Augenblick kommen und mich in seine Arme schließen.»

«Ihr seid in der Tat gesegnet, Bruder Charan», sagte Madhavacharya ernst. «Doch Rama wird Euch nicht erwählen, wenn Ihr in den Tempeln inmitten all der Menschen umhergeht. Betet und wartet in der Einsamkeit Eures Zimmers oder in einer abgelegenen Ecke des Klostergartens auf ihn.»

«Ihr seid ein weiser Mann, Madhav. Doch wie sollen diese jungen Männer, die weder etwas über den Geist wissen, noch die ganze Erfahrung eines langen Lebens mit sich bringen, Eure Weisheit verstehen? Was wissen sie schon von der Sehnsucht, die Sitas Herz erfüllt und die meine Zunge nicht auszudrücken vermag?» sagte Charan Das und warf dem ungerührt dastehenden Vishnu Das erneut einen verächtlichen Blick zu.

«Versucht ihn zu verstehen, Vishnu», bemühte sich Madhavacharya, seinen Stellvertreter, auf dessen Gesicht ein zorniger Ausdruck lag, zu besänftigen, nachdem der alte Mönch den Raum verlassen hatte. «Liebe ist niemals unedel, selbst dann nicht, wenn sie über ihre Ufer tritt. Sie kann manchmal fehlgeleitet sein, doch niemand weiß, wann und wo sie den richtigen Weg finden wird. War der ehrwürdige Goswami Tulsi Das nicht so verliebt in seine junge Frau, daß er es nicht ertragen konnte, wenn sie auch nur einen Augenblick nicht bei ihm war? Lief er ihr nicht wie ein Hund durch das ganze Haus hinterher oder folgte ihr wie ein Baby mit den Augen, wenn sie sich im gleichen Zimmer befand? Doch dann, eines Tages, öffnete sich plötzlich sein inneres Auge, als sie ihm sagte: ‹Wenn du dich mit der gleichen Leidenschaft nach Rama verzehrtest wie nach mir, dann hättest du schon vor langer Zeit die Erlösung erlangt.› Seine ganze Liebe und ihr drängendes Verlangen richteten sich von da an auf Rama. Die Gnade des Herrn floß in ihn ein, und Goswami verbrachte den Rest seines Lebens damit, Ramas Geschichte in den herrlichsten Versen niederzuschreiben.»

«Das ist lange her, älterer Bruder», erwiderte Vishnu Das. «Die Welt hat sich seitdem verändert, und mit ihr auch die Menschen. Es ist schön, über die Heiligen nachzusinnen, doch gefährlich, ihnen nachzueifern. Laßt uns die Vergangenheit genießen, ohne zu versuchen, sie wiederherzustellen.»

*

Ein Jahr verging. Gopals Brüste schrumpften. Sie zeichneten sich nicht mehr so deutlich vor seinem schmalen Brustkorb ab. Sie hatten sich auf die Größe des Busens eines zwölfjährigen Mädchens in der ersten Blüte ihrer Jugend zurückgebildet, eine Größe, die sie für den Rest seines Lebens behalten sollten. Gopal war nun ein Teil der Gemeinschaft der Asketen, obwohl nicht ganz klar war, welche Stellung er innerhalb dieser Gemeinschaft innehatte. Niemand hatte gesehen, ob er die fünfeinhalb Meter lange heilige Schnur trug, doch die meisten vermuteten, daß er sich in der zwei Jahre dauernden Beobachtungsphase befand, die vor der Initiation in den Ramanandi-Orden lag. Zu Beginn hatte die Tatsache, daß er weiterhin im Zimmer des *mahant* schlief, Neid und schockierte Kommentare unter den jüngeren Asketen hervorgerufen. Viele deuteten auch seine Vorliebe für die Einsamkeit und sein Fernbleiben von den nachmittäglichen Plaudereien und Klatschrunden fälschlicherweise als arrogante Absonderung. Doch sein argloses Wesen, seine fröhliche Bereitschaft, für jeden, der ihn darum bat, Botengänge zu übernehmen oder Zigaretten und Kautabak im Lebensmittelladen außerhalb des Tempelbezirks zu besorgen, und die fehlenden Anzeichen dafür, daß der *mahant* ihn den anderen vorziehe, sorgten dafür, daß er bald bei den meisten Mönchen beliebt war. Natürlich nicht bei Vishnu Das, doch mußte auch dieser widerwillig zugeben, daß das herausragende musikalische Talent des Jungen immer mehr Gläubige zum *kirtan*-Gesang ins Kloster lockte.

Vishnu Das hatte dem *mahant* nicht geglaubt, als dieser ihm von seinem Traum erzählte. Vor einigen Monaten hatte Madhavacharya seinen Stellvertreter in sein Zimmer gerufen und ihm, nachdem er ihn zuvor zu absolutem Stillschweigen verpflichtet hatte, von dem Traum erzählt, den er in der Nacht zuvor gehabt hatte. Madhavacharya hatte von einem Jungen geträumt, der auf einer Klippe stand und «Vater, Vater» schrie, während ein stürmischer Wind um ihn herum heulte.

«Es war die Seele eines Heiligen. Ich weiß es. Der Körper des Jungen wies alle äußeren Merkmale einer reinen und bindungslosen Seele auf – zarte Gliedmaßen, schmale Knochen. Er rief nach mir, Vishnu, und ich muß gehen und nach ihm suchen.»

«Wo?»

«Ich habe die Klippe wiedererkannt. Es war der Hügel in Mehndipur, an dessen Fuß der Balaji-Tempel liegt. Außerdem gibt auch die Stärke des Windes einen Hinweis auf die Lage des Tempels: Balaji ist dcr Sohn des Gottes der Winde.»

Vishnu Das erwiderte nichts. Er hatte Madhavacharya immer schon für einen naiven Mann gehalten, dessen Sprache sich zwar durch eine gewisse poetische Eleganz auszeichnete, dem jedoch jeglicher gesunde Menschenverstand abging. Diesen ungebildeten Bauern, den er irgendwo aufgegabelt hatte, wie einen Heiligen zu behandeln! Was sollte das für ein Vorbild für die anderen Novizen sein, die jahrelang die heiligen Schriften studieren mußten! Heilige wie Kabir oder Ramakrishna, die die Gelehrsamkeit als ein Hindernis auf dem Weg zur Heiligkeit ansahen, glaubten dies allein vom Gefühl her, nicht aus eigener Erfahrung. War denn Shankara weniger heilig, nur weil er der gelehrteste Mönch seiner Zeit gewesen war? Wenn man Madhavacharya noch lange die Angelegenheiten von Galta regeln ließ, würde er das Kloster eines Tages ins Unglück stürzen. Er würde dieses Zentrum der Gelehrsamkeit zerstören. Das Kloster mußte nun endlich aus diesem mittelalterlichen Geist aufwachen und in die moderne Welt eintreten. Indien stand an der Schwelle zur Unabhängigkeit. Jetzt, da der Krieg beinahe vorüber war, würden die Briten das Land bald verlassen. Und wenn sie einmal fort waren, würde sich die Frage stellen: «Wer von uns soll die Macht innehaben, hier, in diesen Dörfern, in diesen kleinen Städten?» Die Klöster konnten dazu beitragen, eine Antwort auf diese Frage zu finden. Sie wurden im ganzen Land und von allen Hindus respektiert, abgesehen von einigen wenigen – den braunen Sahibs –, die die europäische Lebensweise der Eroberer angenommen hatten. Sie konnten ein Volk, das hoffnungslos aufgespalten war in verschiedene Kasten und Sekten, auf den Fundamenten ihrer alten Religion vereinen. Sie konnten eine wesentliche Rolle dabei übernehmen, die Hindus zu einer entschlossenen und mächtigen Nation zu verschweißen, die Indiens vergangenen Ruhm wiederauferstehen lassen konnte. Vishnu Das stand bereits in Kontakt mit gleichgesinnten Mönchen in anderen Klöstern in den Vereinigten Provinzen und den Zentralprovinzen von Britisch-Indien. Diese brieflichen Kontakte, die durch umherziehende *sadhus* übermittelt wurden, bewegten sich noch auf einer sehr elementaren Stufe, man tauschte eher Gedanken und Informationen aus als konkrete Pläne.

Wenn sich Vishnu Das große Hoffnungen erfüllen sollten, mußte die Stellung eines Klosters wie Galta vollkommen neu definiert werden. Es konnte nicht länger ein reiner Vermittler gefühlsduseliger Religiosität bleiben, die einem Mann seine Männlichkeit nahm, seinen Charakter schwächte und seine Seele gleichermaßen zu der einer Frau und eines Sklaven machte. Jedem Mönch mußte bewußt gemacht werden, welche bedeutende Rolle ihm bei der Erweckung eines nationalen Bewußtseins und bei der Aufgabe zukam, Menschen, die seit über tausend Jahren als Sklaven gelebt hatten, in echte Männer umzuwandeln. «Wir wollen eine Religion, die wahre Männer formt!» hatte Swami Vivekananda mit Donnerstimme gerufen, und Vishnu Das stimmte ihm zu. Der Swami war sein Vorbild. Nicht der jugendliche Anhänger des verrückten Ramakrishna, sondern der selbstbewußte Erwachsene, der die zivilisatorische Überlegenheit der Hindus verkündete. Doch damit die Vision des Swami Wirklichkeit werden konnte, mußten Menschen wie Madhavacharya Menschen wie ihm weichen. Vishnu Das wollte nicht, daß aus Galta Geschichten über reinkarnierte Heilige oder gottberauschte Jungen strömten und sich unter den Gläubigen verbreiteten, eine Bezeichnung, die unglücklicherweise auf fast alle Hindus zutraf. Vishnu Das war stolz auf seine Religion, doch er schämte sich für die Menschen, die seinen Glauben teilten – ein Volk, das stets darauf bedacht war, das Weltliche mit Mysterien zu erfüllen, das im Gewöhnlichen unablässig nach Anzeichen für das Überirdische suchte. Er wollte Geschichten, die die Autorität des *mahant* untergruben, nicht solche, die diese noch stärkten. Der Junge würde zwar in den ersten Geschichten ein Heiliger sein, doch in den späteren würde er zumindest die Rolle des Komplizen eines Schurken übernehmen. Deshalb hatte Vishnu Das, als Madhavacharya unsicher war und ihn um Rat fragte, ob es schicklich sei, daß der Junge in seinem Zimmer schliefe, ihn in dieser Idee eilends bestärkt.

«Ihr seid wie ein Vater zu ihm, älterer Bruder. Wie kann sich da die Frage nach der Schicklichkeit stellen! Laßt ihn in Eurem Zimmer bleiben. Ich werde mit den anderen reden. Natürlich ohne das Geheimnis Eures Traums zu enthüllen.»

Vishnu Das erkannte, daß er seinen Plan, Madhavacharya abzusetzen, vorantreiben mußte, als er sah, welche Wirkung Gopals Gesang auf einige der frommen Geldgeber des Klosters zu zeigen begann. Einer dieser Spender war Sitaram Dhamani, einer der führenden Juweliere von Jaipur, der in großzügiger Weise die Kassen des Klosters auffüllte. Er war gleichzeitig Madhavacharyas einziger Freund. Andere Menschen konnten diese Freundschaft zwischen zwei so unterschiedlichen Männern – im Äußeren, im Temperament und in ihren Interessen – nur schwer nachvollziehen. Madhavacharya war klein, feingliedrig und hatte eine helle Hautfarbe. Jeden Morgen zog er einen frischgewaschenen weißen *dhoti* an, dessen sorgfältig gebügelte Falten hielten, bis er abends zu Bett ging. Seinen *tilak* aus Asche und Sandelholzpaste trug er mit der Kunstfertigkeit eines Miniaturenmalers auf: Die beiden vertikalen Linien auf seiner Stirn waren so gebogen, daß sie in perfekter Symmetrie auf seiner Nasenwurzel zusammentrafen. Er redete leise und seine Stimme war normalerweise nicht mehr als ein beruhigendes Murmeln. Dhamani war kräftig gebaut und hatte eine dunkle Hautfarbe und ein pockennarbiges Gesicht, das nur dank seiner überschäumenden Vitalität nicht häßlich wirkte. Die schwarze Mütze, die er immer trug, war ganz wellig von altem Haaröl. Seine zerknitterte *kurta* mit ihren blitzenden Diamantknöpfen war stets übersät mit betel-braun gefärbten Spuckespritzern und gelben Kurkumaflecken von den Bröseln der scharfen *kachoris*, die er den ganzen Tag über knabberte. Wenn er sich hinsetzte, rutschte sein *dhoti* immer über seine fetten Knie hoch. Er kratzte sich am Unterleib, während er redete, und hatte die Angewohnheit, lässig eine Hüfte anzuheben und einen nach *kachori* riechenden Furz loszulassen. Aber er war auch loyal, gefühlvoll und tiefreligiös und betrachtete jeden seiner Besuche in Galta als eine kleine Stufe auf der unendlich steilen Leiter der Erlösung.

Madhavacharya mochte den Juwelier sehr. Er schätzte Dhamanis Großzügigkeit und verließ sich auf seinen Rat, was die finanziellen Angelegenheiten des Klosters betraf. Obwohl Dhamani eindeutig zum *mahant* von Galta aufschaute, verhielt sich Madhavacharya ihm gegenüber immer wie ein enger Freund und ließ nie auch nur eine Spur von Überlegenheit erkennen. Er wußte, daß Unterordnung und Freundschaft sich nicht miteinander vereinen ließen. An jenem Nachmittag saßen die beiden Freunde auf einer dünnen Matte, die auf dem Steinboden im Büro des *mahant* ausgebreitet war. Madhavacharya hatte den Knoten der Schnur gelöst, mit der das in rotes Tuch gebundene Hauptrechnungsbuch verschnürt war, das auf einem niedrigen Holztisch vor ihm lag, hatte dieses jedoch noch nicht aufgeschlagen. Wie immer, ehe sie sich dem ernsteren Thema der notorisch knappen finanziellen Mittel des Klosters zuwandten, erheiterte Dhamani Madhavacharya mit dem neuesten Gerede aus der Welt jenseits der Klostermauern. Das aktuellste Gerücht im Basar von Jaipur besagte, daß Atal, der Finanzminister, eine große Summe an Bestechungsgeld von einem Unternehmer angenommen hatte, der am Bau der neuen Universität beteiligt war. Es war auch allgemein bekannt, daß Atal Gelder aus dem Budget für öffentliche Arbeiten für den Bau des Palastes verwendet hatte, den der Maharaja für seine dritte Frau errichten ließ. Außerhalb von Jaipur hieß es, daß es für die Briten wohl ganz gut aussehe. Das war schade. Wie vielen anderen orthodoxen Hindus gefiel Dhamani, was er über Hitler gehört hatte. Der deutsche Diktator war ein frommer Mann, der *sattvic*, also vegetarische Speisen, aß. Er hatte die Swastika, das alte vedische Symbol der Sonne, in die Fahne seines Landes aufgenommen, und unter seiner Führung horchten die Deutschen zurück in eine ferne arische Vergangenheit, an der auch die Hindus teilgehabt hatten.

«Sitaram», unterbrach ihn Madhavacharya. «Du mußt heute abend den *kirtan* hören, ehe du nach Jaipur zurückfährst.»

«Ach ja», antwortete Dhamani. «Ich habe schon eine Menge über diesen Jungen gehört. Ist er wirklich so gut, wie die Leute sagen?»

«Bezeichnungen wie ‹gut› und ‹schlecht› treffen auf Sänger zu, nicht auf ihn. Ich sage dir, Sitaram, er ist auserwählt, er ist gesegneter als wir alle, die wir schon lange und demütig auf den Feldern Gottes gearbeitet haben. Im Geist der Menschen, die ein Ohr dafür haben, können seine Lieder einen solchen Aufruhr verursachen, daß sich dieser nicht länger damit begnügt, blind zu sein, sondern dem Licht entgegenstreben muß.»

«Hmm-m-m», murmelte Dhamani, beeindruckt von der Leidenschaftlichkeit seines Freundes.

An diesem Abend hörte der Juwelier Gopal zum ersten Mal singen.

«Komm, oh Rama, kehre ein in mein Herz,
Und der Sinn meines Lebens wird sich erfüllen»

Die Töne strömten durch die Poren von Dhamanis Körper, die suchende Melodie drang in die entlegensten Winkel seines Geistes. Dhamani fühlte, wie Emotionen in ihm aufwallten und ihn zu ersticken drohten. Wie in Trance stand er schwankend auf. ‹Die *bhava* hat ihn berührt!› dachte Madhavacharya erstaunt. Einen Augenblick lang glaubte er, sein stämmiger Freund würde es den vereinzelten Männern gleichtun, die zu tanzen begonnen hatten. Die beiden *kirtan*-Sänger war schon lange verstummt, sie ließen Gopal den Gesang alleine weiterführen und begnügten sich damit, im Rhythmus die Trommel zu schlagen. Dhamani taumelte, sein Körper wurde von unwillkürlichem Zittern geschüttelt, als er auf Gopal zuging, der auf dem erhöhten Podest der Sänger saß. Er sank vor dem Jungen auf die Knie und hob die zusammengelegten Hände über den Kopf.

«Vater!» sagte er, und in seiner Stimme zitterten Tränen. «Vater!» wiederholte er.

Von einer Ecke der Halle aus verfolgte Vishnu Das das Geschehen. Er runzelte die Stirn.

NEUNTES KAPITEL

Madhavacharya fand keine Ruhe. Selbst das rituelle Auf-den-Schoß-Nehmen von Ram-lalla half seinem Geist nicht, sich zu sammeln und Frieden zu finden. Während Gopal gleich einschlief, nachdem er die Lampe ausgeblasen hatte, lag Madhavacharya noch wach und lauschte den letzten Geräuschen des Tages, die nach und nach erstarben. Er spürte, daß die übergroße Zärtlichkeit, die er sonst für den Jungen empfand, an diesem Abend mit einem Stich Eifersucht versetzt war, die sie von innen heraus zu zerfressen drohte.

‹Es ist so ungerecht, Herr›, versuchte Madhavacharya seine verwirrten Gefühle in unausgesprochene Worte zu fassen. ‹Ich habe Dir mein Leben geweiht. Ich habe gebetet und meditiert. Ich habe die vorgeschriebenen Rituale mit der ganzen Hingabe vollzogen, die mein Herz aufbieten konnte. Das Verlangen nach Dir hat meinen Geist ausgehöhlt. Und doch weigerst Du Dich, ihn mit Deiner Gegenwart zu erfüllen. Niemand weiß, daß hinter der Beherrschtheit, die meinem Alter geziemt, und hinter der Ruhe, die die Menschen in meinen Augen sehen, meine Seele einer von der Hitze berauschten Fliege gleicht, die immer wieder gegen die Fensterscheibe schlägt, um in Dein Haus zu gelangen. Doch das Fenster bleibt fest verschlossen. Du hast beschlossen, diesem Jungen Deine Gnade zu gewähren, und ich muß ihn lieben, weil er von Dir auserwählt wurde. Oh ja, zumindest hast Du mir die Fähigkeit geschenkt, zu sehen und zu hören. Ich kann hören, daß sein Gesang nicht nur wohlgefällig klingt, sondern von weither kommt, daß der Ursprung dieser Musik noch weit jenseits des Glücks liegt und sie den Saum des Chaos berührt, wo das ‹Ich› in Stücke zerbricht und sich in Dir wieder zusammensetzt. *Das* ist nicht schwer zu er-

130

kennen. Sogar Dhamani hat es gespürt. Doch warum hast Du den Jungen gewählt, Herr? Warum nicht mich?›

Madhavacharya legte sich auf die Seite. Es war eine mondlose Nacht. Im schwachen Licht der Sterne konnte er Gopals zusammengerollte Gestalt auf dem Boden erkennen. Draußen im Klostergarten durchbrach der rauhe Schrei eines Pfauen kratzend die Stille.

‹Ist mein Stolz mein Fehler, Herr? Ist es mir nicht gelungen, ihn genügend zu unterdrücken? Irgendwo tief in meinem Inneren wußte ich immer, daß dieser letzte Rest meines Stolzes mich daran hinderte, mich Dir vollständig zu unterwerfen. Das einzige, was er zugelassen hat, war, mich dir unterzuordnen. Ich kann der schweren Last auf meinem Herzen, die Unterordnung für mich mit sich bringt, nicht entkommen. Ich zittere vor Furcht, daß meine Seele nie an diesem Glück teilhaben kann, welches Unterwerfung mit sich bringt. Denn obwohl ich versuche, mich vom Gegenteil zu überzeugen, obwohl ich mir das Beispiel der Heiligen in Erinnerung rufe, bleibt Unterwerfung für mich eine Niederlage und bedeutet nicht Befreiung. Was hält mich zurück? Vielleicht zögere ich, weil ich den Schrecken in Deiner Schönheit sehe. In Deinem strahlenden Antlitz, Rama, erhasche ich hin und wieder einen Blick auf Kali, die Göttin, die wir verehren, weil sie uns nicht zerstört, obwohl sie die Macht dazu hat. Der Junge ist in der Tat gesegnet. Er kann sich unterwerfen – Dir, dem Gesang, dem Augenblick, völlig rückhaltlos. Für ihn birgt die Unterwerfung keinen Schrecken, nur Glück, ja sogar Ekstase.›

Ein Papagei schrie, wütete gegen die erdrückende Dunkelheit.

‹Ich glaube, jetzt verstehe ich. Es ist mein Schicksal, der Diener dieses Jungen zu sein. Ich muß ihn auf dem Weg zu Deinem Haus begleiten, selbst jedoch für immer draußen vor der Tür warten. Oh Herr, alles, was ich je hatte, ist lange vergangen. Das einzige, was bleibt, ist das, was ich nie hatte – Du. Die Hoffnung aufzugeben – soll das meine letzte Entsagung sein? Muß ich vollkommen nackt vor Dir stehen? So nackt wie am Tag meiner Geburt?›

Ein zarter Windhauch, nicht mehr als eine leichte Bewegung der Luft, überraschend sanft für diese Jahreszeit, strich von den Hügeln herab durch das Fenster und streichelte sacht über das fiebrige Gesicht des alten Mönchs. Eine Sekunde lang verweigerte er sich dem Trost, widerstand dem leisen warmen Hauch, der aus der Dunkelheit hereinwehte. Doch dann entspannte er sich, ließ die letzten Überreste seiner Zukunft los und schlief ein.

Wie jedes Hindu-Mädchen, das als Kind schon lernt, daß es nur als Gast in seiner Familie lebt und sein wahres Heim findet, sobald es heiratet, hatte auch Madhavacharya immer gewußt, daß seine wahre Heimat im Kloster von Galta lag und die Mönche seine eigentliche Familie bildeten. Obwohl er der älteste Sohn seiner Eltern war, glich er einer Tochter, die dazu bestimmt war, sie eines Tages zu verlassen und zu ihrem Ehemann zu gehen – in seinem Fall zu Rama.

Es hatte alles mit heftigen Fieberschüben und Schüttelfrost angefangen, als Rajan, wie Madhavacharya als Kind genannt wurde, drei Jahre alt war. Die Krankheit wurde fälschlicherweise als Malaria diagnostiziert, während es sich in Wirklichkeit um eine gefährliche Gehirnentzündung handelte, und der Junge fiel ins Koma. Der Arzt gab auf, und seine Heilkünste beschränkten sich darauf, den Eltern angesichts der unergründlichen Wege des Schicksals Trost zuzusprechen. «Ein Arzt kann nur Krankheiten heilen», sagte er. «Doch wenn sich hinter einer Krankheit der Tod verbirgt, dann können wir nichts anderes tun, als stark zu sein und sein Kommen hinzunehmen.» Rajans Vater, der als Diamant- und Smaragdschleifer für die Suranas, eine der führenden Juweliersfamilien, arbeitete, hatte geweint, das Schicksal verflucht, das ihm seinen einzigen

Sohn entreißen wollte, und schließlich das Urteil akzeptiert. Nicht jedoch seine Mutter. Sie verbrachte die Nacht im *puja*-Raum; auf dem Boden ausgestreckt lag sie vor dem Standbild Ramas, ihre Finger umklammerten die winzigen Marmorfüße des Gottes. Sie betete, doch in Wirklichkeit schlug sie dem Gott ein Geschäft vor: ‹Nimm ihn nicht im Tod, Herr, sondern im Leben. Wenn er überlebt, dann verspreche ich, daß wir ihn aufgeben werden, sobald er sechzehn wird. Er soll ins Kloster eintreten und Dir dienen für den Rest der Tage, die Du ihm zugestehst.›

Als Rajan wieder gesund war, begannen Mutter und Sohn regelmäßig das Kloster von Galta zu besuchen. Der *mahant* und die älteren Mönche wußten, daß der ernsthafte kleine Junge, der nur selten lachte, von Rama selbst auserwählt war, und traten auf den Wegen zur Seite, um nett zu ihm zu sein. Wie eine Tochter, die so aufmerksam umsorgt wird wie ein gerngesehener Gast, der die Familie viel zu früh endgültig wieder verlassen wird, hatte Rajan in seiner Kindheit eine tiefe unterschwellige Trauer in der Liebe seiner Eltern gespürt. Diese Traurigkeit zeigte sich besonders deutlich bei seiner Mutter, die oft in Tränen ausbrach, während sie ihn fest an sich drückte. Die Melancholie ihrer Liebe ging als bleibende Erbschaft in sein Wesen ein. Sie äußerte sich in Madhavacharyas Verehrung von Ram-lalla, blieb abgesehen davon jedoch verborgen und wandelte sich in ein distanziertes Wohlwollen, das er den anderen Mönchen gegenüber gewöhnlich empfand. Bei Gopal hatte er erfahren, was es bedeutete, einen Menschen auf diese qualvolle Art zu lieben. Es war eine überwältigende, schmerzhafte Zärtlichkeit, die er sich unbedingt bewahren wollte, trotz des überraschenden und schändlichen Neids ... und der Resignation.

*

Es war Mitte Mai, der Sommer des Jahres 1946 war schon weit vorangeschritten, als Gopal auf Madhavacharyas Geheiß seine spirituelle Reise antrat. Der *mahant* hatte ihn von seinen täglichen Aufgaben und klösterlichen Verpflichtungen freigestellt. Abgesehen davon, daß er versuchen solle, in seinem Inneren die *bhava* des Dieners Hanuman zu erzeugen, hatte er ihm jedoch keine weiteren Anweisungen gegeben.

Sich selbst überlassen, begann Gopal, den größten Teil des Tages im Hanuman-Tempel zu verbringen. Er half dem Priester bei der täglichen rituellen Verehrung des Gottes, lauschte seinen Legenden über den Affengott und betete und sang begeistert gemeinsam mit den übrigen Gläubigen. Er kehrte und wischte weiterhin jeden Morgen den Fußboden, obwohl dies nicht mehr von ihm erwartet wurde. In der ersten Woche stieg er noch zum Kloster hinauf, um den *aratis* beizuwohnen und an den Mahlzeiten teilzunehmen, doch allmählich beteiligte er sich immer seltener an diesen gemeinschaftlichen Ereignissen und hörte ganz damit auf, als er sich immer tiefer in Hanumans Gefühle versenkte. Er verbrachte nun all seine Nächte im Tempel; in einer Ecke auf dem Boden zusammengerollt, lag er bis spät in die Nacht wach, dachte an Hanuman und nahm das wichtigste Element im Wesen dieses Gottes in sich auf – seine ungeheure Sehnsucht nach Rama.

«Die erste Form spiritueller Disziplin, die ich praktizierte», erzählte er später seinen Schülern, «war also keine Form der Meditation – das kam erst später –, sondern das Sehnen. Einige Heilige sind der Ansicht, das Sehnen sei keine Disziplin, sondern ein Seelenzustand. Das stimmt schon. Und doch ist die Sehnsucht der Quell allen spirituellen Lebens. Sie muß zu ihrer höchsten Ausprägung geschliffen werden, indem man sich voll und ganz in das Objekt seines Sehnens versenkt, und ist somit schlußendlich doch eine Art Meditation.»

Gopal, der vollkommen in Hanuman aufging, stellte fest, daß er über längere Zeitabschnitte hinweg vergaß, daß er überhaupt losgelöst von dem Affengott existierte. In solchen Momenten trat der ruhelose Ausdruck eines Affen in seine Augen. Er bewegte sich sogar ruckartig wie ein Affe und bemühte sich, Anschluß an die eine oder andere der zahlreichen Affenhorden zu finden, die über den gesamten Tempelkomplex verstreut lebten. Zunächst jagten ihn die großen Männchen fort, wenn er zu nahe herankam, doch nach und nach begannen sie, seine Anwesenheit in ihrer Gruppe zu dulden, solange er kein Weibchen oder Junges berührte. Er verbrachte auch viel Zeit auf Bäumen und schrie ‹Rama, Rama!›, wie auch Hanuman dies getan haben mußte, wenn er Ihn anflehte, ihm doch zu erscheinen. Seltsamerweise soll sich das untere Ende seiner Wirbelsäule um beinahe zweieinhalb Zentimeter zu einem Schwanzansatz verlängert haben, der sich jedoch im Laufe der Zeit, als dieses Erlebnis vorüber war, wieder zurückbildete.

Vishnu Das war insgeheim erfreut, obwohl er in der Öffentlichkeit vorgab, außer sich zu sein. Es war wichtig, daß der Gesang des Jungen, der auf die Zuhörer eine so hypnotische Wirkung gehabt zu haben schien, endlich aufgehört hatte. Er tat so, als sei er genauso erschüttert wie die jungen Asketen, die sich bei ihm über das Verhalten von Madhavacharyas Schützling beklagten, und erbot sich, sie als ihr Sprecher in das Büro des *mahant* zu begleiten.

«Der Junge hat ein Stoffband um seine Hüften gebunden, damit es aussieht wie ein Schwanz. Vielleicht sollten wir dankbar sein, daß er nicht gleich all seine Kleider abgeschüttelt hat. Er hüpft zwischen den Tempeln umher und wühlt im Staub nach Beeren, die die Leute den Affen als Futter hinwerfen. Das ist alles, was er im Moment zu sich nimmt – Beeren und Obststückchen.»

«Er ist nicht immer so», versuchte ein älterer Asket, der gerade im Büro war, die schweren Anschuldigungen abzuschwächen. «Wenn man ihn in seinen klareren Momenten auf sein Verhalten anspricht, sagt er, daß er nicht willentlich einen Affen nachahmt, sondern dies einfach so passiert.»

‹Oh Herr, laß mich über den Weg wachen, auf dem der Junge sich Dir jetzt nähert. Hilf mir, seine Gabe zu bewahren, sich zu unterwerfen. Laß mich der Diener Deines Dieners sein›, dachte Madhavacharya bei sich, ehe er sich der kleinen Abordnung zuwandte, die mit der Klage in sein Büro gekommen war.

«Ach, Vishnu Das, erinnere dich doch an die Traditionen unseres Ordens. Vergiß nicht, welch große Bedeutung die Diener-*bhava* bei unserer Verehrung Gottes hat. Gibt es denn einen größeren Diener Ramas als Hanuman? Die Seele richtet sich nach dem Körper, Vishnu. Wenn der Körper ein Tempel ist, so wird die Seele zur Gottheit. Wenn sich der Körper den sinnlichen Genüssen hingibt, wird die Seele genußsüchtig. Sich wie Hanuman zu verhalten ist der Versuch, die Seele durch die Taten des Körpers zu verändern. Gopal hat dies instinktiv erkannt. Er verwandelt seinen Körper in den eines Affen, um so die *bhava* von Ramas ergebenstem Diener zu erlangen.»

«Die Menschen werden solche Vorkommnisse in Galta nicht mehr lange hinnehmen, älterer Bruder», sagte Vishnu Das. «Sie reden immer noch über Charan Das und jetzt dies. Sagt später nicht, wir hätten Euch nicht gewarnt.»

✳

Dann, eines Tages, gegen Ende des Sommers spürte Gopal Ramas Gegenwart schmerzhaft nahe, genau wie auch Hanuman sie vor sehr langer Zeit empfunden haben mußte. Diesen Augenblick bewahrte er stets in allen Einzelheiten in seinem Gedächtnis, obwohl diese Erinnerung, wie er immer sagte, nicht ihm alleine gehörte, sondern er sie mit dem Gott teilte; in jenem Augenblick waren ‹ich› und ‹mein› gleichzeitig ‹er› und ‹sein›.

Die Sonne brannte auf die kuppelförmigen Kuppen der Hügel, die Galta umgaben, und versengte die ohnehin schon kahlen Felsen. Eine Affenfamilie tollte gerade eine abgestorbene Arabische Akazie hinauf, die in der Nähe des Eingangs stand, und verscheuchte eine Krähe, die schwerfällig davonflatterte. Der Nachmittag war unerträglich heiß, alles war von einem gleißenden Weiß erfüllt, vom Himmel bis hinab auf den Marmorboden im Hof des Tempels. Er verspürte den unbändigen Drang zu laufen, geradewegs auf Rama zuzulaufen. Er trat in den Hof hinaus. Wieder und wieder kniete er, von Glück durchdrungen, auf dem brennendheißen Steinboden unter dem glühenden Himmel nieder. Und außer diesem Glück fühlte er nichts als eine so unermeßliche Dankbarkeit, daß er wünschte, er könne in dieser Dankbarkeit Gott gegenüber den Rest seines Lebens verbringen und sterben.

Die nächsten Tage verlebte Gopal in einer leichten Benommenheit, als sei er gerade aus einem tiefen, mit Träumen überschwemmten Schlaf aufgewacht. Er nahm sein früheres Leben im Kloster wieder auf und schlief auch wieder in Madhavacharyas Zimmer, doch wirkte er oft abwesend, wenn er seinen täglichen Aufgaben nachging. Madhavacharya war der einzige, mit dem er redete und dem er seine Erlebnisse zu erklären versuchte, die zu beschreiben ihm die Worte fehlten. Das einzige, was er ausdrücken konnte, war seine Verzweiflung darüber, daß die Erinnerung an das Zusammensein mit dem Gott mit jedem Tag verschwommener wurde. Der ältere Mann hörte ihm zu, tröstete ihn, lieferte ihm einige der fehlenden Wörter und ermutigte den Jungen, diesen Weg weiterzugehen, ohne auf die Mißbilligung Vishnu Das' und der übrigen Asketen zu achten.

«Es gibt keinen Grund, warum du zurückhaltender sein solltest, wenn Gott dich über dich selbst hinausgehoben hat», sagte er.

Gopal nahm an den *aratis* teil und lauschte manchmal dem *kirtan*, doch er wirkte ruhelos und sang nicht mit. Madhavacharya, der ihn nun ganz offen in seine Obhut nahm, ließ verlauten, der Junge fühle sich nicht wohl. Das stimmte auch. Die unreifen Beeren und verfaulten Früchte, die er aus dem Staub aufgehoben und gegessen hatte, forderten ihren Tribut. Für den Rest seines Lebens litt Gopal an chronischen Magenproblemen. Oft mußte er nach dem Abendessen gegen die Blähungen und die Anfälle von Ruhr, die ihn häufig plagten, ein wenig Opium einnehmen. Gelegentliche Besucher waren oft irritiert, wenn an manchen Tagen die Winde in seinem Körper besonders stark waren und er häufig aufstoßen mußte, während er über erhabene spirituelle Fragen redete. Er hatte es sich zur Gewohnheit gemacht, in diesen Fällen das Ende eines Rülpsers in ein langgezogenes ‹O-o-o-om!› übergehen zu lassen. Die Ernsthaftigkeit und die Unbefangenheit, mit der er dies tat, hatten zur Folge, daß sein Aufstoßen in das Reich des Heiligen erhöht wurde, anstatt das ‹Om›, den Urlaut des Universums, auf die Ebene eines körperlichen Mißgeschicks herabzuziehen.

*

Gopal begann sich in die *madhura bhava* hineinzuversetzen, indem er zunächst die äußeren Kennzeichen dieser spirituellen Haltung annahm, bei der der Anwärter danach strebt, in seinem Innersten das erwartungsvolle Sehnen und die Liebe, die Sita für ihren Ehemann Rama empfand, nachzufühlen. Dhamani erwies sich dabei als eine unschätzbare Hilfe. Seit dem Abend, an dem er Gopal hatte singen hören, war Dhamani von dem Jungen wie verzaubert. Er besuchte das Kloster öfter als zuvor, und es war offensichtlich, daß er bei diesen Gelegenheiten die Nähe des Jungen genauso suchte wie die seines

Freundes. Er redete nicht mit Gopal, abgesehen von seinen gelegentlichen schüchternen Erkundigungen, ob
‹Vater› irgend etwas brauchte, doch sooft dies möglich
war, hielt er sich in seiner unmittelbaren Umgebung auf
und sah ihm mit verehrenden Blicken nach, selbst wenn
Gopal gerade dabei war, auf Bäume zu klettern. Als Dhamani von Gopals Wunsch hörte, sich wie eine Frau zu
kleiden, bereitete es ihm die größte Freude, ‹Vater› mit
teuren Saris aus Benares-Seide, langen rajasthanischen
Röcken, kurzen Blusen, zarten Musselinstolas und dicke-
ren Seidentüchern für die kühleren Tage, wenn das Wet-
ter mit dem Beginn der Regenzeit schlechter würde, aus-
zustatten. Er schenkte ihm sogar eine Perücke mit
langem Haar und goldene, mit Edelsteinen besetzte
Armreifen und Halsketten aus seiner eigenen Werkstatt
und war entzückt darüber, wie sehr sich ‹Vater› über
diese feminine Ausstattung freute.

Während der nächsten sechs Monate kleidete sich Gopal wie eine Frau. Die Leute waren erstaunt – und im Kloster empört – darüber, wie sich sein Verhalten im Laufe
der ersten Wochen veränderte. Mit jedem Tag redete,
handelte und bewegte er sich mehr wie eine Frau. Nicht
bewußt, sondern instinktiv, und zwar so sehr, daß er beim
Gehen mit dem linken Fuß zuerst auftrat. In den Tempel-
höfen und den Gärten zogen ihn Gruppen von Frauen
magisch an, und er erregte bei ihnen nicht den geringsten
Verdacht, daß er nicht eine von ihnen sei. Er badete im
Teich der Frauen, jedoch lange vor Sonnenaufgang, noch
ehe irgendeiner der Mönche herunterkam, um ein Bad zu
nehmen, und sich beim *mahant* beschweren könnte. Auf
Dhamanis Drängen und mit Madhavacharyas Erlaubnis
besuchte er den Juwelier in seinem Haus im Johri-Basar,
wo er, wie eine Frau gekleidet, darauf bestand, die Zeit
mit den Frauen der Familie in deren Privaträumen zu verbringen. Die Frauen zögerten erst, und Dhamani mußte
sie beruhigen, doch bald waren sie so bezaubert von sei-

nem femininen Verhalten und Wesen, das sich so einfühlsam ihrem eigenen angepaßt hatte, daß sie ihn wie eine der Ihren behandelten. Wie sie verbarg auch er sein Gesicht hinter einem Schleier, sobald ein fremder Mann in ihre Nähe kam. Er half in der Küche beim Gemüseschneiden und fand besonderen Gefallen daran, Dhamanis zwölfjährige Tochter nach ihrem Bad anzuziehen, ihr Haar zu kämmen und dieses zu zwei langen Zöpfen zu flechten.

Sechs Monate lang pflegte Gopal die geistige Haltung Sitas und verbrachte seine Tage in eifrigem Gebet und sehnsüchtigem Warten auf eine Vision Ramas. Die Tage vergingen, die Regenzeit ging in den Winter über, und er versenkte sich immer tiefer in Sitas Gefühlswelt. Er hatte inzwischen den Eindruck, daß seine Gebete nie endeten. Sie dauerten Tag und Nacht an, und die Haltung, in der er sich nach seinem Geliebten verzehrte, drang selbst in seine Träume, formte ihre Bilder und färbte sie in allen Tönen zärtlicher Sehnsucht. Bald äußerte sich sein Beten nur noch durch Tränen, die unablässig flossen, bis seine Tränendrüsen ausgetrocknet waren. Er achtete nicht mehr auf Nahrung, Schlaf oder andere Bedürfnisse des Körpers, und man sah ihn oft bitterlich weinend in einem der drei Rama-Tempel der Anlage oder im abgeschiedenen Garten des Klosters sitzen. Die bitteren Qualen seines Herzens rührten viele der Asketen, doch sie konnten ihm keinen Trost spenden. Madhavacharya hatte strikte Anweisung gegeben, daß Gopals Gebete auf gar keinen Fall gestört werden durften, ganz gleich welch provozierende oder extreme Ausprägung sie auch annehmen sollten. Das Verbot traf vor allem Dhamani hart, der jedesmal, wenn er ‹Vater› auf dem Tempelboden zusammensacken und bewegungslos, wie ohnmächtig, mit völlig schlaffen, beinahe verrenkten Gliedern liegenbleiben sah, vorstürzen und ihm helfen wollte.

Dann, eines Tages, saß er im Garten in einem kleinen Wäldchen aus Mangobäumen. Es war kurz vor Sonnenuntergang. Er war alleine. Abgesehen von dem gelegentlichen Rufen eines Vogels und dem Geräusch von Flügelschlägen in der stillen Luft war es ungewöhnlich ruhig. Durch einige Zwischenräume zwischen den Bäumen fiel rosafarbenes Licht herein, als die Sonne hinter dem Horizont versank. Er saß auf dem Boden, in einer Höhle aus kühlem Schatten, den Rücken an einen Baumstamm gelehnt, als er eine unvergleichlich schöne Frau am Rand des Wäldchens auftauchen sah. Ihre Gestalt war in so helles Licht getaucht, daß er einen Augenblick lang glaubte, jener Teil des Gartens stehe in Flammen. Obschon der Rest des Gartens, die Bäume, die Winterblumen, das federnde Gras und sogar die Hügel von Galta, die sich vor dem Himmel abzeichneten, in seinem Blickfeld lagen, verdeckte die Frauengestalt alles, was sich hinter ihr befand. Gopal wußte, daß die Gestalt eine Frau und keine Göttin war. Ihr Gesichtsausdruck war ungewöhnlich bewegend, Liebe, Kummer, Mitleid und Standhaftigkeit zugleich spiegelten sich darin. Er fragte sich, wer sie wohl sei, als er einen großen Affen, viel größer als alle, die in Galta lebten, von einem Ast springen und sich vor ihr zu Boden werfen sah. Er hörte eine Stimme in seinem Geist, und diese sprach: ‹Sita! Sita, die Tochter König Janakas und die Ehefrau Ramas!› Er stand auf und wollte sich ihr, immer wieder ‹Mutter! Mutter!› rufend, ebenfalls zu Füßen werfen, als sie mit schnellen Schritten auf ihn zukam und in seinen Körper eindrang. Von Glück und Erstaunen überwältigt, verlor er das Bewußtsein und fiel zu Boden.

Nach dieser Vision war seine Umwandlung in eine Frau – in Sita in den Phasen köstlich gesteigerten Bewußtseins, die ihn nun häufig überkamen – vollendet. Am nächsten Morgen menstruierte er und im darauffolgenden Monat erneut.

Hierzu muß gesagt werden, daß, obschon die meisten seiner Schüler seinem Bericht über die Vision und die darauffolgende Umwandlung voller Ehrfurcht lauschten, es doch einige gab, darunter auch Vivek, die mit Zweifeln kämpften, ob die körperliche Beschaffenheit eines Mannes so grundlegend verändert werden könne, daß er menstruierte. Sie zweifelten natürlich nicht an seiner Aufrichtigkeit, doch sie fragten sich, ob er nicht Blut in seinem Stuhlgang, eine Folge seiner Magenprobleme, die manchmal zu blutiger Ruhr führen konnten, mit Menstruationsblut verwechselt hatte. Er spürte ihr Unbehagen und sagte:

«Ja, ich weiß, einige von euch haben in der Schule Wissenschaften studiert, und es fällt euch schwer zu glauben, was ich gerade erzählt habe. Doch werft unsere eigenen Traditionen nicht fort, selbst wenn ihr das Wissen des weißen Mannes in euch aufnehmt. Der Vedanta lehrt uns, daß es der Geist des Menschen war, der den Körper in seiner jetzigen Form gestaltet hat. Unter dem Einfluß eines starken Begehrens formt der Geist in jedem einzelnen Augenblick unseres Lebens den Körper um, indem er seine physischen Elemente zerlegt und wieder zusammensetzt. Wir können das wahre Ausmaß der Herrschaft des Geistes über den Körper gar nicht ermessen. Wenn sich euer Geist auf ein einziges Objekt konzentrieren könnte, sich gezielt nur darauf richten würde, wärt ihr überrascht von seiner außerordentlichen Macht ... auch über euren Körper.»

Nach diesem Erlebnis, von dem er nur Madhavacharya erzählte, begann Gopal besonderen Wert auf sein Äußeres zu legen. Er bat Dhamani, ihm einen importierten Lippenstift zu besorgen, den er auf seine Lippen auftragen konnte, und ein Fläschchen Afghanischer Schneecreme, mit der moderne, wohlhabende Frauen ihre Haut einrieben, damit sie hell und zart wurde. Er umrandete seine Augen mit Antimonpulver und steckte jeden Morgen frische Blüten in seine Perücke. Wenn er sich in einem Tempel befand, wechselte seine Stimmung sehr schnell. Zur Bestürzung des Priesters und der schockierten und entrüsteten Gläubigen trat er in das innerste Heiligtum und liebkoste zärtlich Ramas Standbild, indem er ihm die Wange tätschelte oder ihn unter dem Kinn streichelte. Er legte die Handfläche auf seine Nasenlöcher und spürte, wie der Gott atmete. Er sang, lachte, scherzte und unterhielt sich mit dem steinernen Idol, manchmal faßte er es auch bei den Händen und tanzte. Manchmal jedoch warf er sich auch Rama zu Füßen, umklammerte diese krampfhaft und begann zu schluchzen, als würde ihm das Herz brechen.

Am Morgen des 18. Januars 1947, in dem Jahr, in dem die britische Kolonialherrschaft in Indien endete, saß Gopal wieder einmal unter dem erhabenen Gewölbe der Mangobäume im Klostergarten. Schwere, dunkle Wolken hingen am Himmel. Die Luft war kühl und klar, die Sonne war kaum zu erkennen, und die schwachen Sonnenstrahlen, die auf die Blätter fielen, waren nicht stark genug, die Dunkelheit aus dem Wäldchen zu vertreiben. Dann kam plötzlich Wind auf, wild und laut, riß die dünnen Äste ab und schleuderte sie in wildem Durcheinander auf den Boden. Zwar verharrte der Regen noch in seiner Wolke, doch es wurde dunkler. Gopal saß mit geschlossenen Augen da, weder betend noch meditierend, obwohl seine Sinne sich äußerst lebendig fühlten und seine Augenlider jede Veränderung der Lichtverhältnisse spürten, als ihn Rama endlich mit Seinem *darshan* beglückte.

«Ich sah Ihn ganz deutlich, mit den Augen der Seele. Viel deutlicher, als ich Ihn jemals mit den Augen des Körpers gesehen hätte. Damals wußte ich noch nicht, daß man Dinge auch auf andere Weise als mit den Augen des Körpers sehen kann. Der Glanz Seines Gesichts und Seiner Gestalt prägten sich meinem Gedächtnis so stark ein, daß es selbst heute, zwanzig Jahre später, noch scheint, als sähe ich Ihn in diesem Augenblick wirklich vor mir.

Ich spürte, wie mein jubelndes Herz mit dem Flügelschlag eines Reihers in eine andere Welt getragen wurde. Mein Geist tollte durch seine eigene innere Landschaft, einen Garten von unvergleichlicher Schönheit. Und dann hörte ich Ihn in meiner Seele zärtlich flüstern: ‹Sita! Meine Frau, meine Geliebte!› Ich hörte ganz deutlich, ich sage es euch, wie diese Worte in meinem Inneren gesprochen wurden, an die Ohren meiner Seele gerichtet. Sie konnten nicht mit irgendeinem anderen Sprechen verwechselt werden, so sehr unterschieden sie sich von den Worten, die man bei einer stillen Unterhaltung mit sich selbst hört. Rama hatte das Feuer der Liebe in mir entzündet, und meine Seele wußte nicht länger, was sie tun sollte – sollte sie reden oder schweigen, lachen oder weinen. All meine Sinne waren eingeschläfert, und meine Gedanken hatten sich heimlich davongestohlen. Die Stille war so umfassend, daß man sie hören konnte. Die Leidenschaft, die ich für Ihn empfand, zerriß mich. Meine Verzückung war so groß, daß mein Körper und meine Seele sich wünschten, in Stücke gerissen zu werden und in diesem Paradies der Glückseligkeit zu sterben. Oh, welch glücklicher Tod, der solch ein Leben schenkt!

Als ich wieder zu mir kam, flossen Tränen über meine Wangen. Es waren nicht länger Tränen der Trennung, der drängenden Sehnsucht, sondern ein Geschenk, dem ein tiefer Friede innewohnte. Meine Seele schwamm in diesen Tränen, die unsere Vereinigung besiegelten, ohne sie gespürt zu haben oder zu wissen, wann und wie sie sie vergossen hatte.»

In den darauffolgenden Tagen war ihm Rama oft spürbar nahe. Wenn der Gott bei ihm war, fühlte er sich wie ein kleines Kind, das sich in die Arme seiner Mutter kuschelt. Wieder und wieder öffneten sich seine Augen, und er genoß das Glück, im ruhigen Hafen ihrer Zärtlichkeit zu liegen, doch dann sank er wieder in einen rauschhaften Schlaf. Dieser Zustand hielt jedoch nie länger als einige Stunden, allerhöchstens einige Tage an, und dann wachte er auf und fand sich in einer Welt wieder, die sie verlassen hatte. Anfangs fühlte er sich lustlos und matt, und es dauerte lange, ehe sein Bewußtsein wieder auf eine mehr als nur unvollständige Weise zu arbeiten begann. Dann, als die Erinnerung an Ramas Gegenwart schwand, stürzte er in tiefe Verzweiflung. Seine Qual wuchs an und überwältigte ihn, genau wie es einstmals das Glück getan hatte.

Im Laufe der vergangenen sechs Monate hatte sich Madhavacharyas Beziehung zu Gopal grundlegend gewandelt. Er war nicht länger sein Mentor, obschon Gopal von der Abdankung des alten Mönchs nichts bemerkt zu haben schien. Wenn sie nachts alleine in Madhavacharyas Zelle waren, öffnete Gopal dem Älteren sein Herz, erzählte ihm von seinen Erlebnissen und bemühte sich, ihm die verwirrende Abfolge seiner Seelenzustände zu beschreiben, die einander mit einer unglaublichen Geschwindigkeit ablösten. Mit Hilfe seines umfassenden Wissens im Bereich des Vaishnava-Mystizismus versuchte Madhavacharya, Gopal zu helfen, seine Erfahrungen zu verstehen. Er verglich sie mit dem, was in den Schriften über das Leben von Heiligen berichtet wurde, und versicherte dem jungen Mann, daß seine Visionen, ob er sie nun mit den Augen des Körpers oder der Seele sah, und die ekstatischen Zustände, die sie begleiteten, sich nicht von dem unterschieden, was auch sie erlebt hatten. Gopals häufige Bewußtlosigkeit, die Atemnot und der Verlust aller Willenskraft, so daß er nur noch mit großer Mühe überhaupt einen Finger bewegen konnte, dies alles waren Anzeichen für das Aufgehen im Göttlichen. Und wenn er in einem solchen Zustand manchmal vor

Kälte zitterte, so lag das daran, daß die Seele in der Gegenwart Gottes so glücklich war, daß es schien, als habe sie den Körper verlassen und vollkommen vergessen, ihm Leben einzuhauchen.

Er bemühte sich, nach und nach Gopals Ängste, die seine beunruhigenden körperlichen Symptome betrafen, zu zerstreuen. Es war allgemein bekannt, daß der Zustand größter Sehnsucht und Qual für die Heiligen Schlaflosigkeit mit sich gebracht hatte. An ihrem Körper zeigten sich rote Pünktchen, als seien die Poren kurz davor, Blut auszuschwitzen. Und auch das Brennen, das manchmal so unerträglich wurde, daß Gopal zwei oder drei Stunden mit einem feuchten Handtuch um den Kopf gewickelt im Tempelteich bleiben mußte, war in den Schriften erwähnt. Das beste Gegenmittel, riet ihm Madhavacharya, sei es, den Körper mit Kränzen aus süß duftenden Blumen zu schmücken und ihn mit wohlriechender Sandelholzpaste einzureiben. Gopal brauchte dies Dhamani nur zu sagen, und schon brachte dieser ihm jeden Tag frische Blumen und Paste. Und Gopal sollte sich keine Sorgen machen wegen jener Phasen, in denen er ungeheuren Hunger verspürte und die manchmal das Ende einer Ekstase begleiteten, öfter jedoch erst danach auftraten. In solchen Momenten konnte Gopal so viel essen, daß es gereicht hätte, um den Hunger von fünf ausgewachsenen Männern zu stillen. Nach dem Essen fühlte er sich gleich wieder hungrig, so als habe er gar nichts zu sich genommen. In diesen Phasen verdaute er auch trotz seines anfälligen Magens völlig problemlos Unmengen von Nahrung. Madhavacharya konnte die Küche nicht offen anweisen, die Regeln zu brechen, welche die Art und die Menge der Nahrung vorschrieben, die die Asketen zu sich nehmen durften. Also bat er Dhamani, im Zimmer des *mahant* Nahrungsmittelvorräte anzulegen, von denen sich Gopal bedienen konnte, wann immer ihn der Drang dazu überkam: geröstete Erdnüsse, getrockneten Reis, Dhamanis Lieblings-*kachoris*,

Alwar-Milchkuchen und andere Süßigkeiten von Lakshmi Mishtan Bhandar im Johri-Basar.

«Oh, ich bin so froh, daß ich nicht krank bin», war Gopals Reaktion auf die Erklärungen des *mahant*.

Madhavacharyas Beziehung zu Gopal hatte sich dahingehend geändert, daß er nicht mehr von der erhöhten Warte des Lehrers aus erklärte, sondern die Haltung eines Schülers einnahm, dessen Wissen, verglichen mit dem Gopals, sich auf die Peripherie des Themas beschränkte. Die Achtung, die in seiner Stimme und in seinem Verhalten lag, war unverkennbar. In der Öffentlichkeit war er immer noch der *mahant* und Gopal ein angehender Asket von unklarem Status, ein junger Mann, der an der Schwelle zu einem asketischen Leben stand. Doch nur Madhavacharya wußte, daß er auch an der Schwelle seines Selbst stand, von wo aus er oft in Gott hineinfiel.

Dhamani war sein einziger Vertrauter.

«Mein Freund», sagte er zu dem Juwelier. «Die Zeichen für alle neunzehn geistigen Haltungen, deren Zusammentreffen *mahabhava* genannt wird, sind bei ihm vorhanden. Verstehst du, wie selten *mahabhava* ist? In all den Hunderten von Jahren wurde nur von zwei, vielleicht drei Heiligen berichtet, die in der Lage waren, die gewaltigen Auswirkungen, die *mahabhava* auf den Körper hat, auszuhalten. Die meisten von uns verbringen ihr ganzes Leben damit, eine einzige dieser Haltungen zu perfektionieren. Aber alle neunzehn? Gleichzeitig? Unglaublich!»

«Wir sind gesegnet, Maharaj, daß wir dazu auserwählt wurden, uns um Vater zu kümmern», erwiderte Dhamani.

«Sitaram, fragst du dich manchmal, wie der Herr einen Einzelnen auserwählt, dem Er sich zu erkennen gibt, während Tausende ihr Leben damit verbringen, zu suchen, aber nie zu finden?»

«Ich bin ein unwissender Mann, Maharaj», antwortete Dhamani. «Alles, was ich weiß, ist, daß ich mich um meine Familie kümmern und euch heiligen Männern dienen muß, niemals einen Einfältigen betrügen darf, höchstens einen Gierigen, und dann, nach einigen Leben, wird Rama vielleicht auch mir seine Gnade schenken.»

«Ich fürchte, wenn mir irgend etwas zustoßen sollte, dann werden sie ihn hier nicht in Frieden leben lassen, Sitaram», sagte Madhavacharya.

«Mach dir keine Sorgen», beruhigte ihn der Juwelier, «ich werde mich immer um Vater kümmern, als wäre er mein eigener Sohn.»

✳

Das Kloster summte vor Gerüchten über nächtliche Freßorgien im Zimmer des *mahant*, Gerüchte, die Vishnu Das in die Welt gesetzt und geschürt hatte.

«Weiß Gott, was dort sonst noch vor sich geht», deutete Vishnu Das gegenüber den älteren Mönchen an.

Die Kampagne, die zur Absetzung Madhavacharyas führen sollte, entwickelte sich äußerst zufriedenstellend. Am Hof waren anonyme Briefe aufgetaucht, in denen gegen die Zustände in Galta gewettert wurde, das sich zu einem Hort für Transvestiten und homosexuelle Praktiken entwickelte. Und so war Vishnu Das überrascht, welchen Empfang der *durbar* von Jaipur einer Delegation von drei ehrwürdigen Mönchen, mit ihm als deren Sprecher, bereitete. Sie hatten ihn aufgesucht, um Sawai Man Singhs Intervention zu erbitten. Der Maharadscha hatte es abgelehnt, sie zu empfangen, und ein überheblicher junger Beamter behandelte sie wie naive Dummköpfe, weil sie sich erdreisteten, Madhavacharyas Absetzung zu fordern.

«Der Maharadscha hat nur die Macht, den *mahant* von Galta zu ernennen, nicht, ihn wieder abzusetzen. Dieser muß sich schon sehr provozierend verhalten, wie es vor zweihundert Jahren bei *mahant* Madhuracharya der Fall war, als die Mönche ganz offen mit Konkubinen zusammenlebten. Außerdem muß der Maharadscha über absolute Macht verfügen, wie damals Sawai Jai Singh, ehe sich der *durbar* in die Angelegenheiten von Galta mischt. Selbst damals wurde der *mahant* nicht abgesetzt, sondern nur gezwungen, gewisse Reformen durchzuführen. Sie haben keine Beweise dafür, daß irgend etwas im Argen liegt. Glauben Sie wirklich, Seine Hoheit würde ernsthaft in Erwägung ziehen, etwas zu unternehmen, wenn ein paar von Ihren Leuten durchdrehen und anfangen, in Frauenkleidern herumzulaufen? Die Briten verlassen das Land, wir sind dabei, die Unabhängigkeit zu gewinnen. Er muß sich um die Zukunft von Jaipur kümmern, darum, was diese Kongreß-Wallahs vorhaben. Er hat keine Zeit, sich mit solchen Banalitäten herumzuschlagen.»

Vishnu Das machte Madhavacharya für diese Demütigung verantwortlich. Sein wachsender Zorn und seine Hilflosigkeit verbanden sich zu einer Säure, die sowohl seine Innereien als auch seine Beherrschung zersetzte.

Als Gopal sehr viel älter war und unter dem Namen Ram Das Baba bekannt wurde, erinnerte er im Gespräch mit seinen Schülern an ein ungewöhliches Ereignis. «Zwei Nächte nach Ramas *darshan*, als meine Seele immer noch hinter meinen Sinnen zurückblieb, die schneller als sie in die Welt zurückkehrten, geschah etwas sehr Seltsames. Madhavacharya hatte Ram-lalla auf den Schoß genommen. Ich hatte die Lampe angezündet und wollte mich gerade hinlegen, als Ram-lalla von Madhavacharyas Schoß kletterte und mir zu meinem Bett auf dem Boden folgte. Zuerst dachte ich, ich bildete mir nur etwas ein. Wie konnte es auch anders sein! Konnte Ram-lalla mich mehr lieben als Madhavacharya, der Ihn all die Jahre über geliebt und Ihm zärtlich gedient hatte?

Am nächsten Morgen redeten wir nicht über das, was geschehen war. Auch die Statue stand leblos an ihrem angestammten Platz auf dem Fensterbrett neben dem Bett des *mahant*. Doch abends, als ich zu Bett ging, kam Ram-lalla wieder zu mir herübergetrippelt. Ich sah – genau wie ich euch jetzt vor mir sehe –, wie Ram-lalla mir Seine kleinen Ärmchen entgegenstreckte und mich anflehte, Ihn auf den Arm zu nehmen. Und ich tat es. Madhavacharya weinte.

‹Ram-lalla hat sich mir gezeigt und mir damit den größten Wunsch meines Lebens erfüllt›, sagte er, und Tränen rannen über seine Wangen. ‹Aber jetzt will Er bei dir bleiben. Ich weiß, daß Er bei dir glücklich sein wird. Und Sein Glück ist auch das meine. Doch es tut so weh, Ihn im gleichen Augenblick wieder zu verlieren, in dem ich Ihn gefunden hatte.›

Und dann hörte ich ihn weinen, erst leise, dann mit lautem, herzzerreißendem Schluchzen, das die Traurigkeit aus seinem Herzen löste, aber statt dessen seinen Geist in lähmender Verzweiflung zu ersticken begann.

Ram-lalla ist seitdem immer bei mir gewesen», sagte Ram Das und deutete auf die kleine Bronzestatue, die immer auf dem Holzschemel neben seinem Bett stand.

ZEHNTES KAPITEL

Der *kirtan*, der seit über vierhundert Jahren nicht unterbrochen worden war, erstarb auch nicht, als die Leiche einige Stunden vor Sonnenaufgang entdeckt wurde. Die beiden jungen Mönche sangen weiter

> «Nur der lebt wirklich, der Rama verehrt,
> Nur der lebt wirklich, der Ihn aufrichtig liebt»,

selbst dann noch, als das Kloster vom Klang der Holzsandalen, die über das Kopfsteinpflaster klapperten, und von aufgeregten Rufen – «Mahantji ist tot!» – aus dem Schlaf gerissen wurde. Die Stimmen bebten, fingen sich jedoch wieder, als die Sänger ihre Fassung wiedergewannen und erfolgreich dem Drang widerstanden, aufzuspringen und mit den anderen zu den Teichen hinunterzustürzen.

Als im Laufe des Nachmittags die Polizei eintraf, war Madhavacharyas Leiche gewaschen, in ein weißes Baumwolltuch gehüllt und auf dem Marmorboden der großen *puja*-Halle aufgebahrt worden. Die meisten Mönche standen unsicher in kleinen Grüppchen zusammen, und die täglichen Aufgaben blieben unerledigt, obwohl Vishnu Das darauf bestanden hatte, ein eiliges Morgen-*arati* zu verrichten. Er stand düster und respekteinflößend neben dem Leichnam und hob hin und wieder einen Zeigefinger, um einen der Mönche heranzuwinken und ihm dringende Anweisungen zuzuflüstern. Obwohl er erst noch formell zum neuen *mahant* von Galta bestimmt werden mußte, hatte Vishnu Das bereits die Leitung übernommen.

Der Inspektor, der im Büro des *mahant* die Verhöre durchführte, fand, der Junge wirke deutlich jünger als

151

achtzehn. Der Tod des alten Mönchs schien ihn stark mitgenommen zu haben. Seine Augen waren weit aufgerissen, während seine rechte Hand unwillkürlich immer wieder nach einer nicht vorhandenen Stütze griff, als fürchte er, seine Beine würden ihn nicht länger tragen. Der Inspektor mochte Gopals offenes Gesicht, das im Moment immer wieder von Trauer überzogen wurde, doch er hatte den Eindruck, daß er ‹nicht ganz dabei› sei. Bei der Beantwortung der einfachsten Fragen nach seinem Heimatdorf, seinen Eltern und wie er nach Galta gekommen war, verlosch Gopals Stimme manchmal ganz einfach, zusammen mit dem Licht in seinen Augen, und der Inspektor mußte warten, bis dieses wieder aufleuchtete. Da er der letzte war, der den *mahant* lebend gesehen hatte, war seine Aussage von großer Bedeutung, und so wartete der Polizist geduldig und achtete darauf, dem Jungen, der im Laufe des Verhörs immer mehr Ähnlichkeit mit einem fluchtbereiten Hirsch annahm, keine Angst einzujagen. Nein, Gopal hatte nicht gehört, wie der *mahant* das Zimmer verlassen hatte, nachdem sie zu Bett gegangen waren. Nein, letzte Nacht war nichts Ungewöhnliches vorgefallen. Der *mahant* hatte vor dem Schlafengehen alles genauso gemacht wie an jedem Abend. Er hatte die Statue von Ram-lalla auf den Schoß genommen, ihm eine Weile vorgesungen und war dann verstummt, mit geschlossenen Augen in seine Anbetung versunken. Gopal hatte die Lampe ausgeblasen und war dann eingeschlafen. Er wußte, daß das nicht die Wahrheit war. Er hatte nicht erwähnt, daß Ram-lalla Madhavacharya verlassen hatte. Das war ein Geheimnis. Der Mann, der ihn befragte, war sehr freundlich, keiner dieser stockschwingenden Rüpel, für die alle Polizisten gehalten wurden. Und doch würde er es nicht verstehen. Wie sollte auch irgend jemand das verstehen!

Die Befragung näherte sich ihrem Ende, als vor der Tür Lärm aufkam und Dhamani in den Raum stürzte. Reflexartig stand der Inspektor auf, um einen der bedeutendsten Einwohner von Jaipur respektvoll zu begrüßen. Er war nicht sicher, ob Dhamani über den Saum seines *dhoti* gestolpert war, doch plötzlich lag der Juwelier vor dem Jungen auf den Knien und seine schwarze Mütze fiel auf den Boden. Zum Erstaunen des Inspektors schlang der millionenschwere Besitzer von Dhamani Brothers seine Arme um die Beine des Jungen und begann laut zu weinen. «Vater!» rief er aus. «Vater! Mahantji ist fort. Er hat uns verlassen!»

Der Junge brach nun ebenfalls in Tränen aus, während seine Hand den ergrauten Kopf des beleibten Juweliers tätschelte. Nachdem die erste Welle von Tränen abgeklungen war, hörte der Inspektor, wie Dhamani zu dem Jungen sagte: «Vater, du mußt mit mir kommen und bei mir wohnen. Wenn Vishnu Das der neue *mahant* wird, kannst du nicht länger hierbleiben.»

Nach einer einwöchigen flüchtigen Untersuchung kam man zu dem Schluß, daß die Ursache für Madhavacharyas Tod ein Unfall gewesen war. Er war ausgerutscht und in den tiefen Abschnitt des Tempelteichs der Männer gefallen, wo das Wasser fast fünfzehn Meter tief war. Niemand wußte es sicher, doch man nahm an, daß er, wie die meisten Mönche, ja wie fast alle Bewohner dieses von Land umgebenen Wüstenstaates, nicht schwimmen konnte. Einige Monate hielt sich das Gerücht, der *mahant* von Galta sei ermordet worden. Es hieß, er sei an Sexorgien mit Transvestiten beteiligt gewesen und daraufhin von einer Gruppe älterer Mönche unter der Führung des neuen *mahant*, Vishnu Das, erwürgt und in den Teich geworfen worden. Für die meisten Einwohner von Jaipur klang dieses Gerücht jedoch viel zu abwegig, um glaubhaft zu sein.

«Aber *ich* weiß, was passiert ist», erzählte er seinen Schülern später. «Es hatte ihm das Herz gebrochen, als Ram-lalla ihn verließ. Er konnte es nicht ertragen, ohne

Ihn weiterzuleben. Seht ihr, wie mächtig der Stolz ist? Madhavacharya wollte lieber sterben, als sich Seinem Willen unterwerfen.»

*

Ein heftiger Wind kam auf, und träge Wolken sammelten sich am Himmel und verdeckten diesen völlig, als sie noch am gleichen Nachmittag in Dhamanis Kutsche wegfuhren. Die Büsche am Rand der unbefestigten Straße, die durch den Dornwald geschlagen worden war, schwankten zunächst hin und her und begannen schließlich wie wilde Pferde zu springen und zu bocken. Als die Kutsche über Schlaglöcher und Steine hinweg rumpelte und klapperte, sah Gopal, der hinten saß und die Statue von Ram-lalla mit beiden Händen fest umklammert hielt, zurück auf die Hügel von Galta. Die Tempel waren von der dichten Vegetation verdeckt, doch das höhergelegene Kloster auf dem mittleren Hügel war immer noch zu sehen. Madhavacharya war tot, und so gab es keinen Grund, warum er jemals wieder dorthin zurückkehren sollte. Die Götter – Rama, Sita und Hanuman – trug er ohnehin sicher in seinem Herzen. Und dann begann er zu weinen, qualvolles Schluchzen schüttelte seinen zarten Körper, und die Tränen vermischten sich mit den Regentropfen, die nun auf sein Gesicht fielen. Er weinte um Madhavacharya, aber auch um seine Mutter, die er verlassen, und um seinen Vater, den er nie kennengelernt hatte.

Alles fing damit an, daß er vollkommen lethargisch war, als er am nächsten Morgen aufwachte. Diese Lethargie verstärkte sich im Laufe des Tages immer mehr. Gegen Abend war er völlig erschöpft, und Dhamani mußte ihm gut zureden, damit er überhaupt etwas aß. Das Essen schmeckte wie Asche und er schaffte es kaum, einen Bissen von seinen Lieblingssüßigkeiten herunterzuschlucken, die Dhamani ihm aufdrängte. Während des nächsten Monats gab es Momente, in denen er sich in Hochstimmung fühlte, und dann stopfte er alles in sich hinein, was er nur auftreiben konnte – *puris* und *kachoris* vom Frühstück, den Rest *dal* vom Vorabend –, und wurde gleich wieder von Ruhr-Attacken geplagt. Doch selbst die furchtbaren Bauchschmerzen waren besser als die langen depressiven Phasen, in die er immer wieder stürzte. Manchmal mußte er sich, wenn er bei den Frauen in der Küche saß, ohne ersichtlichen Grund die Hand auf den Mund pressen, um nicht in lautes Schluchzen auszubrechen. Oder er floh in den Basar, wo er den Druck der fremden Körper in der Menge suchte, um sich davon abzuhalten, aufzuschreien. Die Welt, innerhalb des Hauses oder auch draußen im Basar, war all ihrer Farben beraubt, und er sah sie wie durch einen Dunstschleier. Das strahlende Blau des winterlichen Himmels über Jaipur erschien ihm wie ein endloses schmutziges Grau.

Dhamani war voller Sorge, und auch seine Familie kümmerte sich mehr als rührend um ihn. Doch Gopal verspürte ihnen gegenüber nur Gleichgültigkeit, so als sei ein glühendheißer Wind durch seine Poren gerast und habe jede Spur von Zuneigung ausgelöscht. Selbst der Gedanke an seine Mutter, der immer von tiefen Emotionen begleitet gewesen war, ließ ihn nun kalt. Und was Madhavacharya betraf, so war es, als habe sein Mentor, der nach seiner Mutter der Mensch war, den er in seinem Leben am meisten geliebt hatte, nie existiert.

Das Schlimmste an seinem Zustand war nicht die Apathie, sondern eine bis dahin ungekannte Angst, die sein Herz umklammert hielt und ihn so ruhelos machte, daß er nicht einmal eine Viertelstunde ruhig sitzen und beten konnte. Die Angst stürmte auf ihn ein, sobald sich sein Geist bemühte, Ruhe zu finden. Er lief in seinem Zimmer auf und ab, unfähig, sich zu setzen oder hinzulegen. Er ging auf die Veranda hinaus, wo er den Handwerkern dabei zusah, wie sie goldenen Schmuck herstellten, doch sobald seine Aufmerksamkeit von ihrer Kunstfertigkeit gefesselt wurde, verspürte er den unbändigen Drang, wieder zu gehen. Er spazierte in die Frauengemächer und wieder hinaus oder ging ins Erdgeschoß hinunter, wo Dhamani über seinen Laden herrschte, doch nirgendwo konnte er sich lange aufhalten und seinen Blick für eine gewisse Zeit auf einem Gegenstand oder einer Szene, die sich ihm darbot, ruhen lassen.

Dhamani war besorgt, weil er sah, wie ‹Vaters› Gesicht mit jedem Tag blasser und verhärmter wurde und sich seine Augenbrauen in beständigem Stirnrunzeln zusammenzogen. In seinem Blick lag eine Verzweiflung, die seine bewußten Handlungen Lügen strafte. Als Dhamani hörte, wie er nachts vor sich hin wimmerte, stellte er sein Holzbett in sein eigenes Zimmer, gleich neben das Bett, das er mit seiner Frau teilte, doch nichts schien verhindern zu können, daß sich Gopals Zustand immer weiter verschlechterte. Dhamani nahm sich morgens frei und besuchte mit Gopal die zahlreichen Tempel von Jaipur. Dies war ‹Vaters› natürlicher Lebensraum, und Dhamani hoffte, daß ein neuerliches Eintauchen in die Atmosphäre des Göttlichen ihn heilen könnte, an welcher Krankheit er auch immer leiden mochte. Doch Gopal ertrug es nicht, sich länger als einige Minuten in einem Tempel aufzuhalten, und begann nach kurzer Zeit ungeduldig am Ärmel des Juweliers zu zupfen.

Einmal glaubte Dhamani, er hätte die Krankheit erkannt. Sie saßen gerade beim Mittagessen, die winzigen silbernen Schüsselchen auf den *thalis* vor ihnen waren mit Marwari-Delikatessen – *sangri ka saag, dal-bati churma* und *bela*, den köstlichen, in Butter gebratenen Bällchen aus Linsenmehl – gefüllt. Die Frauen betrachteten Gopals Appetitlosigkeit als eine Herausforderung an ihre Kochkünste und gaben sich alle Mühe, seinen dahinschwindenden Appetit wieder anzuregen. Gerade jetzt umsorgten sie ihn wieder mit aller Aufmerksamkeit, besonders Dhamanis zwölfjährige Tochter, die auf ihn einredete, doch etwas zu essen, und spielerisch versuchte, ihm ein *laddoo* in den Mund zu stecken. Plötzlich stürzte Gopal aus dem Zimmer. Nach ein paar Minuten kam er zurück, sein Gesichtsausdruck war noch aufgelöster als sonst, und er wirkte sehr aufgeregt. Er stellte sich vor Dhamani hin und fragte ihn, den Tränen nahe, mit kläglicher Stimme:

«Kannst du mir denn nicht sagen, an welcher Krankheit ich leide? Ich habe gesehen, wie ein weißer Wurm zusammen mit dem Urin aus meinem Körper gekommen ist.»

«Es ist alles in Ordnung, Vater. Jeder hat einen Lustwurm in seinem Körper. Er weckt schändliche Gedanken und regt zu schändlichen Taten an. Der Lustwurm hat deinen Körper jetzt verlassen. Du brauchst dir keine Sorgen zu machen.»

Dhamanis Frau war ganz seiner Meinung, als sie sich am Abend über den Vorfall unterhielten.

«Er ist der unschuldigste aller Männer, aber nichtsdestotrotz ein Mann mit einem jungen, männlichen Körper», sagte sie. «Es ist die angestaute Männlichkeit, die ihn krank macht. Er muß mit einer Frau zusammenkommen.»

«Du hast recht, Paros Mutter», sagte Dhamani. «Das einzige Mittel gegen Vaters Krankheit ist, bei einer Frau zu liegen.»

Als sie sich, noch am gleichen Abend, auf dem Weg in eines der teureren Bordelle im Tripolia-Basar befanden, das vom niederen Adel und reichen Händlern besucht wurde, tat Dhamani sein Möglichstes, um ‹Vater› auf das vorzubereiten, was ihn erwartete. Er war jedoch nicht sicher, ob er erfolgreich gewesen war. ‹Vaters› Herz war viel zu rein und sein Geist immer noch in kindliche Unschuld eingesponnen. Er klammerte sich an Dhamanis Arm und weigerte sich, alleine den Raum zu betreten, in dem drei hübsche, junge Prostituierte, keine von ihnen älter als achtzehn, auf ihn warteten. Als eines der Mädchen nach seiner Hand griff und spielerisch versuchte, ihn ins Zimmer zu ziehen, begann Gopal zu weinen. Er fiel auf die Knie, legte die Hände wie zum Gebet zusammen und nannte die Prostituierten «Mutter Sita!» und «Mutter Kali!» Die Mädchen lachten jetzt, drängten sich um ihn und versuchten ihm die Kleider auszuziehen. Eine von ihnen strich sogar mit ihren Fingerknöcheln über seine Genitalien. Bei dieser letzten Berührung verlor er das Bewußtsein. Die Prostituierten, schlagartig ernüchtert, riefen Dhamani. Sie versuchten ihn aufzuwecken, indem sie ihm Luft zufächelten und seine Stirn mit Hilfe eines in Rosenwasser getauchten Sarizipfels benetzten. Als eines der Mädchen Gopals Baumwollhemd zurechtzupfte, sah Dhamani überrascht, daß ‹Vaters› Genitalien zusammengeschrumpft und in seinen Körper hineingezogen waren, wie die Beine einer Schildkröte.

✳

Dhamani stöhnte, als sie auf der Überlandstraße zwischen Delhi und Jaipur aus dem Bus stiegen. Er war überhaupt nicht erfreut über die Aussicht auf einen Fünf-Meilen-Marsch auf einer staubigen, unbefestigten Straße, selbst wenn es Winter war und die Sonne auf dem Land nicht so heiß brannte wie in der Stadt.

«Laß uns warten und sehen, ob ein Ochsenkarren vorbeikommt, Vater», sagte er und versuchte Gopal, der sich sofort auf den Weg machen wollte, zurückzuhalten.

Der Besuch im Bordell hatte Folgen gezeigt. Gopals Ruhelosigkeit hatte definitiv abgenommen, und der ängstliche Ausdruck auf seinem Gesicht war nicht mehr ganz so ausgeprägt. Statt dessen überkamen ihn nun zu jeder Tages- und Nachtzeit unkontrollierbare Weinkrämpfe. In diesen Phasen war er zu nichts anderem in der Lage, als «Mutter! Mutter!» zu schreien. Seine klagenden Rufe richteten sich natürlich an die Göttin Sita, die er anflehte, sich ihm zu zeigen, doch sie brachten Dhamani auf die Idee, daß es vielleicht hilfreich wäre, wenn er ‹Vater› nach Deogarh brächte, damit er einige Zeit mit seiner irdischen Mutter verbringen könne. Seine Frau stimmte ihm bereitwillig zu. Sie würde die Ergebenheit ihres Mannes ‹Vater› gegenüber nie in Frage stellen. Und doch war es eine Belastung, ihr Schlafzimmer mit einem fremden Mann teilen zu müssen, selbst wenn dieser Mann ein Heiliger war. Sein nächtliches Wimmern und sein Schreien nach ‹Mutter›, das sie nicht schlafen ließ, gingen ihr langsam auf die Nerven. Ganz zu schweigen von der heiklen Situation, daß ein junger Mann auf so engem Raum mit einer Tochter in heiratsfähigem Alter zusammenlebte.

Zum ersten Mal, seit er vor drei Monaten Galta verlassen hatte, wirkte Gopal fröhlich. Er hüpfte beinahe die schmale Lehmbegrenzung entlang, die sich durch die goldgelben Felder schlängelte, auf denen der Weizen bereit zur Ernte stand. Seine Ruhelosigkeit entsprang nicht länger der Angst, sondern der Hoffnung.

«Geh schneller. Wir sind fast da», drängte er den korpulenten Juwelier.

Dhamani schwitzte, er hatte Hunger, und in seinem Magen rumorten Winde, die es nach seliger Befreiung verlangte. Und doch war er froh, daß er ‹Vater› nach Hause gebracht hatte.

Amba hatte kaum geschlafen, seit sie den Astrologen gebeten hatte, ihr Dhamanis Postkarte aus Jaipur vorzulesen. Ihr Gopal kam nach Hause zurück. Nach drei Jahren! Wie hatte sie sich danach gesehnt, ihren Sohn wiederzusehen! Doch der *sadhu* hatte ihr verboten, ihn im Kloster zu besuchen, und gegen dieses Verbot war sie machtlos gewesen. Sie hatte kaum Zeit, ihn in die Arme zu schließen, als auch schon neugierige Nachbarinnen aus ihren Häusern stürzten. Jaipur war nicht weit weg, und Galta war ein berühmtes Pilgerzentrum. Sie hatten gehört, daß der Junge verrückt geworden war, daß er sich wie eine Frau kleidete und die ganze Zeit «Rama, Rama!» schrie und daß er sich wie ein Affe verhielt und von Ast zu Ast sprang. Zu ihrer Enttäuschung erschien ihnen Gopal völlig normal. Er war höflich, ruhig und freundlich, und sein Verhalten schien sich nicht verändert zu haben.

«Singst du immer noch, mein Sohn?» fragte eine der Frauen.

«Ja, Mutter», erwiderte er.

Seine Stimme klang etwas tiefer, aber immer noch süß und seltsam erregend. Seine Schultern waren kräftiger geworden und lenkten die Aufmerksamkeit von seinen breiten Hüften ab. Er war immer noch zart gebaut, aber seine Brüste traten nicht mehr so stark hervor. Sein Gesicht war weich, aber eingefallen, und es zeigte sich der Schatten eines Bartes darauf.

Ehe es Abend wurde, waren alle gekommen – die fromme Sundari, die verwitwete Schwester des Astrologen und die Frauen aus den Brahmanen- und Rajputen-Familien, für die er als Kind gesungen hatte. Sie fragten ihn, ob er nun endgültig nach Deogarh zurückgekommen war, um sich hier niederzulassen und sich um seine alte Mutter zu kümmern. Doch er lächelte nur. Er war sehr liebenswürdig, doch einige der Frauen, und vor allem seine Mutter, spürten in seinem Wesen eine unterschwellige Distanz zu allem, was zu der Welt gehörte, die sie kannten und in der sie lebten. Er verbrachte den Großteil des Tages bei der Verbrennungsstätte am Fuß des Hügels, wo er betete und meditierte (zumindest waren seine Augen geschlossen, wie die Leute berichteten, die ihn gesehen hatten), und wurde ärgerlich, wenn ihn jemand störte. Er stieg nicht ein einziges Mal zum Rasthaus oder zum Vishnu-Tempel hinauf.

Obschon sich Gopals Gesundheitszustand besserte und er seine Mahlzeiten mit offensichtlichem Genuß einnahm, war Amba besorgt über seine unveränderte Innerlichkeit und seine vollkommene Gleichgültigkeit gegenüber den Einzelheiten ihres Lebens und der Dorfangelegenheiten. Sie erzählte ihm von den Spannungen zwischen den Rajputen und den Jats, die mit der heranrückenden Unabhängigkeit wieder aufflammten. Da der Einfluß des *durbar* in absehbarer Zeit schwinden würde, waren die Menschen der Ansicht, daß die Frage, welche der Gemeinschaften hier in Deogarh größere Macht innehaben sollte, neu geklärt werden müsse. Sie erzählte ihm von ihrer Familie und daß ihre Brüder sie im vergangenen Winter besucht hatten, ohne ihr jedoch finanzielle Unterstützung anzubieten. Die Zeiten waren hart, und obwohl die verpachteten Felder genügend Geld einbrachten, würde doch eine größere Summe für seine Hochzeit aufgebracht werden müssen. Gopal lauschte geduldig, doch sie war nicht sicher, ob er ihr auch wirklich zuhörte. Es war offensichtlich, daß er sehr oft abgelenkt war, und vielleicht reagierte er nur auf ihre Stimme, nicht aber auf ihre Worte. Amba fürchtete, daß es zu einem Rückfall kommen könnte, wenn die Verbindung ihres Sohnes zur Außenwelt weiterhin so schwach blieb.

Da Gopal nicht auf die Andeutung reagiert hatte, die sie über seine Heirat gemacht hatte, nahm Amba dieses Schweigen als Zustimmung zu ihren Plänen. Es gab kein besseres Heilmittel gegen die Krankheiten junger Menschen als eine Heirat. Nichts brachte sie von ihren abstrusen Höhenflügen schneller wieder zurück auf die Erde als die Aufgabe, eine Familie zu gründen. Amba hatte bereits ein Auge auf die sechzehnjährige Nichte des Astrologen geworfen. Das Mädchen war keine Schönheit. Sie hatte eher die kräftige Figur der Jat-Frauen als das zarte Äußere der Brahmaninnen. Doch sie war arbeitswillig, hatte einen starken Rücken und ein breites Becken und würde im Haushalt fleißig mithelfen und gesunde Söhne zur Welt bringen. Es war nur gut, daß sie eine Waise war, eine Last also für ihren Onkel und ihre Tante, denn so war es weniger wahrscheinlich, daß diese Einwände gegen die Verbindung mit ihrem Sohn vorbringen würden, von dem es hieß, er sei nicht ganz richtig im Kopf. Der Onkel des Mädchens studierte die beiden Horoskope und fand keinerlei himmlische Hindernisse, die dem Paar im Wege sein könnten. Auf Ambas Drängen hin bestimmte der Astrologe einen glückverheißenden Tag für die Hochzeit, der noch in diesem Winter lag, und so sollte die Feier drei Wochen später stattfinden.

Sie saßen zusammen mit Dhamani auf einer Pritsche vor der Hütte und tranken Tee, als Amba ihm von ihren Hochzeitsvorbereitungen erzählte.

«Das Mädchen wird dir eine gute Ehefrau sein. Nun werde ich doch noch das Gesicht meines Enkels sehen. Oh, ich wünschte, dein Vater wäre noch am Leben», sagte sie mit feuchten Augen.

«Heiraten? Ich? Mutter, wovon redest du da?» fragte Gopal entgeistert.

Erregt stand er auf und wandte sich Dhamani zu.

«Erklär ihr, warum ich nie heiraten kann, warum ich nie ein Familienvater werden kann», beschwor er den Juwelier, und ohne einen Blick auf seine vollkommen perplexe Mutter zu werfen, ging er mit schnellen Schritten in Richtung des Basars davon.

«Vielleicht waren die Pläne meiner Mutter notwendig, damit ich die letzten Reste meiner Weltlichkeit aufgeben und die Spinnweben vergangener und auch zukünftiger Bindungen fortwischen konnte», erklärte er seinen Schülern. «Durch sie erkannte ich, daß ich nicht anders war als Kartikeya, der eines Tages nach Hause kam und einen Kratzer auf der Wange seiner Mutter, der Göttin Parvati, entdeckte.

‹Wie kommst du zu dieser häßlichen Narbe auf deiner Wange, Mutter?› fragte der Sohn.

‹Erinnerst du dich nicht? Du hast heute morgen eine Katze gekratzt.›

‹Ja, das stimmt, doch warum ist diese Narbe auf *deiner* Wange zu sehen?›

‹Weil ich die Essenz alles Weiblichen im Universum bin›, antwortete die Göttliche Mutter.

Kartikeya war erstaunt, dies zu hören, und beschloß, nie zu heiraten. Wen sollte er auch heiraten? Jede Frau war seine Mutter. Das trifft auch auf mich zu.»

Obwohl er immer noch ängstlich und sein Geist nicht frei von Furcht war, wußte Gopal nun, was er tun mußte. Er würde nie in Deogarh bleiben können, doch er wolle auch nicht in der Stadt leben, erzählte er Dhamani, als er ihn am nächsten Morgen zur Bushaltestelle begleitete. Er wollte irgendwo leben, wo er mit Gott alleine sein konnte, wo er beten, Ihn verehren und versuchen konnte, das wiederzufinden, was er verloren hatte, seit er von Galta fortgegangen war.

«Ich wollte dir gerade selbst so etwas vorschlagen, Vater», sagte Dhamani. «Ich besitze einen alten Garten in der Nähe des Purana Ghats. Meine Frau möchte, daß ich dort ein Sommerhaus baue, wie das der Golchas. ‹Wozu brauche ich ein Sommerhaus›, werde ich ihr sagen. ‹Ist ein Sommerhaus das Boot, das mich ans andere Ufer bringen wird, wenn die Zeit gekommen ist, diese Welt zu verlassen?› Geh dorthin, Vater. Verbringe deine Tage und Nächte mit Sita und Rama. Sei bei Gott. Eines Tages werde ich dir auch einen Tempel bauen.»

Sie verabredeten, daß der Juwelier wiederkommen und Gopal zurück nach Jaipur holen würde, sobald der Garten soweit hergerichtet war, daß man dort wohnen konnte.

ELFTES KAPITEL

Der Garten war groß, aber vernachlässigt. Er war um etwa ein Drittel kleiner als die angrenzenden Vidiadhar-Gärten, die nach jenem Architekten benannt waren, der Maharadscha Jai Singhs Traum verwirklicht hatte, eine neue Hauptstadt nach dem Vorbild der deutschen Städte Bayreuth und Erlangen zu erbauen, welche der König durch das Studium ihrer Stadtpläne kannte. Ein kleiner, mittlerweile verfallener Pavillon stand in seinem Zentrum. In den Rissen in der steinernen Mauer wuchs Unkraut. Ein Springbrunnen aus geädertem, mit den Jahren gelblich gewordenem Marmor lag in zwei Hälften zerbrochen vor dem Pavillon. Der Wasserlauf war halb angefüllt mit Schlamm und Steinen, die sich aus seiner seitlichen Begrenzung gelöst hatten. Die Pflege verlangenden Obstbäume – Mango und Guave – waren schon lange abgestorben, und nur einige Tamarinden und *Neem*-Bäume waren als zähe Überlebende zurückgeblieben.

Neben dem Brunnen in einer Ecke des Gartens hatte man eine einfache, aus einem Raum bestehende strohgedeckte Hütte mit einem gemauerten Toilettenhäuschen errichtet. Der Brunnen war gereinigt und mit einem glänzenden neuen gußeisernen Flaschenzug, einem Messingeimer und einem dicken Seil ausgestattet worden. Zweimal pro Tag brachte einer von Dhamanis Dienern, ein leicht zurückgebliebener Junge, der ein paar Jahre jünger war als Gopal, das Essen, das im Haus des Juweliers zubereitet worden war. Er füllte den Krug mit Wasser, wusch eines von Gopals beiden Baumwollhemden und wischte den Boden. Dhamani kam an drei oder vier Nachmittagen in der Woche vorbei, nicht um zu reden, sondern nur, um in ‹Vaters› Nähe zu sein. ‹Vater› hatte Madhavacharya und die Hütte hatte Galta als Ziel seiner regelmäßigen Pilgerfahrten abgelöst.

Gopal lebte ganz alleine in Dhamanis Garten, in Gebet und Betrachtung versunken. Seine Tage und Nächte gingen ineinander über, ihre Grenzen verschwammen, und Gopal erkannte sich von Tag zu Tag weniger wieder. Manchmal lachte er, summte, redete mit sich selbst, lauschte seinen eigenen Worten und war vollkommen versunken in sein inneres Schauspiel. An anderen Tagen war er ruhelos und ängstlich, ging vor seiner Hütte auf und ab, stand von seinem Lieblingsplatz unter der Tamarinde neben dem Brunnen auf, nur um sich wieder aufs neue dorthin zu setzen. Er widerstand nicht länger seinen Impulsen, zu tanzen, herumzuspringen und zu schreien, selbst wenn der junge Diener in der Nähe war. Manchmal fühlte er sich frisch und leicht, so als schwebte er über dem Boden, während er ging. Und dann wiederum gab es Tage, an denen sich sein Körper so erhitzt anfühlte, als sei es Hochsommer, sein Kopf war schwer und jede Zelle seines Körpers stöhnte. Hin und wieder fesselte die Schönheit der Tamarindenblätter, die sanft auf den Wellen einer leichten Brise ritten, seine Aufmerksamkeit über Stunden hinweg. Doch kurz darauf schossen seine Blicke wieder umher und kehrten sich voller Schrecken von jedem Anblick ab, bei dem sie zu verweilen suchten. Er hörte seltsame Laute, die von weither kamen: die langgezogenen Töne einer meisterhaft gespielten Flöte, aber auch angsterfüllte Schreie. Viele seiner Körperfunktionen, deren Rhythmus er wie selbstverständlich hingenommen hatte, wurden unvorhersehbar. Manchmal wurde sein Atem nach dem Ausatmen außen festgehalten, manchmal auch innen, wenn er eingeatmet hatte, so daß er beinahe erstickte, doch dann nahm die Atmung plötzlich ihren normalen Rhythmus wieder auf. Als er einmal einen Finger in sein rechtes Auge steckte, stellte er fest, daß er nicht mehr blinzeln konnte. Er wußte nicht, wie lange er schon dort saß, ohne zu blinzeln. Tiefer Schrecken durchströmte ihn.

«Oh Herr», rief er in seinem Inneren. «Ist das das Ergebnis meines Flehens? Verstärkt die Medizin, die ich brauche, nur die Krankheit? Sieh nur, welche furchtbaren Beschwerden die Unterwerfung meinem Körper gebracht hat. Doch das macht nichts. Laß meinen Körper krank werden. Nur verlaß mich nicht. Zeig Dich mir erneut, Herr. Ich habe keine andere Zuflucht.»

Er weinte eine Zeitlang, dann erfüllte wilde Freude seinen Geist, bis er nach einer Weile wieder in eine vertrautere nagende Unzufriedenheit zurücksank.

✳

Im ersten Moment glaubte er, es sei eine Erscheinung, die sein Geist heraufbeschworen habe. Wie seinen Ohren hatte er nun auch begonnen, seinen Augen zu mißtrauen. Was er in einiger Entfernung vor sich sah, war ein großer, gutgebauter, abgesehen von einem kleinen Lendenschurz, der achtlos um seine Genitalien flatterte, nackter *sadhu*, der durch das Tor zur Agra Road den Garten betrat.

«Wer ist das?» fragte er den jungen Diener. Er fragte weniger aus Neugier, eher wohl weil er eine Bestätigung dafür suchte, daß das, was er sah, Wirklichkeit war.

«Ein heiliger Mann, Bruder.»

«Bring ihn her.»

Er wußte nicht, was ihn so berührte, doch als der *sadhu*, der in mittlerem Alter war, was man jedoch nur an den grauen Haaren auf seiner Brust erkennen konnte, vor ihm stand, begann er zu weinen. Noch während er weinte, spürte er, wie sein Herz leichter wurde, er fühlte, wie eine schwere Last von ihm fiel. Der *sadhu* setzte sich hin. Seine sanften braunen Augen blickten ernst, aber freundlich.

«Erzähl mir davon, mein Sohn», sagte er, ohne irgendeine Einleitung.

Wie ein Kind, das von seinen Erlebnissen in einer Welt schwatzt, die es sich noch nicht ganz erklären kann, schüttete Gopal seine Ängste aus: seine seltsamen Visionen, die merkwürdigen Veränderungen seines Körpers, seine Befürchtungen, verrückt zu werden.

«Warum geschehen all diese Dinge mit mir? Warum verliere ich die Kontrolle über meine Sinne? Bin ich verrückt geworden, weil ich mit meinem ganzen Herzen nach Gott gerufen habe?»

«Du bist nicht verrückt, mein Sohn, sondern in einem schwankenden Zustand von *mahabhava*. Du hast eine göttliche Gabe, es ist ein Strom der Gnade, doch dieser Strom muß durch Disziplin gelenkt werden, damit er nicht deinen Körper und deinen Geist zerstört.»

«Nimm mich als deinen Schüler an!»

«Wir werden sehen», antwortete der *sadhu*, doch sein Lächeln versprach mehr als seine Worte.

Nangta, «der Nackte», wie Gopal seinen Guru nach einiger Zeit bei sich nannte, da dieser die meiste Zeit über nicht einmal einen knappen Lendenschurz trug, blieb achtzehn Monate in dem Garten. Er hatte nur ein paar Stunden bleiben wollen. Auf seinem Weg von den Ufern der Narmada zum Badrinath-Tempel in der unzugänglichen Bergwelt des Himalaja hatte Nangta seine Reise in Galta unterbrochen. Dort hatte er von dem Jungen gehört, den Madhavacharya, der verstorbene *mahant*, eines Tages aus dem Balaji-Tempel in Mehndipur mitgebracht hatte. Er hatte höflich zugehört, als der seltsam gekleidete, zahnlose alte Mönch in seinem langen roten Frauenrock von den erstaunlichen Visionen des Jungen brabbelte, und von Madhavacharyas Überzeugung, daß er ein geborener Parmahamsa sei, der bald schon seine wahre Natur erkennen würde. Nangta war skeptisch, aber doch neugierig geworden, und so erzählte er dem neuen *mahant* von dem Gespräch, als sie nach der Abendandacht zusammen im Klostergarten spazieren gingen.

«Ach, mein Freund», sagte Vishnu Das. «Niemand weiß besser als Ihr, wie schwer es ist, den Weg des Geistes zu begehen! Selbst wenn eine berechtigte Aussicht besteht, das Ziel zu erreichen, verlangt dies jahrelange strenge Übung und Disziplin. Wie lange habt Ihr dafür gebraucht? Dreißig Jahre? Fünfundzwanzig? Es gibt keine ungeführten mystischen Genies mehr, mein Freund. Unsere Mönche sind faul und leichtgläubig. Sie hoffen auf plötzliche Umwandlungen. Sie sehnen sich nach Metamorphosen, von denen sie glauben, sie warteten hinter der nächsten Ecke auf sie.»

«Hmm-m», Nangta zögerte, dem zuzustimmen. «Aber kann sich Madhavacharya denn so getäuscht haben?»

«Ich habe gehört, der Junge lebt in einem Garten außerhalb von Jaipur und ist geistig noch labiler als zu der Zeit, als er hier war», erwiderte Vishnu Das merklich kühler. «Wenn es Euch interessiert, könnt Ihr es ja selbst sehen. Der Garten liegt auf dem Weg zum Bahnhof.»

Als Nangta an jenem Morgen auf den Jungen zuging, fiel ihm sofort die Hoffnungslosigkeit in dessen Gesicht auf. Seine flehenden Augen machten deutlich, daß er am Rande des Wahnsinns stand und einen letzten verzweifelten Versuch unternahm, das Chaos, das in seinem Verstand wütete, in Schach zu halten. Doch als Nangta über das drohende Chaos hinaussah, erkannte er in Gopal alle körperlichen Merkmale eines außergewöhnlichen spirituellen Potentials. Er war ein seltener Edelstein, den Nangta nicht einfach verlassen konnte, ohne seinen kleinen Beitrag dazu zu leisten, ihn so zu polieren, daß er in seinem vollen Glanz erstrahlte.

Zu Beginn erklärte Nangta Gopal die Notwendigkeit spiritueller Disziplin. Es war unbedingt erforderlich, daß ein Anwärter dem Weg und den Methoden folgte, die in den Schriften vorgeschrieben waren, denn nur so konnte er sicher sein, daß seine Visionen und Erfahrungen nicht

Täuschungen seines Geistes waren, sondern absolut real, weil schon viele andere, die denselben Weg gegangen waren, das gleiche erlebt hatten. Frei von allen Zweifeln und Ängsten kann sich der Anwärter dann beruhigt auf das höchste Ziel zubewegen. Für Nangta bestand das höchste Ziel in *nirvikalpa samadhi*, der unmittelbaren Erfahrung, ohne Bilder oder Symbole, nicht des Himmlischen oder Göttlichen, sondern eines umfassenden Bewußtseins, in dem es weder ein «Ich» noch ein «Du» gibt, ein Zustand, der die Auslöschung des Denkens und die Zerstörung der Sprache mit sich bringt. Nangta glaubte nicht, daß über den Glauben an die Existenz einer höheren Macht hinaus die Verehrung von Gottheiten und rituelle Verrichtungen nötig waren. Alles, was man brauchte, war persönlicher Einsatz, nämlich Selbstbeherrschung und Meditation, obwohl er zugab, daß der menschliche Geist, zumindest in einem anfänglichen Stadium, durch Auge und Ohr faßbare sinnliche Stützen braucht, die ihm helfen, sich zu konzentrieren und sich in die Meditation zu versenken.

In der Vollmondnacht des Monats Juli 1950, dem Tag des Gurus in Nangtas klösterlicher Tradition, wurde Gopal als der Schüler des ‹Nackten› initiiert. Genau wie Nangta hatte er den ganzen Tag über gefastet. Ein Festmahl, das die Frauen in Dhamanis Familie zubereitet hatten, wartete nach der Initiation auf sie. Zunächst war Dhamani nicht sehr erfreut darüber gewesen, daß Nangta in seinem Garten bleiben sollte. Doch da er ein von Grund auf guter Mensch war, der sich ständig darum bemühte, besser zu werden, erkannte er bald, daß die Ursache für seine Abneigung in einem Gefühl der Eifersucht lag angesichts dieses unerwarteten Eindringens in sein vertrautes Verhältnis zu ‹Vater›. An diesem Punkt seiner spirituellen Reise brauchte Gopal den *sadhu*, sagte sich Dhamani, und er selbst solle sich damit begnügen, zu dienen, anstatt besitzen zu wollen. Trotz seines ganzen

Reichtums war der Juwelier ein bescheidener Mann, und er war dankbar für die Gelegenheit, das Verdienst zu erwerben, dem frisch initiierten *sadhu* seine erste Mahlzeit zu servieren.

Die verkürzte Zeremonie, an der nur die beiden teilnahmen, begann um Mitternacht. Sie fand im Freien statt, neben dem Brunnen, wo ein Opferfeuer angezündet worden war. Nangta hieß Gopal sich auf die andere Seite des Feuers setzen, ein Messingteller, auf dem weiße und schwarze Sesamkörner aufgehäuft lagen, stand zwischen ihnen. Nangta begann die heiligen Formeln zu rezitieren, die der zukünftige Schüler wiederholte. Am Ende jedes Mantras nahmen der Guru und der Schüler eine Handvoll Sesamkörner und warfen sie ins Feuer. Die Sonne wurde um intellektuelle Klarsicht angefleht, doch hauptsächlich handelte es sich bei den Mantras um Gebete zur Reinigung der Sinnesorgane und Entsagungsschwüre.

«Ich, der Widerschein des allumfassenden Bewußtseins, der ich die Natur Gottes selbst in mir trage, opfere dem Feuer all mein Begehren – nach einem Weib, einem Sohn, Reichtum, Ehre, Schönheit und allen anderen Dingen. Ich entsage allem!»

«Ich bin nun jenseits von Leben und Tod, Hunger und Schmerz, Zufriedenheit und Unzufriedenheit.»

Die Monsunwolken jagten über die helle Mondscheibe, als Nangta in ihrem flackernden Licht Gopals Haarknoten abschnitt und als abschließende Gabe den Flammen überantwortete. Dann mußte Gopal sein Hemd ausziehen und nackt siebenmal um einen kleinen Scheiterhaufen aus Holz gehen, ehe er sich darauf niederlegte. Seine Totenrituale wurden vollzogen, als Symbol für seinen Abschied von einer weltlichen Vergangenheit und seine Wiedergeburt in eine spirituelle Zukunft. Gopal stand vom Scheiterhaufen auf, der mit glühenden Kohlen aus dem Opferfeuer entzündet wurde. Gopal war nun rituell tot, auch wenn sein Körper immer noch lebte. Wenn er von nun an «ich» sagte, würde dieses Pronomen das Brahman, den kosmischen Geist, bezeichnen, nicht den Körper oder Geist eines Jungen, der früher einmal Gopal genannt worden war. Daraufhin flüsterte Nangta Gopal das Mantra seiner eigenen klösterlichen Tradition in das linke Ohr. Dieses Mantra würde von jetzt an die Meditation des Schülers leiten. Es würde bestimmen, ob die Meditation devotionaler, unpersönlicher oder ekstatischer Natur sein würde, und im Laufe der Zeit würde es sogar Gopals eigene Natur in die gleiche Richtung lenken. Sobald er ein fortgeschrittenes Stadium erreicht hatte, würde das Mantra ihm erlauben, in die Seligkeit, die er im Garten des Klosters von Galta nur unbeabsichtigt erlebt hatte, nach Belieben einzutauchen. Nangta erklärte ihm dann, wie er bei der Meditation richtig sitzen, atmen, den Geist entspannen und ihn sich mit Hilfe des Mantras nutzbar machen solle. Danach verbeugte sich der Guru vor seinem Schüler, nannte den neuen Namen, den dieser als Asket tragen würde: Ram Das und damit endete die Zeremonie.

«Ich bin jetzt dein Guru», sagte Nangta, kam mit seinem Gesicht ganz dicht an Gopals heran und sah ihm tief in die Augen, «dein Rama und deine Sita, dein Krishna und deine Radha, dein Shiva und deine Shakti. Ich bin dein Mantra und ich bin dein Tantra. Wann und wohin du auch immer gehen willst, alle Wege führen durch mich. Denke immer daran, daß die Verehrung des Gurus die Verehrung aller Gottheiten in sich trägt. Über den Guru zu meditieren bedeutet, über alle Götter zu meditieren. Wenn du den Namen deines Gurus vor dich hin sprichst, ist das so, als würdest du die siebzig Millionen heiliger Mantras rezitieren.»

Ohne Zögern, ohne den leisesten Anflug von Furcht gab sich Gopal einer Welle von Liebe hin, die Kanäle zu fluten begann, welche lange trockengelegen hatten. Er warf sich Nangta zu Füßen und benetzte sie mit glückseligen Tränen.

Als der Diener am nächsten Morgen das Mittagessen brachte, schleuderte Nangta die *thalis* auf den Boden.

«Was soll dieses ganze vegetarische Zeug, das du uns jeden Tag bringst?» schrie er. «Gras für die Kühe! Ich will Fleisch!»

«In unserem Haus wird nie Fleisch gekocht, Maharaj», antwortete der verschreckte Junge.

«Dann sag diesem fetten Dhamani, er soll ein Pfund Ziegenfleisch kaufen. Bei muslimischen Fleischern gibt es die besten Stücke. Bring mir Öl, Kochgeschirr, Zwiebeln, Knoblauch und Gewürze. Ich werde heute abend selbst für meinen Schüler kochen.»

Gopal, der seit seiner Geburt streng vegetarisch lebte und in einem Brahmanenhaushalt aufgewachsen war, in dem selbst Zwiebeln und Knoblauch als ekelerregend und unrein galten, mußte die blutigen Stücke Ziegenfleisch schneiden und waschen, während Nangta ihn scharf beobachtete, um zu sehen, ob er irgendwelche Anzeichen von Ekel zeigte. Er servierte Gopal das Curry in einer Schale, die er immer bei sich trug und von der Gopal geglaubt hatte, sie sei aus altem Elfenbein gefertigt. Es war die obere Hälfte eines menschlichen Schädels.

«Iß!» befahl er.

Gehorsam begann Gopal an einem Stück Fleisch zu kauen. Es verströmte einen abstoßenden Geruch und war von einer so zähen Beschaffenheit, wie er es nie mit Nahrungsmitteln in Verbindung gebracht hätte. Nangtas heftigem Kauen nach zu schließen war es auch noch nicht ganz gar. Gopal konnte nicht schlucken, jedesmal, wenn er es versuchte, mußte er würgen.

«Iß», sagte Nangta freundlicher. «Das ist das *prasad* deines Gurus, wertvoller als eine Opfergabe, die von allen Göttern gleichzeitig geheiligt wurde.»

Gopal sah Nangta an. Es sah die Gestalt seines Gurus

in Schönheit gehüllt, seine Haut glänzte in bronzefarbenem Schein. Er sah seinen muskulösen Körper und seinen dicken Penis, der, dunkler gefärbt als die nußbraune Haut am Rest des Körpers, auf seinem Schenkel ruhte. Er sah seine Augen in dem bärtigen Gesicht leuchten und einen Muskel an seinem Hals zucken. Plötzlich merkte er, wie er aß. Nangta sagte nichts. Er kaute mit allen Anzeichen von Vergnügen.

Am nächsten Tag verschwand Nangta am frühen Morgen und kehrte erst gegen Mittag wieder zurück. Er hatte ein kleines Stück fauliges Fleisch mitgebracht, das das Zeitungspapier, in das es eingewickelt war, rostbraun färbte. Es sei Menschenfleisch, verkündete er. Weiter erklärte er nichts.

«Berühre es mit deiner Zunge», befahl er und hielt es vor Gopals Mund.

Der Gestank war überwältigend, Gopal hatte keine Zeit, einen klaren Gedanken zu fassen, sondern konnte nur noch würgen. Nangta wartete, bis der Anfall vorüber war und Gopal sich die Tränen aus den Augen gewischt hatte.

«Kann man das tun?» fragte Gopal, die Augen von der graubraunen Masse abgewandt.

«Es ist nichts dabei, Junge», sagte er. «Sieh nur.»

Mit seinen starken weißen Zähnen biß er ein Stück ab, zerkaute es und streckte dann seine Hand aus, um Gopal den Rest zu geben. Gopal konzentrierte sich auf das Gesicht seines Gurus und entdeckte aufs neue die darin liegende Faszination. Er spürte, wie Liebe in ihm aufwallte und die kleinsten Poren seines Körpers durchflutete. Eine wohlbekannte Freude begann aus dem Innersten seines Herzens heraus zu strahlen und die dunkelsten Winkel seines Geistes zu erhellen. Alles, was er sah, waren die perlengleichen Zähne seines Gurus und seine schönen schlanken Finger, als er das rohe Fleisch aus seiner Hand nahm und hineinbiß.

«Es war wirklich Menschenfleisch, weißt du», lachte Nangta, und Gopal lachte mit.

«Du kennst jetzt deinen Feind», sagte Nangta, plötzlich ernst geworden. «Entsagung hat nichts mit Absicht oder Willen zu tun. Es ist der Körper, dem es so schwer fällt, alles aufzugeben – Widerwillen mehr noch als Freude, Ekel mehr als Begehren.»

*

Nangta war erstaunt. Während der dreißig Jahre, in denen seine Reisen als umherziehender *sadhu* ihn von seinem Dorf in der Nähe von Simla in die entlegensten Gebiete des Landes geführt hatten, war er noch nie jemandem begegnet, der eine solche Gabe für die Spiritualität besaß wie Gopal. Normalerweise hätte Nangta einen Anfänger zunächst angewiesen, beim Meditieren auf einem Kissen zu sitzen, da es schmerzhaft sein könnte, wenn er mit gekreuzten Beinen auf einer harten Unterlage säße, und sein untrainierter Geist dadurch von den Gedanken an Gott abgelenkt und auf die Leiden seines Körpers gerichtet würde. Später, wenn der Schüler Fortschritte machte, würde der Sitz härter werden, bis der Schüler schließlich auf dem nackten Boden sitzen und meditieren konnte, ohne abgelenkt zu werden. Dementsprechend würde er auch die Dauer der Meditation nur schrittweise erhöhen. Gopal brauchte keine stufenweise Heranführung. Von Anfang an konnte er stundenlang auf dem Boden sitzend meditieren. Doch bei der Meditation war es lange nicht mit den technischen Aspekten getan. Nangta wartete einige Wochen, bis die Guru-*bhava* in Gopals Geist fest verankert war, ehe er ihn in die Disziplin der Guru-Meditation einführte. Auch die Guru-*bhava* war für Gopal ein Leichtes. Er hatte so lange in der *madhura bhava* gelebt, daß diese für seinen Geist zu einem natürlichen Zustand, zu seinem emotionalen Lebensraum geworden war. Diese

Liebe von Gott auf den Guru zu übertragen fiel ihm genauso leicht wie einem Baby, von einer Brust der Mutter an die andere zu wechseln, auf einen kurzen Augenblick der Verwirrung folgt erneut die Seligkeit.

Gopal aß Nangtas Reste, trank das Wasser, in dem sich der Guru Hände und Füße gewaschen hatte, nahm den Staub von den Stellen, an denen Nangta geschlafen hatte, und rieb damit seinen eigenen Körper ein. Er suchte stets die Nähe des ‹Nackten› und beobachtete ihn voller Andacht, während sein Guru aß, schlief oder meditierte. Er glich einem Maler, der sich mit jeder Eigenheit des Gesichts seines Modells vertraut macht, um dessen grundlegenden Ausdruck zu erfassen, der über die einzelnen Details hinausgeht. Bald schon konnte er das Gesicht und die Gestalt seines Gurus vor sich sehen, ruhig und unveränderlich, selbst wenn er seine Augen geschlossen hielt. Doch im Gegensatz zu einem Maler trug Gopals Verehrung ihn über das Stadium der reinen Beobachtung hinaus. Wenn er sich entspannte, begann sein eigenes Gesicht auf unheimliche Weise den charakteristischen Gesichtsausdruck des Gurus widerzuspiegeln: die Augen halb geschlossen, die Lippen fest zusammengepreßt, der Kopf sanft vor und zurück wiegend. Wenn er ging, schritt er weiter und selbstbewußter aus, genau wie sein geliebter Nangta. Er war sich der tiefgreifenden Veränderungen in seinem Körper-Geist-Gefüge vollauf bewußt: Es kam zu kurzen Phasen einer Art doppelter Identität, in denen er und Nangta sich abwechselten, in denen es der Guru war, der aufstand, aber der Schüler, der sich hinsetzte. In diesem äußerst angenehmen, fugenähnlichen Zustand hatte die Auflösung der Grenze, die ihn von seinem Guru trennte, nichts Beängstigendes, sondern versetzte ihn in eine Art Rausch, in dem er ausrief: «Nangta und ich sind eins. Ich bin Nangta!»

Vor dem Beginn der eigentlichen Meditation unterzog sich Gopal einer Fastenkur, die auf den Mondphasen begründet war. In der Vollmondnacht jenes Monats aß er dreizehn Handvoll Reis, jede davon durch die Berührung von Nangtas Zunge geheiligt. Diese Menge wurde mit jeder weiteren Nacht des abnehmenden Mondes um eine Handvoll verringert. Am Tag vor der Neumondnacht, in der er nach Mitternacht mit der Meditation begann, aß er gar nichts.

Der Garten lag genauso still da wie der Nachthimmel. Weder Blätter noch Sterne bewegten sich. Gopal saß aufrecht und regungslos unter dem Tamarindenbaum, er atmete langsam und regelmäßig, bis seine Atmung sich so stark verlangsamte, daß sie kaum noch zu spüren war. Der Gegenstand seiner Meditation war Nangta.

«Mein Guru ist in meinem Kopf. Er ist in meiner Stirn. Mein geliebter Nangta ist in meinen Ohren. Er ist das Licht meiner Augen. Er ist in meinen Hals gekommen. Er ist in meinen Armen, in meinen Händen, in jedem meiner Finger. Er wohnt in meinem Herzen. Er verbreitet sich durch meine Adern und tritt in jede Zelle ein. Nangta ist in meinem Bauch. Er ist in meinem Rücken, in meinen Schenkeln, in meinen Genitalien. Er ist in meinen Knien. Er ist in meinen Beinen, in meinen Füßen.»

So führte Gopal Nangta in seinen Körper ein, Körperteil um Körperteil, während er leise «Guru Om, Guru Om» rezitierte. Dieses Einführen dauerte drei Stunden und war von einem Gefühl der Leichtigkeit und der überschwenglichen Freude begleitet. Gopal, nun ganz in seine Meditation versenkt, hatte das Gefühl, der Guru sei überall – in dem Mantra, in den Zweigen und Blättern der Tamarinde, im Boden, auf dem er saß, und in dem juwelengeschmückten Himmelszelt über ihm. Das Mantra selbst war wie ein im Hintergrund fortlaufender Refrain, wie der Klangteppich einer *tanpura*, den er nicht mehr bewußt wahrnahm. Als die Meditation intensiver wurde, spürte er einen stechenden Schmerz am unteren Ende seiner Wirbelsäule, als würde ein stumpfer Holzstift mit einem einzigen Hammerschlag gegen sein Steißbein geschlagen. Dem Schmerz folgte ein äußerst angenehmes Gefühl, das wie ein umgekehrter Blitzstrahl seine Wirbelsäule emporschoß. Plötzlich spürte er, wie flüssiges Licht wie ein tosender Wasserfall in sein Gehirn strömte und seinen Schädel ausfüllte. Das Tosen wurde immer lauter und das Licht strahlender, es flutete in seinen Kopf wie das Mondlicht durch ein Fenster, es durchfließt das Glas, ohne es zu verändern. Gopal fühlte, wie er, von einem Lichtkreis umgeben, der zugleich eine köstliche Empfindung ohne Ursprung in den Sinnen war, aus seinem Körper herausglitt. Ja, sein Körper schien zurückzuweichen, zu einem Punkt in der Ferne zu werden. Gopal war nur noch reines Bewußtsein, ein Meer aus Licht, unberührt von Gefühlen oder Empfindungen. Er hatte keinen Umriß, breitete sich, ohne an Grenzen oder Hindernisse zu stoßen, in alle Richtungen aus, existierte in jedem Punkt des Universums. Eine unbeschreibliche Verzückung begleitete diese Umkehrung – nicht mehr ein kleines Fünkchen Bewußtsein zu sein, das in der engen Begrenzung eines Körpers existierte, sondern ein weiter Kreis von Bewußtsein, in dem der Körper nur ein verschwindend kleines Fleckchen bildete. Nach einer Weile – wie lange diese «Weile» dauerte, konnte er genausowenig ermessen – begann der Kreis sich zusammenzuziehen. Gopal fühlte, wie er zusammenschrumpfte. Er wurde kleiner und kleiner. Der Umriß seines Körpers begann sich herauszubilden, zuerst der Kopf, dann weiter über den Rumpf und die Extremitäten, und sich undeutlich seinem Bewußtsein aufzudrängen. Dann, als sich seine Körperlichkeit wiederherstellte, nahm er auch seine Masse und Dichte wieder wahr, und sein Herz, das Blut durch seine Adern pumpte. Er wurde sich der Stille im Garten bewußt und spürte, wie ein Prickeln seine Arme und Beine durchzog, als nach und nach wieder Leben in sie zurückkehrte. Mühsam öffnete er seine Augen, riß die Lider auseinander, die wie zusammengeklebt schienen.

177

Es war kurz vor Sonnenaufgang. Gopal konnte sich nicht bewegen, er blieb sitzen und lauschte, wie sich die Dunkelheit um ihn herum zerstreute. Er sah, wie die Bäume im Garten, die Hütte, der zerbrochene Marmorspringbrunnen und der Pavillon im Morgenlicht lebendig wurden, ihre Stofflichkeit wiedererlangten und nicht länger nur Schatten ihrer selbst blieben. Mit einer erneuten Willensanstrengung hob er die Arme, die sich immer noch schlaff anfühlten, und entknotete seine steifen Beine. Er massierte seine Schenkel und Fußsohlen, um die Blutzirkulation anzuregen, ehe er aufstehen und, immer noch ein wenig benommen, auf die Hütte zuhumpeln konnte. Die Hütte war leer. Nangtas Strohmatte stand, säuberlich zusammengerollt, gegen die Wand gelehnt. Gopal legte sich an der Stelle hin, an der Nangta immer schlief, zog den warmen Abdruck des Körpers seines Gurus aus dem harten Lehmboden, hüllte sich darin ein wie in eine Decke und sank in tiefen Schlaf.

Als er erwachte, war es kurz vor Mitternacht. Er hatte fünfzehn Stunden an einem Stück geschlafen. Nangta war nicht zurückgekommen. Gopal war ausgehungert und schlang gierig das Mittag- und Abendessen von zwei Personen herunter, das auf den vier *thalis* lag, die der Diener in der Hütte zurückgelassen hatte. Nachdem er seinen Mund mit Wasser ausgespült und seine Hände gewaschen hatte, stürzte er hinüber zu dem Tamarindenbaum. Er konnte es kaum erwarten, seine Meditation wiederaufzunehmen. Dieses Mal verspürte er keinen Schmerz oberhalb des Anus, sondern ein sofortiges Einströmen von Licht. Der Kranz aus strahlendem bläulichen Licht hielt jedoch nicht lange an, sondern zerfloß wie gerinnende Milch in eine Vielzahl kleiner Pünktchen. Gopal sah, wie am gesamten Himmel seines Körpers, dessen Umriß rasch verblaßte, solche Lichtpünktchen erstrahlten, von denen sich manche in fröhlichen Spiralen bewegten. Als er dieses Mal in seinen Körper zurückkehrte und seine Augen öffnete, verschwand die Vision nicht, auch wenn sie ihre Form änderte. Er sah nicht die vertraute Landschaft des Gartens, sondern Reihen um Reihen winziger übereinandergeschichteter Lichtpartikel, eine unbewegliche Mauer aus glühenden Punkten. Er ging auf diese Lichtwand zu und wußte nicht, ob er dem Weg folgte oder der Weg ihm. Er spürte ein leichtes Nieseln auf seinem Gesicht, kaum mehr als der Hauch eines Sprühregens. Er blickte auf und sah zarte Tropfen flüssigen Lichts sanft aus einer leuchtenden Wolke fallen, die den Mond verdeckte.

Seine Tage und Nächte waren nun zum größten Teil mit Meditieren ausgefüllt. Morgens wusch er sich eilends und schlang von den reichhaltigen Mahlzeiten, die die Frauen aus Dhamanis Familie ihm schickten, nur ein wenig Reis und Sauermilch hinunter, während des letzten Teils der Nacht schlief er einige Stunden. Die restliche Zeit über meditierte er. Abgesehen von dem Diener, der jeden Tag das Essen brachte und die Hütte säuberte, und Dhamani, der dreimal in der Woche nachmittags kam und damit zufrieden war, eine Weile still in ‹Vaters› Nähe zu sitzen, war Gopal alleine. Nangta hatte ihm durch Dhamani ausrichten lassen, daß er zwei Wochen fortbleiben werde. «Wie soll ich jemals zurückkehren, wenn ich nicht fortgehe?» war die einzige Erklärung, die Dhamani ihm geben sollte. Gopal wünschte, der Guru wäre bei ihm. Er wollte ihn fragen: «Was bedeutet dieses Licht? Wo kommt es her? Warum nimmt es unterschiedliche Formen an?» Doch er vermißte ihn nicht wirklich; der Guru war in allem, was ihn umgab, selbst wenn er fort war.

Gopal stellte fest, daß es ihm nicht schwerfiel zu meditieren. Im Gegenteil, die Meditation zwang sich ihm nun geradezu auf. Er meditierte beinahe unwillkürlich, es reichte, wenn er die Augen schloß und einige Male «Guru Om» vor sich hin sprach, und schon befand er sich in dem nun schon vertrauten Lichtkreis. Dieser Lichtkreis hielt jedoch nicht lange an, er verwandelte sich in hüpfende, strahlende Wolken oder leuchtende Ströme, die herumwirbelten und -kreisten. Der ekstatische Rausch, der seine ersten Meditationsversuche begleitet hatte, blieb nun häufig aus, die neuen Visionen waren meist eher von heftigem Aufruhr gekennzeichnet als von glückseligem Frieden. Ihr Leuchten hatte eine dunklere Färbung angenommen, eher rot als blau. Bei den letzten Visionen schien es, als pralle ein Strahl geschmolzenen Kupfers gegen seine Schädeldecke und zerspringe in einem Funkenschauer, der sich um ihn herum verteilte, wie ein spektakuläres Feuerwerk von riesigem Ausmaß, das zwar Bewunderung, aber keine Freude hervorruft.

Zwei Tage vor Nangtas Rückkehr sah Gopal bei seiner morgendlichen Meditation einen feuerroten Schein von seinem Körper aufsteigen, wie das Leuchten am Horizont, nachdem die Sonne untergegangen ist. Dieses Leuchten hatte ungefähr seine Größe, und sein Austreten war von starken sexuellen Empfindungen begleitet. Zum ersten Mal verklang das «Guru Om»-Mantra. Eindeutige erotische Bilder eroberten seinen Geist: Er sah ein nacktes Paar, der dicke Penis des Mannes fuhr in die auf dem Rücken liegende Frau hinein und wieder heraus, ihre Augen waren in Ekstase verdreht, und ihre Scham drängte nach oben, um seinen Stößen zu begegnen; eine kniende nackte Frau, deren langes schwarzes Haar bis über ihren Hintern herabhing, hatte ihre Arme um Nangta geschlungen und saugte an seinem erregten Glied; ein Chor männlicher und weiblicher Stimmen schrie in einem stürmischen Crescendo wieder und wieder zwei Worte – «Fotze!» «Schwanz!» «Fotze!» «Schwanz!»

Für jemanden, der so unschuldig und rein war wie Gopal, der noch nie, nicht einmal in einem Traum, begehrlich auf eine Frau geblickt hatte, barg diese sexuelle Invasion furchtbare Schrecken. Eine Welle von Selbsthaß überkam ihn, während er darum kämpfte, diesen Schwall lasziver Bilder einzudämmen und seine Ohren vor den anzüglichen Lauten zu verschließen. Sein Penis war qualvoll erigiert, bäumte sich auf und stemmte sich gegen den dünnen Lendenschurz aus Musselin. Er war nicht mehr Gopals Willen unterworfen und verlangte gebieterisch danach, sanft umhüllt, gedrückt und gestreichelt zu werden. Glücklicherweise hatte er in diesem ganzen Aufruhr nicht seine Meditationshaltung verändert. Seine Beine waren immer noch fest verschränkt, seine Hände starr. «Guru Om». «Guru Om», begann er erneut und schloß die Augen. Eine Zeitlang fand er Ruhe, und die devotionale Haltung wurde stärker als die erotischen Bilder in seinem Geist, so daß er wieder zu *bhava samadhi* gelangen konnte. Dieses Mal war das Licht viel dunkler, wie heiße Glut, und die auflodernde, durch das Fleisch entfachte Leidenschaft flüsterte drängend durch seine Sinne. Und dann sah er in diesem blutroten Leuchten eine der jungen Prostituierten, die er mit Dhamani besucht hatte. Das Mädchen war nackt, ein feuriger Schein lag auf ihrem flachen, etwas hohlen Bauch und ihren festen Brüsten. Sie saß vor ihm. Er konnte sie beinahe berühren. Sie hatte die Beine gespreizt, und ihre rechte Hand rieb gegen den Spalt ihrer rasierten Scham. Sie sah ihn an und lachte. Er konnte sie nicht loswerden. Wenn er seine Augen öffnete, sah er sie vor sich; wenn er sie schloß, sah er sie in seinem Inneren. Sein Penis reagierte aufs heftigste. Seine Spitze hatte den Lendenschurz zerrissen und drängte nun mit aller Macht gegen seinen Nabel, grub sich in das Nabelloch. Von Scham und Verwirrung überwältigt, stürzte er zurück in die Sicherheit der Hütte. Die Frau rannte, immer noch lachend, hinter ihm her. Er legte sich an Nangtas Platz auf den Boden, rollte sich in der Fötusstellung zusammen und sang unablässig «Guru Om»; das Mantra war wie eine Rettungsleine, die ihn davor bewahrte, in dem erotischen Sumpf zu versinken, und das wiederholte Rezitieren wie eine Waffe gegen den Ansturm der abstoßenden Bilder. Sein Körper brannte wie Feuer, seine

181

Kehle war ausgedörrt. Kalter Schweiß floß in Strömen über sein Gesicht, doch die Hitze wurde immer intensiver. Es schien, als wüte heiße Lava in seinem Körper und lasse seine Organe und sein Gewebe Blasen werfen. Er ging hinaus zum Brunnen, zog einen Eimer voll Wasser hoch und goß ihn sich über den Kopf, doch die Hitze ließ nicht nach. Die einzige Möglichkeit, dieser Qual ein Ende zu bereiten, war, in den Brunnen zu springen.

Zwei Tage eher als geplant kam Nangta genauso plötzlich nach Jaipur zurück, wie er verschwunden war. Nach Gopals Initiation hatte er beschlossen, ihn eine Zeitlang alleine zu lassen. Der Guru konnte immer nur ein Führer, nicht aber eine Krücke sein, und Nangta wollte, daß Gopal die unterschiedlichen Reiche der Meditation selbst erkundete. Er sollte ihre ganze Schönheit, aber auch ihren Schrecken erleben, ohne sich diesem Eindruck zu verschließen, indem er vorschnell nach Erklärungen suchte, die der Guru ihm geben konnte. Nangta war nicht weit gefahren. Er war in Amber aus dem Bus gestiegen und hatte dort in einem kleinen, heruntergekommenen Tempel am Stadtrand gewartet, bis die Zeit für ihn gekommen war, zurückzukehren.

Als Nangta den Garten betrat und Gopal am Brunnenrand stehen und hinabschauen sah, wußte er, was geschehen war.

«Ram Das!» rief er Gopals Ordensnamen.

Gopal hörte ihn nicht. Schweiß rann über seinen kahlgeschorenen Kopf. Sein Körper hatte die Farbe einer Tonschale, die gerade erst im Töpferofen gebrannt worden war. Er atmete heftig.

In dem Moment, als Gopal Nangtas Arme um seinen Körper spürte, fühlte er, wie die Hitze und die Erregung aus seinen Gliedern wichen. Nangtas Körper war kühl und verströmte den zarten Duft von Morgentau auf Jasminknospen. Er konnte sich nicht vorstellen, wie der Guru seinen üblen Gestank ertragen konnte, ohne sich von ihm abgestoßen zu fühlen, und versuchte, sich aus seiner Umarmung zu lösen. Nangta ließ ihn los, legte aber seinen Arm fest um seine Schulter und führte ihn sanft zu dem schattigen Fleck unter der Tamarinde.

Ohne daß Gopal etwas zu sagen brauchte, wußte Nangta, was vorgefallen war. Er erklärte ihm, daß die sexuelle Erregung, die ihm eine solche Qual bereitet hatte, ein Teil jener Veränderung war, die sich in seinem gesamten Organismus vollzog, ein Prozeß, der die Lust vertrieben und seine sexuellen Begierden vernichtet hatte.

«Für immer?» fragte Gopal, der sich immer noch nicht ganz von dem Schock erholt hatte.

«In deinem Fall, Ram Das, ist das sehr wahrscheinlich. Bedenke, die Sexualität ist nicht so sehr ein Problem, wenn man jung ist. Es wird viel schwerer für einen älteren Mönch, dessen Körper rebelliert und voller Panik seinen Anspruch geltend macht, weil er spürt, daß sich die Tore für ihn bald schließen werden. Dann erst steigt das Kama im Blut aus irgendwelchen unergründlichen Tiefen auf. Ich habe schon manchen alten Mönch gesehen, der in einen stummen Kampf gegen das plötzliche Wiederaufflammen der Lust verwickelt war, die den ganzen Körper in grenzenlosen Aufruhr versetzt und die zerbrechlichen Dämme, die der Verstand aufgebaut hat, einfach hinwegschwemmt. Ich habe gesehen, wie sich einige eine Schlinge um den Hals legten, die sie jedesmal so fest zusammenzogen, daß es schmerzte, wenn sie spürten, wie körperliches Begehren sie überkam. Viele unterliegen, doch ein wahrer Asket beginnt wieder von vorne. Er fällt nur, um wieder aufzustehen, und nur die Unwissenden unterscheiden zwischen Aufstieg und Fall.»

«Und die nackte Frau?» fragte er Nangta.

«Ah, unsere Mutter! Ja, sie treibt gerne Schabernack», lächelte Nangta. «So verspielt. Sogar ein so reines Herz wie deines im Netz ihrer Illusionen einzufangen. Hast du die Große Göttin nicht erkannt? Die Mutter, aus deren

Schoß das Universum geboren wurde? Die Göttin Kundalini? Sie erschien dir nackt, weil du selbst nackt warst, weil dir die wahre Erkenntnis fehlte. Was macht das überhaupt für einen Unterschied, ob eine Frau nun nackt oder bekleidet ist?»

Dann berührte er Gopal mit seiner Zungenspitze auf dem Kopf, als wolle er die salzige Haut schmecken, und streichelte sein Gesicht.

«Vergiß nicht, sie kann jede Gestalt annehmen, schön oder häßlich, alt oder jung, Jungfrau oder Hure – in ihrer Umfassendheit ist sie all dies.»

«Seit jenem Tag habe ich nie wieder sexuelle Erregung verspürt», erzählte er seinen Anhängern viele Jahre später. «Der Aufruhr, den sie in mir hervorgerufen hat, ist nur noch eine Erinnerung. Erotische Visionen sind nun Visionen wie alle anderen auch – sie alle führen zu Gott. Einmal sah ich, wie Shakti und Shiva miteinander Verkehr hatten. Verzaubert und verzückt sah ich, wie der Gott und die Göttin – Materie und Energie, Stillstand und Veränderung – sich überall um mich herum vereinigten. Ich sah sie in Menschen, Tieren und Pflanzen, von denen jeweils Mann und Frau vertreten waren, und sie alle waren damit beschäftigt, sich zu paaren. Ein anderes Mal war ich auf dem Weg zu Dhamani, als ich mitten im Johri-Basar beim Anblick eines Rüden, der eine Hündin besprang, zum *samadhi* gelangte. In der Geschlechtsöffnung der Hündin sah ich das Gesicht der Göttin. «Und», fügte er mit einem verschmitzten Lächeln hinzu, «manchmal rezitiere ich, wenn ich meditiere, nicht das feierliche Mantra, sondern das Wort ‹Fotze›. Dann bietet sich mir die Vision des Brahmayoni, der kosmischen Vagina, aus der die Schöpfung geboren wird. Es leuchtet in einem goldenen, fleischigen Licht, das aus seinem Inneren hervorstrahlt, und voller Glückseligkeit lasse ich mich hineinsinken.»

Als er diese Krise überstanden hatte, machte Gopal rasch Fortschritte auf seiner Reise durch die verschiedenen Reiche des Bewußtseins und bestärkte Nangta in seinem Glauben an das bemerkenswerte spirituelle Talent seines Schülers. Er konnte jetzt beinahe nach Belieben in den Zustand des *bhava samadhi* eintreten und brauchte immer nur wenige Sekunden zu meditieren, ehe sich ihm die Pforten des Himmels öffneten. Die Visionen, angefüllt mit neuen Wundern, trugen ihn immer tiefer hinein in das verborgene Herz Gottes. Er folgte Nangtas einfachen Anweisungen zum Schutz seines Körpers, des unentbehrlichen Gefäßes für das Ausfliegen der Seele.

«Meditiere nie zu lange auf nüchternen Magen. Nimm alle drei Stunden eine leichte Mahlzeit zu dir. Um der Hitze entgegenzuwirken, die durch die Meditation im Körper erzeugt wird, befolge den guten Rat, den Madhavacharya dir gegeben hat: Reibe jedes Mal, wenn du dich hinsetzt, um zu meditieren, deine Fußsohlen mit Sandelholzpaste ein und lege dir einen Kranz aus frischen, duftenden Blüten um den Hals.»

Mit jedem Tag steigerte der Glanz der Visionen unmerklich auch die Empfindsamkeit seiner Sinne. Wann immer er aufschaute, erstrahlte der Himmel in einem so klaren Blau, wie er es bisher noch niemals gesehen hatte. Die Veränderung zeigte sich in jedem Gegenstand, auf den sein Blick fiel. Alles schien in eine neuentdeckte Schönheit gehüllt, war von einem silbrigen Schein umgeben und trug die prächtigsten Farben. Wenn er spätabends durch die Basare ging, leuchteten die Lampen in den Läden und Wohnhäusern heller als je zuvor, und die Dinge, die sie beleuchteten, erstrahlten in einem Glanz, der nur zum Teil von den Lampen herrührte. Auch die Geräusche wurden klarer, sie klangen verstärkt und hatten eine Tonqualität, die er zunächst beunruhigend fand. Der Gesang der Koele und Stare, von dem er morgens geweckt wurde, klang melodiös und harmonisch, wie er es noch nie gehört hatte, während das plärrende Hupen der LKWs, die auf der Straße vor dem Garten vorbeifuhren, so laut in seinen Ohren gellte, daß er seine Hände über die Ohren legen mußte, um diese unangenehm harten Laute auszusperren. Wenn er sang, was er manchmal tat, wenn Dhamani zu Besuch kam und ihn darum bat, lag eine neue Süße in seiner Stimme, die sogar Nangtas Augen feucht werden ließ, der der Spontaneität der Musik und ihrer fein abgestimmten Sprache der Gefühle gewöhnlich wenig abgewinnen konnte. Der Juwelier weinte hingegen stets offen, und dicke Tränen rannen durch die Krater seines pockennarbigen Gesichts.

Was er in seinem Inneren sah, wandelte sich sogar noch radikaler als seine äußere Wahrnehmung. Seine Träume wurden außerordentlich lebendig. Und obwohl die Handlung immer noch eindeutig die eines Traumes war und ihr jegliche Kohärenz oder Kontinuität abging, nahmen die Bilder einige der Eigenschaften seiner Visionen an: Ausblicke von einer Weite und Erhabenheit, wie man sie im wahren Leben kaum jemals zu Gesicht bekommt, und ein strahlender Hintergrund, vor dem die nächtlichen Schauspiele vorgeführt wurden. Wenn er seine Augen schloß, vor allem kurz vor dem Einschlafen, konnte er deutlich ein silbriges, mit einem Hauch von Gold durchzogenes Licht in seinem Schädel erkennen, das sich über seine Stirn ausbreitete. Wenn er sich stark genug konzentrierte, sah er manchmal die innere Topographie seines Körpers und beobachtete glänzende Ströme von Energie, die durch die Nervenbahnen in seinen Armen, Beinen und in seinem Oberkörper flossen. Die Bilder, die er in seinen Gedanken vor sich sah, wurden strahlend und lebendig. Jeder Gegenstand, den er sich in Erinnerung rief, besaß die gleiche Unverwechselbarkeit in Farbe und Form wie in seiner konkreten Gestalt in der Realität. Auch sein Geschmacks-, Geruchs- und Tastsinn wurden feiner und empfindsamer, obwohl die Veränderungen hier nicht so offensichtlich waren wie beim Sehen. Nangta lächelte nur nachsichtig, als Gopal ihm von diesen Veränderungen erzählte.

«Ah, du hast also begonnen, deine Erfahrungen intensiver zu durchleben. Aber nimm die Visionen nicht zu ernst. Vergiß nicht, das Ziel bleibt ein vollkommenes, umfassendes Erleben deiner Erlebnisse, das volle Wissen bar jener Illusion, mit der die meisten Menschen durch ihr Leben schlafwandeln: die Erkenntnis des *nirvikalpa samadhi*, wo man herausfindet, daß man weder der Wissende noch das Gewußte ist. Natürlich wird es, sollte dieser Fall jemals eintreten, kein ‹man› mehr geben, das diese Entdeckung machen könnte.»

Und Nangta lachte. Er freute sich über den verwirrten Ausdruck auf dem Gesicht seines geliebten Schülers.

ZWÖLFTES KAPITEL

Nangta bot einen furchterregenden Anblick, als er mit wehendem Haar und seiner Eisenzange in der erhobenen Hand auf das Tor zustürzte, wobei er unzusammenhängende, mordlustig klingende Drohungen ausstieß. Die Dorfbewohner, drei Männer und zwei Frauen, stoben voller Panik auseinander. Sie drehten sich um und liefen eiligst zurück, drängten sich vor dem Tor, so daß ein Gewühl leuchtender Farben entstand – das Orange und Rot der Turbane wirbelte durch das Gelb und Grün der Tücher der Frauen, als alle versuchten, sich gleichzeitig durch den engen Ausgang zu pressen.

Nangta lachte leise, als er zurückkehrte, nachdem er den Angriff auf halbem Weg zum Tor abgebrochen hatte. Er wirkte zwar düster, war jedoch im Grunde ein sehr sanftmütiger Mensch, und spielte nur die Rolle des jähzornigen, leicht erregbaren *sadhu*, dessen Reaktionen unvorhersehbar waren. Gerüchte über einen großen Guru und seinen Schüler, die geheime Meditationen durchführten und in einen erbitterten Kampf gegen Dämonen und Götter verwickelt waren, denen sie übernatürliche Kräfte abzuringen versuchten, begannen allmählich Neugierige anzulocken. Dhamani hatte versprochen, einen Wachmann einzustellen, um die Eindringlinge fernzuhalten, hatte aber noch niemanden gefunden, der bereit war, diese Aufgabe zu übernehmen.

Nangta verbrachte seine Abende neben dem Brunnen, wo er den ganzen Tag über ein Feuer in Gang hielt. Abgesehen von der Rolle, die es bei verschiedenen Ritualen spielte, lieferte ihm dieses Feuer auch die glühende Kohle, mit der er seine Tonpfeife anzündete, die aufgrund des rohen, unverarbeiteten Tabaks, den er rauchte, ständig wieder ausging. Gopal schrieb seine eigene Freude am Rauchen diesen Abenden in Dhamanis Garten zu, wenn sie sich freundschaftlich die Pfeife teilten, während Nangta redete und er zuhörte, und seine gelegentlichen Einwürfe nie darauf abzielten, etwas in Frage zu stellen, sondern nur eine weitere Erklärung erbaten.

«Warum meditierst du jeden Morgen und auch jeden Abend wieder stundenlang, wenn du doch schon den höchsten Zustand von *samadhi* erreicht hast und perfekt bist?» fragte er ihn einmal.

Abgesehen von der Tonpfeife und der Zange bestanden Nangtas restliche Besitztümer aus einem Tuch aus rauhem Stoff, mit dem er sich in Winternächten zudeckte, und einer Eßschale aus Messing (die aus einem menschlichen Schädel gefertigte Schale diente nur pädagogischen Zwecken), die er jeden Tag polierte, bis sie glänzte. Nangta wies auf die Schale.

«Sieh nur, wie sie glänzt», sagte er. «Doch was würde passieren, wenn ich sie nicht polierte? Sie würde ihren Glanz verlieren. Der Geist ist wie diese Schale. Auch in ihm sammelt sich Schmutz an, wenn er nicht jeden Tag durch Meditation gereinigt wird.»

Ihre Unterhaltungen drehten sich nicht immer um ernsthafte Themen, doch sie waren auch nie persönlicher Natur. Nangta redete nicht darüber, wer er gewesen war und was er gemacht hatte, ehe er vor über dreißig Jahren ein *sadhu* wurde. Er betrachtete sein früheres Leben als zu jemandem gehörig, der mit dem Menschen, der er heute war, nicht das Geringste zu tun hatte – Gopal war fasziniert von diesem radikalen Bruch in der Kontinuität des Bewußtseins seines ‹Ichs›. Er zeigte wenig Interesse an Gopals Kindheit in Deogarh, auch wenn er in bezug auf Gopals Jahre in Galta etwas neugieriger war. Diese, so glaubte er, hatten eine exzessive Emotionalität gefördert, die dem unmittelbaren Erleben des Selbst, eines gestaltlosen Gottes, abträglich war. Er stichelte mit leisem Spott gegen Gopals andauernde Verehrung von Rama und Sita.

Wenn Gopal morgens nach seinem Bad seinen «Hari Rama! Hari Rama»-Singsang anstimmte, den er mit kräftigem Händeklatschen begleitete, eine Gewohnheit, die er seit den Morgen-*pujas* mit seiner Mutter in seiner Kindheit beibehalten hatte, rief Nangta aus: «Ach, backst du wieder *chapatis*!» Doch dann fügte er gutmütig hinzu: «Das macht nichts. Das Rezitieren hilft, den Geist zur Ruhe kommen zu lassen.» Nur widerwillig duldete er Dhamanis Besuche, da der Juwelier Gopal ermunterte, Loblieder zu Ehren Gottes zu singen. In Nangtas Augen verankerte der Gesang Gopals Geist noch fester in seiner hingebungsvollen Verehrung, während der nächste Schritt darin bestand, daß er jegliche Verehrung persönlicher Gottheiten und sogar die Verehrung Nangtas überwand; er mußte jetzt seinen Guru töten.

In jenen Tagen verliefen Gopals Meditationen ohne jede Spur von Aufruhr, und er war in der Lage, in meditative Trance zu fallen, wann immer er dies wollte. Doch wenn seine Meditation intensiver wurde, führten ihn seine Visionen von Licht und Raum, begleitet von einem ungeheuren Glücksempfinden und einem unaussprechlichen Gefühl der Freiheit, häufig zu Visionen der Großen Göttin. Meistens erschien ihm die Göttliche Mutter in der Gestalt Sitas, die im Garten von Galta zu ihm gekommen war. Nangta mußte ihn mit Gewalt aus der Bewunderung ihrer Schönheit und aus der grenzenlosen Glückseligkeit, die ihre Gegenwart ihm schenkte, herausreißen, indem er ihn wieder zu körperlichem Bewußtsein brachte. Sie stand dem *samadhi*, den er nach Nangtas Willen erreichen sollte, im Weg.

Jeden Tag ermahnte ihn Nangta, seinen Geist von all seinen Funktionen zu lösen. Wenn er sich hinsetzte, um zu meditieren, konnte Gopal seinen Geist ganz leicht leeren, ihn von allen Gegenständen abwenden und den Fluß seiner Gedanken ausblenden. Doch sobald er dies tat, erschien das Licht und mit ihm die wunderbaren Visionen.

«Nein, ich kann es nicht», erklärte er Nangta eines Abends. «Ich kann nicht die Visionen, nach denen er sich verzehrt, und die Gestalten, die ihm einen solchen Genuß bereiten, aus meinem Geist fernhalten. Ich kann ihn nicht dazu bringen, in das Selbst einzutauchen, das dahinter liegt.»

Sie saßen einander gegenüber auf dem Boden der Hütte. Die Sonne war gerade untergegangen, und es war noch nicht ganz dunkel. In den Bäumen bereiteten die Papageien und Stare geräuschvoll ihr Nachtlager. Ein sanfter Wind, in dem der Geruch vom Rauch der Feuer lag, in denen Kuhmist verbrannt wurde, zog durch die offene Tür herein.

«Was soll das heißen, du kannst es nicht?» schimpfte Nangta. «Was für ein Unsinn!»

Er sah sich in der Hütte um, und sein Blick fiel auf seine Eisenzange, die neben ihm auf dem Boden lag. Er nahm sie in die Hand, machte einen Satz nach vorn und stach Gopal mit dem scharfen Ende der Zange in die Stirn.

«Da!» sagte er. «Zieh deinen Geist hier zusammen. Genau in diesem Punkt.»

Trotz des scharfen Schmerzes zwischen seinen Augenbrauen und der Blutstropfen, die seine Nase hinabbrannten, schloß Gopal gehorsam die Augen und begann zu meditieren. Der Schmerz verschwand, als er seinen Geist von ihm abwandte. Das unwirkliche Licht begann in sein Gesichtsfeld zu strömen, und dann erschien die Göttin selbst, ihr Gesicht war ihm huldvoll zugeneigt, und ein leises Lächeln lag auf ihren Lippen.

«Doch diesmal nahm ich im Geiste das Schwert der Erkenntnis auf und durchbohrte die heilige Gestalt der Göttlichen Mutter. Jede Funktion meines Geistes erstarb. Er wurde vollkommen regungslos», erzählte er seinen Schülern.

Nangta blieb noch lange neben ihm sitzen, als die Nacht hereinbrach und sich Stille auf den Garten herabsenkte. Dann ging er vor die Hütte und zog die Tür hinter sich zu. Er legte frische Kohlen auf das Feuer und setzte sich neben den Brunnen, wo er rauchte und darauf wartete, daß Gopal ihn rief. Der Morgen brach an, doch noch immer klang kein Lebenszeichen aus der Hütte. Nangta zog Wasser aus dem Brunnen hoch, wusch sich, meditierte, aß, rauchte, schlief. Der Tag wurde zur Nacht. Nach drei Tagen betrat er die Hütte. Gopal saß immer noch in der gleichen Haltung wie zu dem Zeitpunkt, als er ihn verlassen hatte, steif und unbeweglich wie die steinerne Statue eines meditierenden Buddhas. Nangta fühlte nach Gopals Halsschlagader und legte dann eine Hand auf sein Herz. Die Anzeichen von Lebenskraft waren so schwach, daß sie beinahe nicht festzustellen waren; Gopal war der Außenwelt gegenüber so gut wie tot. Nangta suchte nach den übrigen Merkmalen des *nirvikalpa samadhi* und war zufrieden. Gopals ruhiger, regloser Geist war tatsächlich in dem tiefliegenden Selbst aufgegangen, das, wenn auch verborgen, in allen verschiedenen Geisteszuständen existiert. Sein Geist war Teil des Brahman geworden. Volltönende «Hari Om!»-Klänge erfüllten die Hütte, als sich Nangta ruhig daran machte, seinen Schüler in die Wirklichkeit zurückzuholen, ihn von einem Zustand des puren Bewußtseins zu jenem verunreinigten Zustand zurückzubringen, der mit der Welt in Verbindung stand. Er massierte Schmelzbutter in Gopals Rücken, vom Nacken hinab bis zum Ende der Wirbelsäule kurz über dem Steißbein, und dann in seine Beine, von den Knien abwärts bis zu den Fußsohlen. Er merkte, wie unter seinen Händen allmählich Leben in Gopals Körper zurückkehrte, als sein Geist von der Ebene des *samadhi* zurück in das Reich des «Ich» und «Mein» gelockt wurde.

Seine Aufgabe war nun erfüllt, und er konnte seine Wanderungen wieder aufnehmen. Er war ohnehin schon zu lange geblieben. Nangta spürte, wie beim Gedanken, den Jungen zu verlassen, plötzlich ein heftiger Aufruhr sein Herz erfaßte. Nach allem, was sie zusammen erlebt hatten, überraschte ihn nicht das Gefühl an sich, wohl aber seine Heftigkeit. Er hatte nicht erwartet, daß es so ein schmerzhafter Schlag für ihn sein würde. Dreißig Jahre intensiver spiritueller Disziplin hatten nicht ausgereicht, um seine Zuneigung von ihrem besitzergreifenden Wesen zu befreien, seine Liebe von dem Drang zu reinigen, ihrem Gegenstand immer nahe zu sein. Nun war er wieder soweit, daß er sie beide mit ihrem Körper identifizierte und somit Gopal und sich selbst als getrennte Einheiten betrachtete, die einander näher kommen und wieder getrennt werden konnten. Wo war seine harterworbene Erkenntnis, daß jeder und alles im Universum seinen Ursprung in dem gleichen tiefliegenden Selbst nimmt? Was war mit der Erfahrung «Ich bin du» geschehen? Wo war die Perfektion, die Gopal ihm so vertrauensvoll zugeschrieben hatte? Sie war vergänglich, man mußte unablässig um sie kämpfen, selbst wenn man dachte, sie erlangt zu haben. Er würde Jaipur gleich am nächsten Tag verlassen.

Am darauffolgenden Morgen erwachte Nangta von stechenden Bauchschmerzen. Gopal lag immer noch in dem tiefen Schlaf, der auf *samadhi* folgt. Auf seinem Gesicht spiegelte sich die Unschuld eines Neugeborenen, das alles weiß, was es zu wissen gibt. Nangta ging hinaus, wusch sich und versenkte sich dann in seine Meditation, was seinen Geist von den Schmerzen ablenkte. Doch immer, wenn er wieder zu sich kam, kehrte der Schmerz zurück. Es erwies sich als ein heftiger Anfall von Ruhr, und er mußte seine Abreise verschieben.

«Morgen», dachte er. «Morgen werde ich auf jeden Fall gehen.»

Die Krankheit klang nicht ab. Alles, was er zu sich nehmen konnte, waren zwei Eßlöffel voll gekochtem Reis. Nach fünf qualvollen Tagen willigte er schließlich ein, die Medizin zu nehmen, die Dhamani ihm mitgebracht hatte. Die Medizin wirkte nicht. Sein kräftiger Körper wurde immer schwächer, er welkte sichtlich dahin. Seinem ruhigen und gelassenen, an *samadhi* gewöhnten Geist wurde sein Körper durch den nagenden Schmerz, der in seinen Gedärmen wütete, mehr und mehr bewußt gemacht. Nangta kämpfte dagegen an, indem er Verachtung auf seinen Körper lud, ihn «diesen verrotteten Käfig aus Fleisch, Knorpel und Knochen voller Blut und Galle, diese Dreckfabrik» nannte. Es sollte ihn nicht kümmern, wenn sein Körper litt, immer ausgezehrter wurde und vielleicht sogar zerstört wurde. Hatte er nicht deutlich gesehen und gespürt, daß *er* ohne den Hauch eines Zweifels *nicht* sein Körper war? Er konnte immer noch seinen Geist von diesem verfluchten Anhängsel abwenden, das ihm so viel Ärger bereitete. Eines Nachts massierte Gopal Nangtas Füße, während dieser versuchte zu schlafen. Der Schmerz war beinahe unerträglich. Er konnte nicht ruhig liegen. In seiner Qual blieb ihm nichts anderes übrig, als zusammengekrümmt sitzen zu bleiben. Er versuchte, seinen Geist in die Meditation zu versenken, doch immer, wenn dieser gerade zur Ruhe gekommen war, wandte er sich abrupt wieder dem Schmerz zu. Er versuchte es wieder und wieder, aber ohne Erfolg. Zum ersten Mal versagte die Meditation, und Nangta war verzweifelt. Tränen rannen über seine Wangen, nicht vor Schmerz, sondern wegen der Demütigung. Gopal nahm seinen Guru in die Arme.

«Ich werde die Mutter bitten, dich von diesen Leiden zu erlösen», sagte er liebevoll und schloß die Augen, um zu meditieren. Als Sita erschien, war er natürlich so von ihr gefangen, daß er gar nicht mehr daran dachte, sie um irgend etwas zu bitten. Doch das war ganz egal. Als er wieder zu sich kam, sah er, daß Nangta, den Kopf in Gopals Schoß, friedlich schlafend dalag. Am nächsten Morgen war die Krankheit genauso plötzlich verschwunden, wie sie gekommen war.

«Manchmal glaube ich, daß Nangta absichtlich krank wurde, um mir eine wichtige Lektion zu erteilen», sagte er zu seinen Schülern. «Die Erkenntnis des Selbst ist nicht etwas, das man automatisch behält, wenn man es einmal erlangt hat. Ihr könnt eure Augen schließen und versuchen, euch einzureden, da sei kein Dorn und kein Stich, doch sobald euer Finger den Dorn berührt, tut es weh und ihr schreit auf vor Schmerz. Ihr könnt versuchen, euren Geist davon zu überzeugen, daß es keine Geburt und keinen Tod gibt, kein Laster und keine Tugend, keinen Schmerz und kein Vergnügen, keinen Hunger und keinen Durst – daß ihr das unwandelbare Selbst wärt. Doch sobald euer Körper irgendeiner Krankheit zum Opfer fällt, vergeßt ihr alles über das unwandelbare Selbst. Das Wissen um das Selbst schwebt in ständiger Gefahr, es muß immer wieder aufs neue errungen werden.»

✻

Dhamani überwachte persönlich den Bau des Tempels. Jeden Tag kam er in den Garten, um zu sehen, wie seine marmorne Opfergabe für ‹Vater› Gestalt annahm. Gopal hatte nur einen Wunsch geäußert: Die Hütte, in der er mit Nangta gelebt hatte, solle unverändert bleiben. Dhamani drängte nicht darauf, daß ‹Vater› während der sechs Monate, die die Errichtung des Tempels in Anspruch nehmen würde, bei ihm wohnte. Gopal sollte vorübergehend im nahegelegenen Govindraja-Tempel leben, wo man sich richtig um ihn kümmern konnte. Er machte sich Sorgen, weil sich Gopal nach Nangtas Abschied vollkommen in sich selbst zurückgezogen hatte. Er sang nicht mehr, sein offenes Gesicht wirkte nun verschlossen, und seinen Augen fehlte der frühere Glanz.

Während der nächsten sechs Monate lebte Gopal in einer kleinen Zelle auf dem Gelände des Govindraja-Tempels. Seine Zelle war eine von sieben, die in einer Reihe an der Rückseite der Halle der hundert Pfeiler lagen, einer vor dem Schrein gelegenen, erhöhten, an drei Seiten offenen steinernen Plattform, deren Dach von einem Wald aus schlanken, gemeißelten Pfeilern gestützt wurde. Er betrat nie das innere Heiligtum. Das brauchte er nicht. Die Zelle war kahl, ihr Boden bestand aus großen Steinplatten. Die einzige Öffnung war eine modrige Holztür, die in ihren Angeln hing und nie vollständig geöffnet oder geschlossen werden konnte. Hier befand sich Gopal in einem sechs Monaten andauernden Zustand des *samadhi*, ein Zustand, den ein normaler Mensch nicht länger als einundzwanzig Tage überleben kann, da sein Körper dann einfach abfällt, wie ein vertrocknetes Blatt von einem Baum. Während dieser ganzen Zeit kümmerte er sich nicht im geringsten um seinen Körper, er war ungewaschen, sein Haar wuchs und wurde durch den Schmutz ganz verfilzt. Er machte sich auch nicht die Mühe, sich einen Lendenschurz umzubinden. Er schien gar nicht zu bemerken, daß er überhaupt einen Körper hatte. Der Gedanke an dessen Pflege – an die Notwendigkeit von Schlafen, Essen und Stuhlgang – kam ihm nie in den Sinn. Es war nicht so, daß Gopal während dieser sechs Monate nicht bei Bewußtsein gewesen wäre, sondern er wurde sich seiner Umwelt nur gelegentlich und auch dann nur vage bewußt. Hin und wieder öffnete er die Augen, und manchmal war es dunkel und manchmal hell. Das war alles, was er noch vom Vergehen der Tage und Nächte bemerkte, als die Zeit für ihn zum Stillstand kam. Dhamani kam jeden Nachmittag und brachte ihm etwas zu essen. Indem er ihn wieder und wieder auf den Rücken und die Schultern schlug und seinen Namen rief, schaffte er es manchmal, ihn dazu zu bringen, die Augen zu öffnen. Sobald er Anzeichen für ein Erwachen seines Bewußtseins erkannte, stopfte Dhamani Essen in Gopals Mund. So fand an manchen Tagen ein wenig Nahrung ihren Weg in seinen Magen, an anderen jedoch nicht. Der junge Diener mußte ihn stützen, wenn er zur Latrine gehen wollte, denn Gopal fand kaum die Kraft, ohne Hilfe aufzustehen. Er stemmte sich ein paar Zentimeter in die Höhe und sank wieder zurück, er fühlte sich schwach und ihm war schwindlig. Es kostete ihn mehrere Anläufe, ehe er schließlich auf seinen Füßen stand. Als die Regenzeit anbrach, wurde die Zelle feucht, und es wimmelte darin von großen schwarzen Ameisen. Sie fielen über ihn her, bis seine Beine mit Wunden übersät waren, aus denen Blut und Eiter austrat. Die Qual, die sie ihm bereiteten, berührte ihn genauso wenig wie die Moskitobisse. Dhamani flehte ihn an, die Zelle zu verlassen und zu ihm nach Hause zu ziehen, doch von Gopal kam kein Zeichen, daß er ihn überhaupt gehört hatte. Der Juwelier brachte ihm saubere Laken, auf denen er sitzen oder liegen konnte, um sich so wenigstens teilweise vor den Insekten zu schützen, doch sie lagen unbenutzt und nach Schimmel riechend in einer Ecke. Die Narben dieser Wunden behielt Gopal bis an sein Lebensende.

Später, als der Tempel fertig war und sich die ersten Schüler um ihn sammelten, sahen sie ihn hin und wieder in *nirvikalpa samadhi* eintreten, doch nie dauerte dieser Zustand länger als vierundzwanzig Stunden an. Als er älter wurde, schien er zu seinen devotionalen Ursprüngen zurückzukehren und die ekstatischen Trancen des *bhava samadhi* vorzuziehen, wo eine Spur des ‹Ichs› erhalten blieb, das sich an der Seligkeit, die die Gegenwart des Göttlichen bereitete, und den strahlenden und doch ernsten Visionen, die damit einhergingen, erfreuen konnte.

«Ich würde ja auch lieber Zucker essen, als zu Zucker zu werden», erklärte er lachend. Doch die Erfahrungen des *nirvikalpa*, besonders jene nach Nangtas Abreise, hatten den Zustand seines Bewußtseins nachhaltig verändert. Eines Morgens massierte einer seiner Schüler seine Beine. Nach etwa einer halben Stunde sagte Baba, wie er nun genannt wurde, plötzlich:

«Ich habe irgendwie das Gefühl, daß da etwas massiert wird.»

Damals war er weder in Trance noch in *samadhi*.

*

Dhamani starb im Sommer des Jahres 1961, zehn Jahre nach der Fertigstellung des Tempels und am Ende eines hoffnungsvollen Jahrzehnts in der Geschichte des unabhängigen Indien. Die Kongreßpartei unter Jawaharlal Nehru, dem Wunschnachfolger Gandhis, regierte unangefochten in allen Teilen des Landes. Erst seit kurzem begann sich der Verdacht zu regen, daß sie von Korruption durchzogen sei, was in den kommenden Jahrzehnten zu ihrem Kennzeichen werden sollte. Zyniker waren immer noch eine unbedeutende Minderheit, und das Land war bezaubert von seinem gutaussehenden und charismatischen Premierminister, einem Bewunderer der Sowjetunion, dessen Vision für Indien in einem «demokratischen Kollektivismus» und einer «sozialistischen Gesellschaftsordnung» bestand. Der zweite Fünfjahresplan war gerade ausgelaufen, und die Arbeiten an riesigen Stahlwerken und großen Dämmen, die Nehru die «Tempel des modernen Indien» nannte, hatten begonnen.

Auch Jaipur veränderte sich. Die prachtvollen Stadtmauern waren eingerissen worden, um die Straßen zu verbreitern. Ladenbesitzer hatten die Arkaden, unter denen die Fußgänger früher im Schatten durch die Basare schlendern konnten, in Beschlag genommen und vertrieben damit die Menschen auf die Straße, wo sie sich durch den buntgemischten Verkehr aus Handkarren, Tongas, Kamelwagen, Autos, Bussen, Fahrrädern und den Fahrradrikschas, die sich zum beliebtesten öffentlichen Verkehrsmittel entwickelten, hindurchschlängeln mußten. In der Altstadt wucherten Slums, und vor der Stadt schossen ungeplante Siedlungen aus dem Boden.

All diese Jahre hatte sich Dhamani gewissenhaft um den Unterhalt des Tempels und Babas bescheidene persönliche Bedürfnisse gekümmert. Während der letzten Monate seiner Erkrankung – er litt an einer seltenen Blutkrankheit – übergab er seinen Juwelierladen seinem jüngeren Bruder und verbrachte den größten Teil seiner Zeit in ‹Vaters› Gesellschaft. Als sein Ende näherrückte und er nicht mehr gehen oder auch nur stehen konnte, wurde er in seinem neuen Fiat, der die Pferdekutsche abgelöst hatte, vor das Tor des Gartens gebracht und von zwei Dienern hineingetragen. Dann lag er ein paar Stunden lang auf einer Matratze in einer Ecke des Pavillons, wo er mit einem halben Ohr Babas Worten lauschte. Sein Blick jedoch wich gleich dem eines alten Hundes, der langsam dahinsiecht, nur in den kurzen Phasen, in denen sich seine Lider im Schlaf senkten, von ‹Vaters› Gesicht.

Eines Nachmittags kam Dhamani gar nicht, und Ram Das wußte, daß sein Ende gekommen war. An jenem Abend schickte er seine Schüler schon früh fort und ging in das Haus des Juweliers. Dhamani lag in seinem Bett, seine Frau saß still auf dem Boden und fächelte ihm mit einem Bambusfächer Luft zu. Der beleibte Juwelier war bis auf die Knochen abgemagert. Die Krankheit hatte seine Fettschicht vollkommen verbrannt, und so hing seine Haut schlaff um sein kräftiges Knochengerüst und in pockennarbigen Falten unter seinem Kinn herab. Als Ram Das seine Hand zärtlich in beide Hände nahm, fühlte sich diese heiß und trocken an. Aus müden, fieberglänzenden Augen sah Dhamani ihn flehentlich an. Ram Das spürte, wie in Dhamanis Seele Zweifel aufstiegen, die ihn nicht ruhig in den endgültigen Schlaf sinken lassen würden. Er brachte seinen Mund nahe an das Ohr des Juweliers und hoffte, daß dieser ihn noch hören konnte.

«Zweifle nicht an seiner Existenz, mein Freund. Es *gibt* ein unsterbliches Selbst in den Tiefen unseres Seins – jenseits von Körper oder Geist. Es gab Yogis, deren Körper nach ihrem Tod keine Spur von Verwesung zeigten, manchmal bis zu achtzehn Tage lang, obwohl jegliche Hirntätigkeit längst eingestellt war. Was, wenn nicht das unauslöschliche Selbst, hielt ihren Körper frisch? Geh in Frieden und zweifle nicht.»

Er wußte nicht, ob der Juwelier ihn gehört hatte. Als Baba verstummte, waren seine Augen geschlossen. Er saß die ganze Nacht hindurch an seinem Bett, bis Dhamani in den frühen Morgenstunden starb, gerade als die ersten Glocken in den Tempeln der Stadt zu läuten begannen. Er rang noch ein letztes Mal rasselnd nach Luft, doch abgesehen davon war sein Tod friedvoll.

BABA

A man goes far to find out what he is –
Death of the self in a long, tearless night,
All natural shapes blazing unnatural light.

Ein Mann geht weit, herauszufinden, was er ist,
Tod des Selbst in langer tränenloser Nacht,
Alle natürlichen Formen lodern in unwirklichem Licht.

Theodor Roethke, *In a Dark Time*

DREIZEHNTES KAPITEL

Etwa um die gleiche Zeit, als sein Sohn nach seiner ersten Begegnung mit Baba Ram Das gemeinsam mit seinen Freunden vom Sitaram-Tempel nach Hause radelte, spielte Trilok Nath im Jaipur Club Tennis. Er hatte gerade den Ball hochgeworfen, um aufzuschlagen, und kniff die Augen zusammen, um gegen die untergehende Sonne etwas sehen zu können, als er mit starken Hirnblutungen auf dem Spielfeld zusammenbrach. Er wurde auf dem schnellsten Weg in das Sawai-Mansingh-Krankenhaus gebracht, wo er, seinem Rang als höherem Verwaltungsbeamten bei der Regierung von Rajasthan entsprechend, sofort von den erfahrensten Ärzten des Krankenhauses behandelt wurde. Trilok Nath starb zwei Stunden später, ohne das Bewußtsein wiedererlangt zu haben. Die Krankenhausleitung reduzierte die notwendigen Formalitäten auf ein Mindestmaß, und gegen neun Uhr abends wurde die Leiche nach Hause gebracht. Das Wohnzimmer war leergeräumt und die Teppiche zusammengerollt worden, und der Leichnam wurde bis zur Einäscherung am nächsten Morgen auf Eisblöcken, die auf dem Boden standen, aufgebahrt.

Die Ankunft des Familienpriesters kurz nach Sonnenaufgang und das Eintreffen des Friseurs wenige Minuten später waren für die Frauen das Signal, den Raum zu verlassen. Vivek war überrascht, wie ruhig er bleiben konnte, selbst als er seine Mutter, deren mitleiderregendes Schluchzen der letzten Nacht von stiller Erschöpfung abgelöst worden war, mit rotgeschwollenen Augen und schleppenden Schrittes aus dem Zimmer gehen sah.

Um die Einäscherung und den Rest des Tages zu überstehen, ohne zusammenzubrechen und als in Tränen aufgelöstes Häufchen Elend zu enden, mußt du nur deine Aufmerksamkeit energisch von den Bildern der Vergangenheit

*ablenken, die auf dich einstürmen, und deine Gedanken
daran hindern, sich auf die Zukunft zu richten. Du mußt
dich auf das konzentrieren, was innerhalb dieses einen
Raumes, unseres Wohnzimmers, dem durch den Tod jegliche
Vertrautheit abhanden gekommen ist, vor sich geht. Versuch
nicht, das Weinen deiner Mutter aus dem lauten Klagen
herauszuhören, das nun wieder draußen vor der Türe er-
tönt. Sieh den beiden Männer in der Ecke zu, die die Bahre
aus Bambusstäben vorbereiten und sie mit Stroh bedecken.
Sieh zu, wie der Friseur den Kopf deines Vaters rasiert.
Wenn er fertig ist, wird der Priester dir helfen, den Körper
zu waschen. Vergiß nicht, es ist eine Leiche, totes Fleisch,
nicht der Vater, den du verehrt und geliebt hast. Du mußt
nur einen Schritt nach dem anderen machen: rechter Fuß,
linker Fuß; linker Fuß, rechter Fuß. Trenne den Zuschauer
von der handelnden Person. Nimm jetzt das feuchte Tuch,
das der Priester dir hinhält, um den Leichnam einer rituellen Waschung zu unterziehen.*

Vivek wich unwillkürlich vor der ersten Berührung mit
dem eiskalten Fleisch zurück. Ein paar Sekunden lang
weigerte sich sein Blick, der von einem eigenen Willen gelenkt zu sein schien, sich von dem Glied seines Vaters abwenden zu lassen, von dem mächtigen väterlichen Phallus
seiner jungenhaften Vorstellung, der nun zusammengeschrumpft und locker gegen einen leichtblauen Schenkel
fiel, als die Männer seine kurzen Hosen herunterzogen.

Nachdem der Leichnam gewaschen und bis auf das Gesicht vollständig in ein grobes weißes Tuch gehüllt worden
war, half Vivek, ihn mit Juteseilen auf der Bahre festzubin-
den. Er mußte sich konzentrieren, um die Seile straff genug
anzuziehen und feste Knoten zu machen, so daß der Leichnam sich nicht bewegen oder sogar herunterrutschen
konnte, wenn die Bahre auf die Schultern von vier Männern
gehoben und zu dem städtischen Leichenwagen getragen
wurde, der draußen vor dem Haus parkte, und das war genau das, was Vivek brauchte, um den Fluß der Zeit inner-

halb seiner Dämme zu halten. Der Raum füllte sich allmählich mit den Trauernden – Nachbarn und den von ihren Frauen begleiteten Kollegen seines Vaters, die merkwürdig fremd wirkten ohne den betont wichtigen Ausdruck, der normalerweise auf ihrem Gesicht lag, wenn sie sich in der Öffentlichkeit bewegten. Sie nahmen Kränze aus Ringelblumen und Rosenblätter, die auf silbernen Tabletts in einer Ecke des Zimmers lagen, und legten die Blumen auf die Bahre und den Leichnam, ehe sie zum stillen Abschied die stoffumhüllten Füße seines Vaters berührten. Vivek vermied geflissentlich, seine Mutter anzusehen, die am Fuß der Bahre auf dem Boden saß. Sie war umgeben von einer Gruppe von Frauen, die in verschiedenen Weißtönen gefärbte Baumwollsaris trugen und mit vollem Einsatz in rituelle Klagen ausbrachen. Im Stakkatorhythmus schlugen sie ihre Handflächen gegen die Stirn, und ihre im Chor vorgetragenen Klagerufe – «Warum hast du uns verlassen?», «Oh, warum bist du fortgegangen?» – erfüllten den Raum und übertönten den gemurmelten Sprechgesang des Priesters und die kratzige Musik einer Schallplatte mit religiösen Liedern, die jemand auf dem alten Grammophon der Familie abspielte. Rechter Fuß, linker Fuß, sagte sich Vivek immer wieder, linker Fuß, rechter Fuß.

Die Sonne stand hoch am Himmel, als der städtische Leichenwagen, gefolgt von den mit Trauergästen – nur den Männern – vollbesetzten Ambassadors und Fiats die Verbrennungsstätte am Fuß von Moti Doongri erreichten, jenem Palastfort, das die Herrscher von Jaipur zu Beginn des Jahrhunderts eher für ihr Vergnügen als zu ihrem Schutz errichtet hatten, für die Liebe, nicht für den Krieg. Auf einem felsigen, den Aravallis vorgelagerten Hügel thronend, ragte Moti Doongri über der Verbrennungsstätte auf. Verstreute leuchtendorange und dunkelrot glühende Bougainvilleen lugten hinter seinen filigranen Zinnen hervor, und vielleicht wurde das Vergnügen der romantischen Stelldicheins in seinen inneren Gemächern noch dadurch gesteigert, daß einem unten jeden Tag die Vergänglichkeit des Körpers vor Augen geführt wurde.

Du brauchst dich nur noch eine Stunde lang zusammen-zureißen. Rechter Fuß: Der Leichnam wird losgebunden und auf die Pyramide aus Brennholz gelegt. Linker Fuß: Du wirst das Tuch zurückschlagen, das den Oberkörper be-deckt, und Tulsiblätter und süß riechende Sandelholzspäne darüberstreuen. Dann kommt der schwerste Teil: mit einem brennenden Büschel von trockenem Gras in der Hand ein-mal um den Scheiterhaufen herumzugehen, dann das Feuer in der Nähe des Kopfes zu entzünden und die Verbrennung deines Vaters zu beschleunigen, indem du mit einer Schöpf-kelle Schmelzbutter auf den brennenden Scheiterhaufen gießt. Halte dich nicht zu lange bei dem letzten Bild auf. Laß es unscharf: Wenn der Körper halb verbrannt ist, wird der Schädel mit einem langen Stab aufgebrochen, um die Seele entweichen zu lassen. Die Seele deines Vaters. Die Seele eines Mannes, der nicht an die Existenz einer Seele glaubte. Eines Atheisten, der das Leben liebte und den Ritualen, die sein Ende begleiteten, immer unduldsam gegenüberstand. Doch die Riten sind schließlich notwendig, damit dein Va-ter kein Geist wird und diejenigen heimsucht, die er am meisten liebte. Geister spuken nur in Häusern, in denen et-was ungetan geblieben ist. Rechter Fuß, linker Fuß. Ärgere dich nicht über die Rituale. Sie versuchen nur, deiner wi-derspenstigen Seele die äußerste Unwiderruflichkeit seines Todes einzubleuen, indem sie dich zwingen, ihn loszulassen.

Und dann kamen die Tränen, unvermittelt über-schwemmten sie seine Seele und strömten über sein Ge-sicht, als sie versuchten, den Abgrund zu füllen, der sich plötzlich in seinem Herzen aufgetan hatte.

✱

Ein paar Wochen später, als die meisten der Totenrituale vollzogen waren, die den Übergang der Seele seines Vaters in das Reich der Geister erleichtern sollten und sich die Familie mühsam an eine neue Routine gewöhnte, die die häuslichen Bedürfnisse des verstorbenen Familienmitglieds nicht mehr berücksichtigte, erkannte Vivek, was er schon immer gewußt hatte, daß nämlich von ihm erwartet wurde, für seine Familie zu sorgen. Der Turban, den der Familienpriester am Ende des Rituals des Vierten Tages um seinen Kopf gewunden hatte, machte den Sohn nicht nur symbolisch zum Nachfolger des Vaters, sondern war ganz konkret mit der Übernahme einiger unmittelbarer Verpflichtungen verbunden. Man erwartete von ihm, daß er die finanziellen Angelegenheiten seines Vaters regelte und unverzüglich dafür sorgte, daß das Geld, das jeden Monat für die Haushaltsführung benötigt wurde, auch zur Verfügung stand.

Als er sich daran machte, Trilok Naths chaotische Finanzen zu entwirren, bemerkte Vivek, wie sich das Verhalten seiner Mutter und seiner Großtante ihm gegenüber auf eine schwer zu definierende Weise veränderte. Ihre frühere Nachsicht war nun von merklichem Respekt durchzogen; er war nicht länger nur ein Sohn oder Neffe, sondern gleichzeitig das neue Familienoberhaupt, dem letztendlich die Verantwortung für ihrer aller Überleben und Wohlergehen oblag. Von seinem Großonkel Kali Prasad erwartete niemand, daß er ihm eine große Hilfe sein würde. Kali Prasads Interesse an seiner Umwelt hatte sich immer in der Frage erschöpft, wie gut oder schlecht sie seinen Bedürfnissen und Wünschen entgegenkam. Mit den Jahren hatte sich selbst diese Sicht der Welt als einem reinen Selbstbedienungsladen für seine Vergnügungen noch weiter verengt. Sie war nun auf diejenigen ihrer Bestandteile reduziert, die entweder wohlschmeckend waren oder sich auf seiner Haut angenehm anfühlten. Während des ganzen Tages, den er im Winter in einem gemütlichen Rohrstuhl im Garten unter einem Mangobaum sitzend und im Sommer in einem abgedunkelten Zimmer an weiche runde Nackenrollen gelehnt verbrachte, wo er alte Grammophon-Aufnahmen aus seiner Jugend hörte, wartete er einzig und allein auf die Mahlzeiten und seine tägliche Ölmassage.

Nur zur Essenszeit wurde Kali Prasad wirklich lebendig. Seine wäßrigen Augen glitzerten und seine Aufmerksamkeit, die sich ansonsten nie über längere Zeit hinweg auf etwas richten konnte, sammelte sich und kreiste um das Essen wie ein Schwarm ungeduldiger Bienen. Der selige Ausdruck, der auf seinem Gesicht lag, während er aß, verdüsterte sich, wenn er den leisesten Fehler in der Zubereitung oder beim Auftragen der Speisen entdeckte. Die geringste Unsicherheit in der Zusammenstellung der Kräuter, die unförmige Beschaffenheit eines ein wenig zu lange gekochten Gemüses, ein *chapati*, das nicht luftig genug war, dies alles kommentierte er mit bissigen Bemerkungen.

Die Quelle seines zweiten Vergnügens war seine Haut, die trotz seiner siebzig Jahre immer noch glatt und zart war. Pünktlich um elf Uhr morgens betrat das Dienstmädchen sein Zimmer, um ihm seine tägliche Massage mit Senföl zu verabreichen, während Kali Prasad nackt auf seinem Bett lag und die Morgenzeitung las. Die Massage dauerte lange, manchmal weit über eine Stunde. Der Art und Weise nach zu schließen, wie über diese Massage geredet wurde, oder besser gesagt, wie die Familie sie ignorierte, bildete sie ein weiteres jener Erwachsenengeheimnisse, von denen Kinder ausgeschlossen bleiben. Eines Tages hörte Vivek zufällig, wie sich das Dienstmädchen beim Koch beklagte, nachdem die tägliche Sitzung beendet war und sie in der Küche eine Tasse Tee trank.

«Nichts ist passiert, dabei ist meine Hand schon ganz müde von dieser ganzen Massiererei. Sein Ding lag wie eine tote Maus auf seinem Schenkel.»

Vivek hatte versucht, seinem Onkel den Ernst ihrer Lage begreiflich zu machen.

«Ich glaube, es gibt den Vorsorgefonds und das Geld von seiner Lebensversicherung. Das ist alles. Papa hat nie gespart. Ein paar hundert Rupien auf dem Bankkonto. Keine festangelegten Guthaben bei der Bank, keine Aktien.»

«Er war genau wie ich», sagte Kali Prasad und lächelte voller Zuneigung beim Gedanken an seinen Neffen, der für ihn wie ein Sohn gewesen war. «Hat sich nie besonders um Geld gekümmert. Hat alles ausgegeben. Sich ein schönes Leben gemacht.»

«Was sollen wir denn jetzt tun?» beharrte Vivek. «Wir können das Geld von der Versicherung und vom Vorsorgefonds bei der Bank anlegen, aber die monatlichen Zinsen, die wir dafür bekommen, reichen lange nicht für all unsere Ausgaben.»

Doch der alte Mann hatte schon abgeschaltet.

«Ach, dir wird schon etwas einfallen», sagte er leichthin. «Du bist ein kluger Junge. Wo bleibt jetzt diese Frau? Es ist Zeit für meine Massage.»

Wie Vivek erwartet hatte, zeigten die Frauen mehr Verständnis, aber auch sie überließen es ihm alleine, eine längerfristige Lösung für das Problem zu finden.

«Wir werden alles tun, was du für richtig hältst», beteuerte seine Mutter mit einem rührenden Vertrauen in die Fähigkeiten ihres Sohnes. «Wir können ja immer noch in eine kleinere Wohnung ziehen und den Koch und das Dienstmädchen entlassen.»

«Ja», pflichtete Sharada Devi ihr bei. «Deine Mutter ist jung, und sie hat ja nichts anderes zu tun ... abgesehen von ihrer *puja* natürlich.»

«Maji», begann Maheshwari erregt, und ein heftiger Streit bahnte sich an, «was meine *puja* angeht ...»

Seine Freunde erfaßten den Ernst seiner Lage und versuchten, ihm zu helfen.

«Meine Schwester ist gerade auf das Maharani College gekommen. Seit ihrer Schulzeit in unserem *thikana* in der

Nähe von Shekhawati war ihre ganze Ausbildung in Hindi. Jetzt, wo auf dem College all ihre Fächer in Englisch unterrichtet werden, braucht sie einen Nachhilfelehrer, der ihr mit Englisch hilft», bot ihm Kamal an.

«Aber was ist mit seinem eigenen Studium?» warf Nemi Chand ein. «Wir haben bald Abschlußprüfungen, und er war schon seit über einem Monat nicht mehr beim Unterricht.»

«Nein, nein», sagte Vivek. «Wir brauchen das Geld dringender als die besseren Noten, die ich vielleicht, vielleicht aber auch nicht in den Prüfungen bekomme. Was soll ich überhaupt mit einem Philosophie-Abschluß anfangen. Selbst um Lehrer zu werden, muß man einen speziellen Kurs für Lehrer besuchen.»

Die drei anderen sahen unbehaglich drein. Sie wußten, daß Trilok Nath geplant hatte, daß sein Sohn nach seinem Abschluß das prestigeträchtige St. Stephen's College in Delhi besuchen, seinen Magister in Philosophie ablegen und sich dann zu den Zulassungsprüfungen zum Staatsdienst anmelden sollte. Er hatte gehofft, Vivek würde ihm in den Verwaltungsdienst folgen und eine noch glänzendere Karriere machen als er selbst.

«Der Kerl hier hat ein Glück», sagte Suresh und stieß Kamal mit einem Finger in die Rippen, um die düstere Stimmung, die sich auf ihre kleine Gruppe gesenkt zu haben schien, zu vertreiben. «Die ganzen jungen Rajputen, die ihren Familiensitz nicht in ein Hotel verwandelt haben, gehen nach Assam, um dort als Aufseher auf den Teeplantagen zu arbeiten.»

«Was kann man von einem Beruf denn mehr erwarten?» stimmte ihm Kamal gutmütig zu. «Auf einer Teeplantage zu arbeiten, das ist doch genau das Leben, das ein Rajput sich wünscht: frische Luft, Reiten, ein wenig Jagen und abends jede Menge Alkohol.»

«Und nachts die Gesellschaft junger, dunkelhäutiger Teepflückerinnen», fügte Nemi Chand hinzu.

Vivek lächelte, stimmte jedoch nicht in das johlende Gelächter ein, das auf diese Bemerkung folgte. Die anderen hatten das auch nicht unbedingt von ihm erwartet. Seit sie ihn kannten, war er ein ernsthafter junger Mann, der ihr anstößiges Gerede nicht mochte und kein Interesse an den amourösen Abenteuern zeigte, die ihre hormongesteuerten Phantasien erfüllten.

Während der nächsten Wochen stellte Vivek fest, daß die finanzielle Lage ihrer Familie mehr als nur besorgniserregend war; sie war schlichtweg katastrophal. Als er die Papiere seines Vaters genauer durchsah, entdeckte er, daß Trilok Nath seine Lebensversicherung als Sicherheit für einen hohen Kredit in Anspruch genommen und auch viel Geld aus seinem Vorsorgefonds abgehoben hatte. Viveks Plan, das Geld als festes Guthaben bei der Bank anzulegen, was ihnen ein regelmäßiges, wenn auch bescheidenes Einkommen sichern würde, war somit nicht mehr durchführbar. Der finanzielle Zusammenbruch kam nicht irgendwann in der Zukunft auf sie zu, er war schon da. Obschon Kali Prasad wortreich protestierte und seinen Unmut dadurch kundtat, daß er bei den Mahlzeiten nicht am Tisch erschien, sondern verlangte, daß man ihm sein Essen auf sein Zimmer brachte, wurden der Koch, das Dienstmädchen und der Gärtner unverzüglich entlassen. Vivek ging nicht mehr zum Ringen. Nachdem der erste Glanz seiner Opferbereitschaft verblaßt war, stellte er fest, daß er seine morgendliche Ringer-Routine vermißte, daß sie für ihn zu einem geradezu körperlichen Bedürfnis geworden war. Doch er hatte keine andere Wahl. Sie konnten sich einfach nicht leisten, so viel Geld für Milch, Schmelzbutter und Mandeln auszugeben, die die Grundbestandteile der Ernährung eines Ringers ausmachten. Die Familie durfte noch drei Monate in ihrem Haus bleiben, das dem Staat gehörte, doch Vivek wußte nicht, was sie danach tun sollten. Die meisten Vermieter forderten sechs Monatsmieten im voraus. Selbst bei einer mehr als bescheidenen Behausung lief dies auf eine bedeutende Summe hinaus, die sie einfach nicht hatten.

Kamals Vorschlag, Vivek solle seiner Schwester Nachhilfeunterricht geben, war am Einwand seiner Eltern gescheitert, die Tatsache, daß ihre Tochter einen männlichen Nachhilfelehrer hätte, würde in ihrer konservativen Rajputen-Gemeinschaft die Aussichten des Mädchens auf eine vorteilhafte Heirat schmälern. Kamal versuchte sein Möglichstes und beschrieb seinen Freund als einen ernsthaften jungen Mann, der, was sein Interesse am anderen Geschlecht betraf, wie ein Mönch war, doch er konnte seine Eltern nicht überzeugen.

Die Kollegen seines Vaters, die «Onkel», die sich bei den großzügigen Partys, die Trilok Nath über die Jahre hinweg veranstaltet hatte, an Speis und Trank gerne gütlich getan hatten, zeigten sich verständnisvoll, als er sie um Hilfe bei seiner Arbeitssuche bat, doch ihr Verständnis äußerte sich nicht unbedingt durch aktiven Beistand.

«Laß mir deine Bewerbung hier, und ich sehe mal, was ich für dich tun kann», war die Antwort, die er in zahlreichen Varianten immer wieder zu hören bekam. Wenn er nicht lockerließ und alle paar Tage in ihrem Büro auftauchte, um nachzufragen, ob sich etwas ergeben hatte, wurde er in den meisten Fällen von einem dienstbeflissenen Angestellten mit der Begründung abgewiesen, der Sahib sei beschäftigt und habe keine Zeit, ihn zu empfangen.

Nur wenn seine Mutter eines ihrer goldenen Schmuckstücke verkaufte, kam jetzt noch ein wenig Geld herein. In solchen Augenblicken wurde sich Vivek seiner Hilflosigkeit und seines Versagens als Mann und designiertem Ernährer der Familie schmerzlich bewußt. Das Schamgefühl, das heiß durch seinen Körper strömte und in ihm den Drang weckte, sich vor allen anderen Menschen zu verstecken, erstickte völlig die Erleichterung, daß sie nun für die nächsten Tage wieder genug zu essen hatten. Seine Mutter versuchte ihn zu trösten.

«Unterwirf dich dem Willen Gottes, Kind», sagte sie. «Wenn es im Leben eines Menschen zu einer ungünstigen Phase kommt, dann ist jede Anstrengung vergebens. Wenn Gott beschließt, daß die Zeit dafür reif ist, wirst du, ohne darum gebeten zu haben, mit allem überschüttet, was du dir jemals gewünscht hast. Leiden reinigt. Es bringt den Menschen näher zu Gott. Deshalb betete Kunti zu Krishna: ‹Segne uns mit nie endender Not, so daß wir Dich niemals vergessen.›»

Ihr einfältiger Glaube, wegen dem er sie manches Mal zärtlich geneckt hatte, ärgerte ihn jetzt.

«Sei still, Mutter», platzte er eines Tages heraus. «Solche Phantasien sind doch nur süß in den Ohren derjenigen, die im Luxus leben. Dieses Gerede von Gott und seinen Wegen klingt wie Hohn für Menschen, deren Angehörige kurz vor dem Verhungern sind.»

Viel lieber waren ihm da Sharada Devis Ausbrüche, bei denen die alte Dame den gleichgültigen Gott und die herzlose, von Egoismus beherrschte Welt verfluchte, in der für Menschen im Unglück kein Platz war. Wenig später ging er nicht mehr ins College und begann, seinen Freunden aus dem Weg zu gehen. Er konnte das Mitleid, das er in ihren Augen zu sehen glaubte, nicht ertragen. Jedesmal, wenn einer von ihnen ihm anbot, ihm Geld zu leihen, um ihm über die schlechte Zeit hinwegzuhelfen, war er gleichzeitig beschämt, ärgerlich und den Tränen nahe.

An manchen Tagen schlich sich Vivek morgens früh in die Küche, prüfte die Vorräte und bemerkte, daß nicht genug für alle da war. Dann verließ er früher als gewöhnlich das Haus und erzählte seiner Mutter, er sei bei einem seiner Freunde zum Mittagessen eingeladen, so daß die anderen seinen Anteil am Essen unter sich aufteilen konnten. An solchen Tagen fuhr er den ganzen Morgen ziellos mit seinem Fahrrad in den Basars umher, und oft endeten seine Fahrten in den Ramnivas-Gärten, wo er im Schatten eines Baumes im Gras lag und das ferne Klatschen, mit dem der Ball auf den Cricketschläger traf, oder der gelegentliche Schrei eines weißen Pfauen aus dem nahegelegenen Zoo die einzigen Geräusche waren, die in seine Träumereien eindrangen. In diesen Momenten fand er Ruhe, obwohl diese Ruhe eher auf dem Nichtvorhandensein von Verzweiflung beruhte als auf dem Vorhandensein von Hoffnung. Buddha hatte recht. Die Berührung mit der Welt führte zu nichts anderem als Leiden; die kurzen Glücksmomente, die ein auf die Zuneigung zu Menschen und Dingen ausgerichtetes Leben gewährte, wurden immer in der weit unterbewerteten Währung des Schmerzes bezahlt. So kam er allmählich zu dem Schluß, daß man nicht unbedingt an Gott glauben mußte, um die Lebensweise eines Mönchs anziehend zu finden. Er erinnerte sich an die Geschichten, die ihm seine Mutter über seinen Großvater erzählt hatte, an das gemurmelte «Was bedeutest du mir schon, Frau?», das an seine Frau gerichtet war, die er nach zwölf Jahren zum ersten Mal wiedersah. Vielleicht war er, genau wie sein Großvater, einfach nicht dazu geschaffen, Geld zu verdienen und sein Leben im Netz von Familie und Kindern verstrickt zu verbringen, die flüchtigen Vergnügungen des Lebens zu genießen, aber auch seine unendlich größeren Kümmernisse zu erdulden. Er begann sich ernsthaft mit dem Gedanken zu befassen, ein *sadhu* zu werden. Nicht um sich auf die Suche nach Gott zu begeben, sondern um allen Ansprüchen zu entsagen, die er und die Welt aneinander haben könnten.

Immer öfter schlich sich Baba Ram Das' Bild in seine Gedanken und erinnerte ihn auf unangenehme Weise an sein Versprechen, den verrückten *sadhu* wieder zu besuchen. Niemand schien viel über die Vergangenheit dieses Mannes zu wissen. Es gab Gerüchte, denen zufolge er früher einmal als Novize in Galta gelebt habe, das Kloster aber aufgrund von skandalösen Vorgängen, die schon sehr viele Jahre zurücklagen, verlassen mußte. Diese Gerüchte schienen jedoch die wachsende Verehrung, die ihm in den Basars entgegengebracht wurde, nicht beeinträchtigt zu haben.

VIERZEHNTES KAPITEL

Als Vivek gegen elf Uhr morgens zum Sitaram-Tempel kam, fand er diesen verlassen vor. Der Hund, der normalerweise beim Tor lag und vor sich hin döste, hatte sich zu einem kühleren Fleck neben dem Brunnen in der hinteren linken Ecke des Gartens geschleppt, wo er sich im schmalen Schatten einer Tamarinde zusammengerollt hatte. Abgesehen von dem leisen Summen der Hummeln und dem gelegentlichen Hupen eines LKWs, der auf der Straße vorbeifuhr, lag eine schläfrige Stille über dem Garten. Vivek ging auf Babas Hütte neben dem Brunnen zu, stieß die Tür einen Spalt weit auf und sah hinein.

Baba stand neben dem kleinen durchbrochenen Steinfenster in der Wand gegenüber dem Holzbett. Diesmal fehlte das strahlende Lächeln, mit dem er Vivek bei seinem ersten Besuch empfangen hatte, in seinem Gesicht, obwohl die Muskeln um seinen Mund herum ihr Bestes gaben, um sich zu einer Begrüßung zu verziehen, ehe sie aufgaben und der Versuch in einer merkwürdigen Grimasse endete. Er schien in seltsamer Stimmung zu sein, zurückgezogen, Selbstgespräche führend, die Augen offen, aber verschleiert. ‹Das ist nicht der richtige Zeitpunkt für einen Besuch›, dachte Vivek bei sich, ‹vielleicht sollte ich lieber gehen.› Plötzlich trat Baba vor, winkte ihm, sich auf den niedrigen Schemel neben dem Bett zu setzen, und kam zwei Schritte näher. ‹Aha›, dachte Vivek, ‹und weiter geht's. Jetzt wird er mir die nächste Verrückten-Szene vorführen.› Baba setzte sich vor ihm auf das Bett, hob seinen rechten Fuß und legte ihn dem Jungen in den Schoß. Gleich darauf, ehe Vivek überhaupt Zeit gehabt hätte, überrascht zu sein, hatte er das erschreckendste Erlebnis seines Lebens. Mit geöffneten Augen sah er, wie das Bett, die Mauern, der gefliste Boden, der Eingang mit dem

216

Vorhang davor und die Decke der Hütte auseinanderbrachen und ohne Verbindung zueinander lose umherschwebten. Eine immense Leere verbreitete sich um ihn herum. Er spürte, wie tief in seinem Inneren etwas zog und sich löste. Er wurde überwältigt von dem unheimlichen Gefühl, nicht mehr der gleiche Mensch zu sein, der er zuvor gewesen war, seine Erinnerungen waren ausgelöscht, und sein Körper glich einer zufälligen Ansammlung von Organen und Gliedern, die er nicht als seine eigenen erkannte. Er schien kurz davor, das Bewußtsein zu verlieren. Er schrie auf: «Was machst du da? Ich sterbe. Ich habe meine Familie, Freunde ...»

Er hörte Baba lachen und spürte seine Hand auf seiner Brust.

«Laß es jetzt aufhören», hörte er den *sadhu* sagen, wie zu einem unsichtbaren Anwesenden. «Es muß nicht alles sofort passieren. Alles kommt zu seiner Zeit.»

Die schreckliche Vision verschwand so schnell, wie sie gekommen war. Der Raum und seine spärliche Einrichtung waren wieder wie zuvor fest in der Erde verankert. In Babas Augen lag ein eigenartiges Glitzern, und er führte immer noch leise Selbstgespräche. Schwankend stand Vivek, der seinen Beinen und seinem Gleichgewichtssinn noch nicht ganz traute, auf und wandte sich zum Gehen. Baba nahm seine Hände in seine eigenen und hielt sie fest, während er langsam aus seiner Trance erwachte und seinen Kopf schüttelte wie ein nasser Hund. Sein Gesicht glühte.

«Du muß bald wiederkommen», sagte er voller Zuneigung. «Du kannst dir gar nicht vorstellen, wie sehr ich dich vermißt habe!»

Das letzte, was Vivek von Baba sah, war sein Lächeln, als er seine Hände losließ. Es war das schnelle, offene Lächeln eines Kindes, das zu seiner Mutter aufsieht, erfüllt von grenzenloser Liebe und bedingungslosem Vertrauen.

Sein Geist befand sich in Aufruhr, als er in die Stadt zurückfuhr. Er verstand nicht, was gerade geschehen war.

Hatten ihm jene furchtbare Leere und die absolute Un-
verbundenheit der Dinge das Geheimnis des Universums
enthüllt? Oder die Tiefenstruktur seiner eigenen Psyche?
War es eine Art Suggestion, die der Baba in seinen Geist
eingepflanzt hatte? Er hatte über Mesmerismus und
Hypnose gelesen, aber immer geglaubt, nur schwache
Menschen könnten hypnotisiert und so dazu gebracht
werden, sich dem Willen eines anderen zu unterwerfen,
nicht jemand wie er, mit einem starken Willen und festen
Überzeugungen. Ob nun Enthüllung oder hypnotische
Suggestion, war es möglich, daß dieser Mensch, der
manchmal völlig verrückt und manchmal wie ein un-
schuldiges Kind wirkte, die Macht hatte, die Form seines
Geistes zu zerschlagen? Konnte er ihm wie einem
Tonklumpen, jede neue Gestalt geben, die ihm beliebte?
Er mußte Baba wieder besuchen. Er mußte die Antwort
wissen.

Vivek erzählte niemandem von seinem Erlebnis. Nicht
einmal Kamal, den er gleich am darauffolgenden Nachmittag bat, ihn zum Sitaram-Tempel zu begleiten. Kamal,
der ein schlechtes Gewissen hatte, weil es ihm nicht gelungen war, seinem Freund die Stelle als Nachhilfelehrer
zu besorgen, stimmte bereitwillig zu, erleichtert, daß Vivek endlich aus seinem Schneckenhaus herauszukommen
schien, in das er sich während der letzten Monate zurückgezogen hatte. Vivek hatte ein Geheimnis aus dem Grund
ihres Ausflugs gemacht.

«Es ist ein Experiment, und ich brauche dich als Zeugen», war seine einzige Erklärung.

Der einzige Unterschied, der Kamal zu ihrem ersten,
schon einige Monate zurückliegenden Besuch auffiel,
war, daß Baba noch mehr junge Schüler um sich versammelt zu haben schien, von denen keiner älter war als fünfzehn oder sechzehn. Die Jugendlichen saßen besitzergrei-
fend um ihn herum, während er zu den Gläubigen sprach,
die für den Nachmittag von der Stadt heraufgekommen

waren. Baba sah sie nicht sofort, da Vivek zurückgeblieben war und sich, von einer der Marmorsäulen verdeckt, am anderen Ende des Pavillons in der Nähe des inneren Heiligtums hingesetzt hatte. Baba antwortete einem Gläubigen in mittlerem Alter, der ihn gefragt hatte, wie er in der Welt leben und trotzdem die Göttliche Gnade erlangen könne.

«Verbinde in deinem Geist die Welt mit Gott. Berühre seine Füße mit der einen Hand und tue deine Arbeit mit der anderen. Vergiß nicht, daß alle Menschen und Dinge Sein sind, nicht dein. Dein Vater ist Shiva, deine Mutter Parvati, dein Sohn Krishna. Ein Mensch, der unablässig in einer spirituellen Haltung lebt, die ihn erkennen läßt, daß alles ein Teil Gottes ist, der *ist* Gott und verliert die Angst vor dem Tod. Solche Menschen gibt es nur selten. Was antwortete Hanuman, als Rama ihn fragte: ‹Was siehst du mich so an?›

‹Oh, Rama, solange ich ein Bewußtsein für mein ‹Ich› habe, sehe ich, daß Du das Ganze bist, und ich nur ein Teil davon; Du bist der Herr und ich bin Dein Diener. Doch, oh Rama, wenn mir die Erkenntnis der Wahrheit zuteil wird, sehe ich: Du bist ich und ich bin Du.›»

Gegen Ende war sein erläuternder Tonfall in einen vertraulichen übergegangen, so als würde er nun mit jemandem in seinem Inneren reden. Das Licht in seinen Augen begann sich zu verändern, wandte sich nach innen, wie eine Lampe, die in einem Zimmer angezündet wird, in dem die Vorhänge zugezogen sind. Er stand auf und schwankte ein wenig. Zwei seiner jungen Schüler sprangen auf, um ihm zu helfen, doch Baba schüttelte ihre Hände ab und ging auf das innere Heiligtum zu. Die auf dem Boden sitzenden Männer rückten zur Seite, um ihm den Weg freizumachen, und berührten ehrerbietig mit ihrer Stirn den Boden, als er an ihnen vorbeiging.

«Seht nur sein Gesicht! Er tritt in *samadhi* ein!» flüsterten sie einander mit ehrfurchtsvoller Stimme zu.

219

Als sich die Tür zum inneren Heiligtum hinter ihm geschlossen hatte, wandte sich Vivek mit offensichtlicher Erregung zu Kamal um.

«Siehst du, wie verrückt das alles ist! Wie kann ein geschaffenes Wesen sich selbst als den Schöpfer betrachten? Was für ein absurder Gedanke! Ich bin Gott, du bist Gott. Was kann noch irrsinniger sein als das? Dieser Pfeiler ist Gott, alles, was ich sehe, ist Gott, wir alle sind Gott!»

Er begann zu lachen. Köpfe wandten sich nach ihnen um, scharf mißbilligten sie dieses ungebührliche Gelächter. Baba mußte Vivek bis ins innere Heiligtum gehört haben. Sie sahen ihn erst, als er direkt neben ihnen stand. Er lächelte, doch seine Augen waren halb geschlossen und er schien nicht ganz bei Bewußtsein zu sein.

«Worüber habt ihr beiden euch unterhalten?» fragte er und legte seine Hände auf Viveks Schulter. Sofort spürte dieser, wie sich in ihm und um ihn herum alles zu verändern begann, als sei die Erde gerade in eine andere Umlaufbahn gesprungen. Er verspürte nicht dieses erschreckende Gefühl von Zerfall wie beim letzten Mal, nur die feste Überzeugung, daß er und die Welt um ihn herum sich unwiderruflich verwandelten. Sein Bewußtsein schien sich in zwei Hälften zu spalten: Die eine war vertraut und besaß eine Kontinuität, die bis in seine Kindheit zurückreichte, die andere war ihm fremd – und das Unbekannte war lebendiger und klarer umrissen als das Bekannte. Er war, als würden in seinem Kopf zwei Filme gleichzeitig abgespult. Beide hatten die gleichen Schauspieler und identische Szenen. Doch der Regisseur des einen Films war mittelmäßig, sein Werk langweilig vertraut, während der zweite Film eine Offenbarung darstellte, eine unvergleichliche, von einem Genie geschaffene Kunstwelt. Die Einstiegsszene des ersten Films zeigte Vivek auf dem Nachhauseweg, er fuhr das Purana Ghat hinab und hörte Kamal zu, der über ihren Besuch redete, sagte selbst jedoch nichts. In dem anderen Film radelte

Vivek immer noch neben Kamal das Purana Ghat hinab. Doch hier war alles um ihn herum, die *chhatris*, die Gartenhäuser, die Fahrradrikschas, die Handkarren und die Menschen auf der Straße, in ein wundersames Licht getaucht, das sie auf eine tiefere Weise miteinander verband. In seinem Kopf hörte er eine unbeschreiblich süße Stimme, die weder eindeutig männlich noch weiblich war, den Gedanken singen, der ihm nicht aus dem Sinn ging: ‹Nichts existiert, außer Gott!›

Die Filme nahmen kein Ende. Er versuchte, sie zu einem einzigen zu verschmelzen, zu den vertrauten Inhalten seines Bewußtseins zurückzukehren, wie sie vor diesem Überfall gewesen waren, doch er stand dem, was da vor sich ging, machtlos gegenüber. Als er zu Hause ankam, setzte er sich hin, um zu essen. Er nahm ein paar Bissen Reis in den Mund und hielt dann inne.

«Warum sitzt du so unbeweglich da? Iß!» hörte er seine Mutter sagen.

Er schmeckte das Essen nicht. Er hatte den Eindruck, jemand anderes esse an seiner Stelle. Er hatte kein Gefühl in seiner Zunge oder in seinen Gliedern. Er fragte sich, ob sein Körper gelähmt sei, obwohl er sich so leicht anfühlte wie Luft.

«Ich gehe aus», sagte er.

Vivek wandte sich auf der Bhagwan Das Road nach rechts und ging in Richtung des Statue Circle. Irgendwann mußte er den Bürgersteig verlassen haben, denn er lief nun auf der Straße. Wütendes Hupen ertönte. In einer Version des Films drängte es ihn zurück in die Sicherheit des Gehwegs. In der anderen fühlte er sich den verspielten Fahrzeugen, die um ihn herumfuhren, tief verbunden.

Am Statue Circle angekommen, setzte sich Vivek auf eine Steinbank neben dem Eisverkäufer mit seinem hölzernen Handkarren und seinem Standardangebot von drei Geschmacksrichtungen: Vanille, Schokolade und Erdbeere. Zwei kleine Kinder, ein Junge und ein Mädchen, kamen lachend auf den Karren zu. Er sah zu, wie sie triumphierend ein Schokoladeneis am Stiel zurück zu ihren Eltern trugen, die neben der Überdachung, unter der Sawai Man Singhs Statue noch aufgestellt werden sollte, im Gras saßen. Als das Eis herumgereicht wurde und jedes Familienmitglied einmal ausgiebig und schlürfend daran leckte, spürte Vivek, wie die Kälte seine eigene Zunge taub werden ließ und dann langsam seine Speiseröhre hinabkroch. Er sah auf die Bank hinunter. Sie wirkte so wenig materiell, beinahe unwirklich, daß er nicht verstand, wie sie sein Gewicht tragen konnte. Er klopfte mit den Fingerknöcheln hart auf den Stein, um zu sehen, ob die Bank real war. Der heftige Schmerz, der unvermittelt seinen Arm hinaufschoß, stoppte den zweiten Film für ein paar Sekunden, ehe der Projektor surrend wieder erwachte und der Film weiterlief. Es dauerte drei Tage – und drei Nächte, jede davon mit parallel ablaufenden Träumen –, ehe dieses zweite Bewußtsein verschwand und Vivek wieder in seinen Normalzustand zurückfand.

Nun wäre es eindeutig falsch, zu behaupten Vivek habe sich, aufgrund dieser Erfahrungen auf einen Schlag vom Skeptiker zum Gläubigen gewandelt und akzeptiere Baba als einen spirituellen Führer, der Zugang zum Göttlichen habe. Diese Erfahrungen waren von größter Wichtigkeit, doch lange Zeit blieb ihm ihre Bedeutung unklar. Sie erschütterten seinen Geist, vielleicht veränderten sie diesen sogar nachhaltig, doch sie schienen durch eine Vielzahl kleiner Kanäle abzufließen, ehe sie an die Oberfläche seines Bewußtseins vordringen konnten. Es kam zu einigen Veränderungen, ja, doch wurden diese eher auf der Ebene des unreflektierten Handelns sichtbar als in seinen tiefverwurzelten Überzeugungen. Er sprach mit niemandem über seine Erlebnisse. In der wenigen Zeit, die er tagsüber zu Hause verbrachte, verkroch er sich im Arbeitszimmer seines Vaters. Hier schlief er oder blätterte in Trilok Naths Büchern und achtete nicht auf

die vorwurfsvollen Blicke seiner Mutter, wenn sie herein-
kam, um ihn zu fragen, ob er etwas brauchte. Nahrung
interessierte ihn nicht mehr. Er schluckte alles, was ihm
vorgesetzt wurde, schmackhaft oder fade, wenig oder
viel, mit unveränderlicher Gleichgültigkeit herunter. Er
begann mehr oder weniger regelmäßig den Sitaram-
Tempel zu besuchen. Dort hörte er Baba zu, der über
Gott redete und die Fragen beantwortete, die ihm von
den Gläubigen gestellt wurden, ohne sich über das, was
gesagt wurde, zu ärgern. Er sah Baba in trance-ähnliche
Zustände fallen, singen und tanzen, ehe er vollständig
das Bewußtsein verlor, ohne sich von diesem Anblick abgestoßen zu fühlen. Er empfand das Lachen des *sadhu*
nicht mehr als die irre Ausgelassenheit eines Verrückten,
sondern fühlte sich von der darunterliegenden Ernsthaftigkeit angesprochen. Seine Wirkung auf ihn war so, wie
er sich die Wirkung von Buddhas Lächeln auf dessen Anhänger vorstellte, das sie sanft zum Mitleid mit der
menschlichen Torheit bewegte. Mittlerweile lächelte er,
wenn Baba lachte, doch es brachte ihn nicht dazu, selbst
in Lachen auszubrechen.

Vivek kämpfte lange dagegen an, Baba als seinen Guru zu
akzeptieren. Sein Kampf richtete sich natürlich auch gegen den Verrat an seinem verehrten und idealisierten Vater und allem, wofür dieser gestanden hatte.

«Ich habe nichts gegen den Guru der vedischen Zeit,
der die korrekte Verrichtung der Rituale lehrte und die
Menschen in ihren religiösen Pflichten unterwies», hörte
er seinen Vater sagen, den Hobbyhistoriker, der bei diesem Thema in seinem Element war. «Ich halte sogar noch
etwas von dem Guru der Upanishaden, dem scharfsinni-
gen Lehrer, der von seinem Schüler verlangte, sich seines
Verstandes und seiner Urteilskraft zu bedienen. Was ich

ablehne, ist die moderne Gleichsetzung des Gurus mit Gott und diese ganze widerliche Gefühlsduselei und den blinden Gehorsam, den diese Gleichsetzung mit sich bringt. Ich habe gesehen, wie tapfere Männer zu verträumten Frauen wurden, als sie sich einem Guru unterwarfen. Sie sehnen sich danach, ihn zu sehen, ihn zu hören, ihn zu berühren. Sie verreiben den Staub von seinen Füßen auf ihrem Kopf und trinken das Wasser, in dem er seine staubigen, vielleicht sogar dreckigen Füße gewaschen hat. Ich verstehe einfach nicht, wie sich ein menschliches Wesen freiwillig einem anderen auf eine so erbärmliche Weise unterordnen kann. Dieses ganze Guru-Getue ist ein Fluch für die indische Männlichkeit.»

Baba hingegen konnte die Vorzüge des bedingungslosen und freiwilligen Unterwerfens gar nicht hoch genug preisen. In solchen Momenten hatte Vivek den Eindruck, daß er sich ganz besonders angesprochen fühlen sollte.

«Wenn du dich dem Guru unterwirfst, wirst du zu einem Vakuum, einem Abgrund, einer unendlich tiefen Grube. Dann beginnt der Guru in dir offenbar zu werden. Seine Kraft beginnt in dich einzufließen. Du mußt dein eigenes Selbst unterwerfen, bis du zu einem Teil des Gurus wirst. Du hörst mit den Ohren des Gurus, siehst mit den Augen des Gurus, schmeckst mit der Zunge des Gurus, fühlst mit der Haut des Gurus. Arjuna trug diese Form der Hingabe in sich. Als Krishna eines Tages mit Arjuna auf einem Wagen fuhr, sah er zum Himmel hinauf und sagte: ‹Sieh nur, mein Freund, wie schön ist doch dieser Taubenschwarm!›

Arjuna blickte auf und erwiderte: ‹Ja, Herr, wirklich sehr schöne Tauben.›

Im nächsten Augenblick sah Krishna wieder hin und stellte fest: ‹Wie seltsam, mein Freund, das sind überhaupt keine Tauben. Es sind Gänse.›

Arjuna betrachtete die Vögel und sagte: ‹Stimmt, es sind Gänse.›

Jetzt versucht zu verstehen. Arjunas Aufrichtigkeit war legendär. Er hätte Krishna nie schmeicheln wollen. Doch er hatte so großes Vertrauen in Krishnas Worte, seine Hingabe war so vollkommen, daß er mit eigenen Augen sah, was auch immer Krishna beschrieb, ob dies nun richtig war oder falsch.»

Dann deutete er auf Vivek, aus seinem breiten Lächeln leuchtete die Zuneigung, und er sagte, zu den jungen Schülern gewandt, die seinen Worten atemlos gelauscht hatten:

«Dieser da hat die Natur eines Löwen. Er wird sich nicht einfach so unterwerfen. Doch wenn ein Löwe einmal gezähmt ist, wird er zum Reittier der Göttin Durga. Ihre vereinte spirituelle Kraft ist ehrfurchtgebietend, sie ist fähig, die mächtigsten Dämonen zu besiegen.»

FÜNFZEHNTES KAPITEL

Vivek verbrachte jetzt all seine Abende im Sitaram-Tempel, auch weil es ihn drängte, aus den schmuddeligen, stickigen Räumen fortzukommen, die die Familie über einem Süßigkeitenladen in der *Gopalji ka Rasta* gemietet hatte. Der endlose Lärm der Fahrradklingeln, der Radios, in denen Lieder aus Filmen gespielt wurden, der schreienden Straßenhändler und der fluchenden Tonga-Fahrer, die ihre dreckverkrusteten Pferde durch die Menge lenkten, die sich zwischen Bürgersteigen und der Straße ergoß, ließ ihn immer gereizter werden, je weiter der Tag voranschritt. Er konnte sich nicht an den Gestank des parallel zur Straße verlaufenden offenen Abflusses gewöhnen, der, mit dem ekelerregenden karamelmilchigen Geruch aus dem Süßigkeitenladen vermischt, den ganzen Tag über in den Raum hineinzog, den er mit seiner Mutter teilte.

Das Viertel, in dem sie früher gewohnt hatten, die in den vierziger Jahren angelegte und nach der Unabhängigkeit weiter ausgebaute Siedlung Ashok Nagar, lag außerhalb der alten Stadtmauern. Dort wohnten jetzt Kabinettsmitglieder, Staatsbeamte, Richter des obersten Gerichtshofes und die Fürsten des alten Staates Jaipur, die für ihre häufigen Besuche in der Hauptstadt stattliche Herrenhäuser errichtet hatten. Der Umzug auf die andere Seite der Stadtmauern, in die Basars der Altstadt von Jaipur, bedeutete eine geographische Veränderung von nur wenigen Meilen, doch der kulturelle Unterschied war immens. Es war ein Schritt zurück über die Kluft, die Herrschende von Untertanen, aufstrebende Modernisierer von verstockten Traditionalisten, die hoffnungsfrohe Zukunft von der sorgenvollen Vergangenheit trennte – es bedeutete das Aufwachen aus dem Traum, den Trilok

Nath für sich selbst und seine Familie geträumt hatte. Der ewige Alptraum der indischen Mittelklasse, in dem sie umgebenden Ozean der Armut zu ertrinken, der durch die großen Bungalows, die gepflegten Gärten und die breiten, von Bougainvilleen und Jacarandas gesäumten Straßen in Schach gehalten worden war, bedrohte wieder ihren ruhigen Schlaf. Die Tatsache, daß ihnen einige Tage, bevor sie in die *Gopalji ka Rasta* umzogen, durch den Maharadscha eine kleine monatliche Rente bewilligt worden war, hatte zwar dazu beigetragen, die Panik, die dieser Alptraum auslöste, einzudämmen, doch sie reichte nicht aus, um das Gespenst der Armut ein für alle Mal zu vertreiben.

Vivek radelte meist nach Einbruch der Dunkelheit zum Sitaram-Tempel hinaus, wenn die meisten Besucher und Gläubigen schon fort waren und Baba entspannt vor seiner Hütte saß und sich mit seinen jungen Schülern unterhielt. Sogar im Winter legte Baba dann das Tuch, in das er sich tagsüber gehüllt hatte, ab und saß, mit nichts als seinem Lendenschurz bekleidet, den er oft genug anzulegen vergaß, auf dem Boden. Eines Tages erzählte er seinen Schülern stolz, er habe nun endlich gelernt, auf seine Kleidung zu achten, und gehe nicht mehr nackt umher wie früher. Als die Jungen in Lachen ausbrachen, sah Baba an sich herab und stellte fest, daß er nackt vor ihnen saß und seinen Lendenschurz gefaltet unter den Arm geklemmt hatte.

«Ich werde es nie lernen!» rief der Heilige verlegen aus. «Ich schaffe es einfach nicht, daran zu denken, daß ich Kleidung tragen sollte.»

«Aber Baba, du bist ja ein Parmahamsa», neckte ihn Vivek, der sorgsam darauf achtete, die Zärtlichkeit, die er für ihn empfand, nicht in seine Stimme einfließen zu lassen. «Erinnerst du dich? Du selbst hast uns die Merkmale aufgezählt, an denen man einen Parmahamsa erkennt: der Gang eines Kindes, ein von Freude erfüllter Gesichtsaus-

227

druck, Augen, aus denen das Glück leuchtet, und ein sich seiner selbst und der Tatsache, ob er bekleidet ist oder nicht, vollkommen unbewußter Körper.»

Baba wirkte sichtlich fröhlicher.

«Trotzdem wünschte ich, ich würde daran denken», sagte er.

Im weiteren Verlauf des Abends unterhielt Baba die Jungen mit einer Abfolge von Geschichten und Belehrungen und erfüllte sie mit Ehrfurcht angesichts seiner zahlreichen *samadhis*. Und es wurde gesungen. Vor allem gesungen. Baba stimmte die Lieder an, in denen der Gott gepriesen oder die Sehnsucht nach ihm besungen wurde, und die jungen Schüler folgten ihm eifrig beim Refrain, während einer von ihnen den Gesang mit der Trommel oder den Becken begleitete. Manchmal stand Baba, von tiefen Emotionen überwältigt, auf und begann mit unbeholfener Anmut zu tanzen, während seine Schüler in einem Kreis um ihn herum tanzten. Babas Tanz gipfelte unweigerlich in der ekstatischen Trance des *bhava samadhi*. Seine Augen schlossen sich halb, auf seinem Gesicht erstrahlte ein seliges Lächeln, sein Körper versteifte sich, und er schwankte unsicher hin und her. Der Tanz brach ab, und einer der jungen Männer mußte ihn am Ellbogen festhalten und stützen, bis sein normales Bewußtsein allmählich wieder zurückkehrte. Später setzten sich alle hin, um gemeinsam ein einfaches Abendessen zu sich zu nehmen, das gewöhnlich aus grobkörnigem Reis mit Gemüse und *dal* bestand. Baba selbst verteilte das Essen auf Bananenblätter, fütterte eigenhändig den einen oder anderen seiner Schüler und herrschte über seine große Familie von einem halben Dutzend Jungen wie eine höchst geschäftige, aber liebevolle Mutter.

Unter anderem auch weil er sich für die bescheideneren Verhältnisse schämte, in denen er jetzt lebte, hatte Vivek den Kontakt zu seinen Freunden beinahe vollständig einschlafen lassen. Kamal war der einzige, der im College noch seine Nähe suchte, und er setzte alles daran, ihn von dem abzuhalten, was er für einen katastrophalen Abstieg in Aberglauben, Zauberei und Irrationalität hielt. Eines Nachmittags saß Vivek nach dem Unterricht mit einem Stapel Bücher, die er gerade aus der Bibliothek ausgeliehen hatte, in der Cafeteria. Kamal kam auf ihn zu, nahm die Bücher eines nach dem anderen in die Hand und blätterte ärgerlich darin herum. Die Bücher handelten von Mystikern und Mystizismus, eine umfassende Einführung in die Welt der Heiligen und Sufis, die Lehren des Taoismus und des Zen, die Trancen von Teresa von Avila und Ramakrishna. Kamal war entgeistert.

«Hier versteckst du dich also in der letzten Zeit! In dieser Welt von Illusionen und wildwuchernder Subjektivität! Erschöpft sich deine Philosophie jetzt darin, den privaten Irrsinn dieser Verrückten zu erforschen?»

«Warum nennst du ihre Erlebnisse privat? Jeder, der bereit ist, das nötige spirituelle Training auf sich zu nehmen, kann die gleichen Resultate erzielen. Schließlich ist ja auch physikalisches Wissen nicht allen zugänglich, sondern nur denen, die Physik studieren, aber es zweifelt wohl niemand daran, daß diese Erkenntnisse öffentlich sind.»

Kamal schäumte vor Wut.

«Jetzt steht dein Baba also schon auf gleicher Stufe mit Einstein? Hör zu, seine Trancen und Ohnmachten sind keine Experimente, die besondere Einblicke in die Natur gewähren, sondern Symptome eines Nervenleidens. Hysterie vielleicht, oder sogar Epilepsie. Einstein!»

Vivek lächelte. Er erinnerte sich an einen noch gar nicht so lange zurückliegenden Abend, als Baba ihn fragte:

«Du studierst doch Philosophie, nicht wahr? Sag mir, was ist diese ‹Logik›?»

«Na ja, Baba, es gibt zwei Arten von Logik: die deduktive und die induktive. Die erste ist eine Argumentationsmethode, bei der vom Allgemeinen auf das Besondere geschlossen wird. Zum Beispiel: Alle Menschen sind sterblich. Gelehrte sind Menschen. Deshalb sind Gelehrte sterblich. Bei der zweiten Form schließt man vom Besonderen auf das Allgemeine. Zum Beispiel ...»

Baba langweilte sich schon.

«Ist das alles, was ihr aus euren Büchern lernt? Wozu dienen sie? Ein Wetterkalender sagt dir, wieviel Regen in diesem Jahr fallen soll, aber du wirst nicht einen Tropfen Wasser gewinnen, wenn du ihn auspreßt. Du bist dazu bestimmt, im Ozean der Göttlichen Liebe zu baden. Nicht dazu, Wissen aus Büchern anzusammeln. Du bist in den Obstgarten gekommen, um Mangos zu essen. Was nützt es dir, zu wissen, wie viele tausend Äste und wie viele Millionen Blätter es in diesem Obstgarten gibt? Unablässig bete ich zu Gott: ‹Oh Rama, schenk mir genug Wissen, um deinen Namen zu rezitieren. Das ist das ganze Wissen, das ich brauche.›»

«Was ist denn wichtig, Baba?» fragte einer seiner Schüler.

«Das Wichtigste ist, aufzuhören, Fragen zu stellen», antwortete Baba mit einem sanften Lächeln.

Ja, man kann Baba mit Einstein vergleichen, wollte er Kamal sagen. Er ist das Gegenteil des großen Physikers. Einstein wollte, daß wir nie aufhören, Fragen zu stellen.

«Und außerdem», sagte Kamal, «kann sich dieser Mann nicht entscheiden, ob er ein Mann oder eine Frau ist. Unglaublich! Ein Weiser als *hijra*, ein Heiliger im Frauenfummel.»

Vivek versuchte, seinen Zorn zu bezähmen.

«Ich habe von Baba gelernt, daß feminine Züge in einem Mann ein Zeichen sind für große Spiritualität. Er sagt, wenn man Gott gegenüber die gleichen Empfindungen hegt wie eine Frau für ihren geliebten Mann, nämlich Offenheit und Empfänglichkeit, Sehnsucht und schmerzliches Verlangen, wenn er nicht in ihrer Nähe ist, dann wird das Gebet des Gläubigen von jenem wesentlichen Gefühl erfüllt, ohne das sich Gott einem nicht enthüllt.»

«Ach, komm schon, Mann», sagte Kamal. «Du glaubst diesen ganzen Unsinn doch nicht etwa? Sein Problem ist nicht spiritueller, sondern biologischer Natur. Der Mann hat sogar Brüste wie eine Frau.»

«Ja und?» entgegnete Vivek. «Ramakrishna, dem Heiligen aus Dakshineshwar, sind auch Brüste gewachsen, als er ein Junge war, obwohl moderne Ärzte das für ein medizinisches Problem halten. Genau wie sie seine Menstruation als Hämorrhoidenblutungen abtun. Die Ärzte wissen nicht, daß in einem weit fortgeschrittenen Menschen die Grenze zwischen männlich und weiblich so dünn ist wie Reispapier. Baba sagt, die Körper der Heiligen folgen nicht blindlings dem biologischen Plan, der für sie vorgesehen ist. Die Bemühungen des Geistes verändern den schwerfälligen Fatalismus des Körpers und erfassen sogar die letzte Bastion des Geschlechts – die Genitalien. Es gibt mindestens einen modernen Heiligen, der von seinen Anhängern in der ganzen Welt als Gott verehrt wird, der nicht als echter Hermaphrodit geboren wurde, sondern sich zu einem entwickelte. Solche Dinge bleiben nur im allgemeinen geheim.»

Er packte seine Bücher zusammen und wollte gehen. Kamal merkte, daß er zu weit gegangen war.

«Komm schon, Mann», sagte er. «Laß uns wenigstens noch einen Tee trinken, ehe du gehst. Wir hatten so eine gute Zeit zusammen. Wer weiß, wann wir uns wiedersehen. Nach den Prüfungen gehe ich nach Amerika. Ich habe ein Stipendium von der Universität von Illinois. Auf mich warten keine dunkelhäutigen Teepflückerinnen in Assam.»

Am gleichen Abend fragte Baba zu Viveks großer Überraschung nach Kamal, was er bis dahin noch nie getan hatte.

«Wo ist denn dein Freund, der mit dir hierher gekommen ist? Warum kommt er nicht mehr?»

Er saß auf dem Mäuerchen des Brunnens und die Jungen hockten vor ihm im Gras. Es war ein milder Abend, ungewöhnlich für Mitte Februar, wenn zumeist kalte Winde über die Ebenen von Rajasthan peitschen, der Wüstensand, den sie mit sich tragen, den Menschen ins Gesicht schlägt und die Kälte bis in ihre Knochen dringt. Auf der Veranda der Hütte köchelte ein großer Topf roter Linsen über einem Kohlenfeuer.

Vivek erzählte ihm von dem Gespräch, das sie am Nachmittag in der College-Cafeteria geführt hatten. Zum ersten Mal erlebte er, daß Baba sich aufregte.

«Er nennt meinen Zustand eine Krankheit? Sind denn all diese Leute, die den ganzen Tag und die ganze Nacht lang nur an Geld denken, normal? Sind diejenigen, die nur davon träumen, große Häuser zu kaufen und neue Wagen zu fahren, bei vollem Verstand? Und ich, der ich nur an Ihn denke, dessen Bewußtsein das gesamte Universum durchdringt, soll an einer Krankheit leiden, die meinen Geist verwirrt! In ihrer Welt gilt sogar ein Mann als gesund, der glaubt, er könne seine Pflichten als Sohn dadurch erfüllen, daß er seiner Mutter Miete zahlt für die neun Monate, die er in ihrem Leib verbracht hat, während ich verrückt bin, weil ich versuche, mich Gott zu nähern.»

Immer noch unwillig, sich auf die eine oder die andere Seite zu schlagen, bemühte sich Vivek, seinen Freund zu verteidigen.

«Baba, die meisten gebildeten Menschen denken so. Ich selbst zweifle an deinen Visionen von Göttern und Göttinnen.»

«Warum kommst du dann hierher?»

«Weil ich dich liebe», platzte Vivek heraus, ehe er Zeit hatte, über seine Antwort nachzudenken.

Baba kam auf ihn zu und nahm ihn in die Arme, seine stoppelige Wange ruhte leicht auf Viveks breiter Schulter.

«Du hast mich heute sehr glücklich gemacht», sagte er unter Tränen, die bald schon Viveks Hemd durchweichten.

Baba war ungewöhnlich lebhaft an jenem Abend. Seine Augen glänzten und seine Hände tanzten, als er die jungen Männer, die sich um ihn versammelt hatten, aufforderte, Fragen zu stellen. Während er redete, ruhte sein Blick häufig auf Viveks Gesicht, ehe er ihn zufrieden in einem Bogen zu den vor Bewunderung strahlenden Gesichtern zurückwandern ließ, die sich ihm zuwandten wie die Blütenblätter einer Prunkwinde, die sich zur Sonne hin öffnet. Jeder seiner Schüler hatte das Gefühl, daß Babas Blick alleine den seinen suchte, daß noch das unbedeutendste Detail an ihm gesehen wurde wie in einem klaren Spiegel und er einen schweigend ausgesandten, heimlichen Strahl von Liebe empfing, der nur für ihn bestimmt war.

«Wie sollen wir mit Leuten wie Viveks Freund umgehen, die uns zwar nahestehen, aber über unsere spirituelle Seite spotten?» fragte Raj Singh, der Junge aus dem Ringer-Trainingszentrum.

«Ignoriert sie. Die Leute, die sich nur auf ihrer weltlichen Ebene bewegen, sagen alles mögliche über spirituell veranlagte Menschen. Aber seht ihr, wenn ein Elefant vorbeigeht, bellen viele Hunde, doch der Elefant beachtet sie gar nicht. Unter diesen Zweiflern können sich auch einige weitentwickelte Wesen befinden, die gegen ihre eigene spirituelle Natur ankämpfen. Sie sind vorübergehend unwissend, aber nicht böse.»

Er warf Vivek einen bedeutungsschweren Blick zu.

«Aber was ist mit den Bösen? Sollte man auch jemanden ignorieren, der einem schaden will?»

«Bei den wirklich Bösen ist es etwas anderes. Um in der Welt leben zu können, müßt ihr euch vor ihnen schützen, notfalls auch, indem ihr mit Gewalt droht. Doch ihr dürft niemals jemandem schaden, nur weil ihr fürchtet, er könne euch etwas antun. Laßt mich euch eine Geschichte erzählen.

Einige Hirten ließen einst ihre Kühe auf einer Wiese grasen, in der eine sehr giftige Schlange lebte. Eines Tages wollte ein *sadhu* durch diese Wiese gehen, doch die Jungen rannten auf ihn zu und warnten ihn vor der Schlange.

‹Macht euch keine Sorgen, Kinder›, sagte der *sadhu*. ‹Ich kenne ein Mantra, das die Schlange unschädlich machen wird.›

Als der *sadhu* in der Mitte der Wiese angelangt war, stürzte die Schlange mit drohend gespreiztem Hut auf ihn zu. Der *sadhu* sprach das Mantra und die Schlange lag so harmlos zu seinen Füßen wie ein Regenwurm.

‹Was soll das?› sprach der *sadhu*. ‹Warum mußt du immer anderen Schaden zufügen? Du solltest dich schämen! Ich werde dich in das spirituelle Leben initiieren. Du wirst deine gewalttätige Natur ablegen und schließlich zur Erkenntnis Gottes gelangen.›

Die Schlange neigte zustimmend den Kopf, erhielt einen Ordensnamen und wurde initiiert.

Bald erkannten die Kuhhirten, daß die Schlange nicht länger gefährlich war. Jeden Tag lag sie friedlich in der Sonne und rezitierte den Namen Gottes. Sie warfen Steine nach ihr, doch sie zeigte keinen Ärger, sondern glitt fort, um ihren Peinigern zu entkommen. Eines Tages kam einer der wagemutigeren Jungen näher, packte die Schlange beim Schwanz, schwang sie herum und schleuderte sie dann auf den Boden. Die Schlange war schwer verletzt, doch schließlich schaffte sie es, sich in ihr sicheres Loch zurückzuschleppen. Während ihre Wunden langsam verheilten, traute sie sich aus Angst vor den Hirten kaum noch hinaus und ernährte sich kümmerlich von Blättern und faulen Früchten, die von den Bäumen fielen.

Ein Jahr später kam der *sadhu* wieder an der gleichen Stelle vorbei und fragte die Hirten nach der Schlange. ‹Wir haben sie schon lange nicht mehr gesehen›, erwiderten die Jungen. ‹Vielleicht ist sie tot.› Der *sadhu* glaubte ihnen nicht, ging durch die Wiese und rief die Schlange bei dem Ordensnamen, den er ihr bei ihrer Initiation gegeben hatte. Schließlich tauchte die Schlange auf, sie war schwach vor Hunger und erholte sich nur langsam von ihren Verletzungen.

‹Was ist mit dir geschehen?› fragte der *sadhu*.

Die Schlange erzählte ihm ihre Leidensgeschichte und fügte hinzu:

‹Die Jungen wissen ja nicht Bescheid. Sie trifft keine Schuld. Sie hatten nicht gemerkt, daß ich mich verändert hatte. Wie sollten sie denn wissen, daß ich nie wieder irgend jemanden beißen oder verletzen werde?›

Der *sadhu* war außer sich.

‹Du bist so ein Dummkopf. Du kannst dich noch nicht einmal selbst schützen. Ich habe dich gebeten, nicht zu beißen, aber du hättest zumindest zischen und sie so in die Flucht schlagen können.›

Also vergeßt nicht: Man sollte die Bösen nicht beißen, aber es ist nichts dabei, zu zischen.»

Die Schüler lachten, und Baba strahlte vor Vergnügen.

«Aber, Baba, muß man denn unbedingt ein Mönch werden und der Welt entsagen? Kann einem weltlichen Menschen denn nicht die Erlösung zuteil werden?» fragte Vivek.

«Natürlich geht das. Er muß nur erkennen, daß seine Seele gefangen ist. Daß er von der Welt versklavt, mit den Fesseln der Lust und der Gier an sie gekettet ist. Von Zeit zu Zeit sollte er die Einsamkeit suchen und um Glaube und Hingabe beten. Nichts ist mehr wert als der Glaube. Rama, der doch ein Gott ist, mußte eine Brücke über das Meer bauen, um Lanka zu erreichen. Doch Hanuman vertraute allein auf Ramas Namen und übersprang das Meer mit einem Satz.

Natürlich muß man an etwas außerhalb seiner selbst glauben, nicht an seine eigene Person. Eines Tages kam ein Schüler, der fest an seinen Guru glaubte, an einen Fluß. Er schloß die Augen, sprach den Namen seines Gurus und überquerte den Fluß, indem er über das Wasser ging. Als der Guru dies sah, dachte er bei sich: ‹Wenn schon mein

Name solch eine Macht hat, wie mächtig muß ich selbst dann sein!› Am nächsten Tag versuchte der Guru ebenfalls, über das Wasser zu gehen, wobei er ‹Ich, ich, ich› vor sich hin sagte. Er versank. Der Glaube an eure eigene Person bindet euch noch mehr an diese Welt als Lust und Gier. Der Geist ist nichts anderes als ein Bündel von Gedanken, und der erste und vorherrschende darunter ist der primäre ‹Ich›-Gedanke. Alle spirituellen Disziplinen bemühen sich, diesen ‹Ich›-Gedanken zu zerstören. Der Weg zu Freiheit und Erlösung führt über die Eliminierung des ‹Ichs›, niemals über dessen Verstärkung.»

Je mehr Zeit Vivek mit Baba verbrachte, desto besser verstand er, warum dieser ungewöhnliche Mann ihn so sehr faszinierte. Diese Faszination hätte ihren Ursprung in den rätselhaften Empfindungen und merkwürdigen Wahrnehmungen haben können, die ihn überkamen, als Baba ihn zum ersten Mal berührte, und die das Prisma zertrümmerten, durch das er sich selbst in der Welt zu betrachten gewohnt war. Doch sein Geist hatte sich beeilt, diese Erinnerungen auszulöschen und das Prisma so gut wiederherzustellen, daß die Risse, wo die Einzelteile wieder zusammengefügt worden waren, nur noch in gelegentlichen Alpträumen sichtbar wurden. Was ihn jetzt fesselte, war Babas mühelose Überwindung all jener Kategorien, die er als Gegensätze anzusehen gelernt hatte. In Baba erlebte er das ungezwungene Nebeneinander des Kindes und des Weisen, intensiven emotionalen Überschwangs und schwerverständlicher Gedankengänge, und diese Zustände folgten mit einer solchen Geschwindigkeit aufeinander, daß sie beinahe gleichzeitig auftraten. Baba konnte lachen, singen, tanzen, Tränen hingebungsvoller Freude oder Sehnsucht vergießen, in ekstatische Trance fallen oder sich wortreich zur Verbundenheit von Übersinnlichem und Fleisch, Körper und Geist, Menschlichem und Göttlichem äußern – und das alles innerhalb weniger Minuten. Nach all den Jahren des Studiums westlicher Philosophie, welche die logisch begründete Argumentation als einziges Mittel zur Erforschung des Wesens der Realität zugelassen hatte, war es für Vivek gleichermaßen beunruhigend und erregend, jemanden wie Baba kennenzulernen, für den Geschichten ein durchaus adäquates Mittel waren, die Struktur der Realität zu erläutern. Er hatte noch nie jemanden getroffen, der wie er Geschichten als eine Form des Denkens, des Erfassens komplexer Zusammenhänge nutzte. Ja, allmählich begriff er, warum Baba ihn so faszinierte. Was ihm jedoch ein Rätsel blieb, war Babas Zuneigung zu ihm.

Von all den jungen Männern, die sich als seine Schüler bezeichneten, war Vivek, der sich bis zum Schluß dagegen wehrte, sich als solchen zu betrachten, Babas unbestrittener Liebling. Ja, Baba schien mit jedem Tag vernarrter in ihn zu werden. In Gegenwart seiner Schüler, seiner Anhänger und der einfachen Besucher, die nun, von Babas wachsender Berühmtheit angelockt, in Scharen zum Tempel kamen, streichelte er Viveks Gesicht, nahm jeden Anlaß zum Vorwand, ihn zu berühren, und starrte ihn, zu Viveks Unbehagen, immer wieder über längere Zeit hinweg an. Doch Babas übergroßes Bedürfnis nach körperlicher Nähe, nach der willkommenen Berührung durch andere Körper, beschränkte sich nicht alleine auf Vivek. Ajay, der jüngste in ihrer Gruppe, ein vierzehnjähriger Junge, dessen Gefühle Baba gegenüber mit dem vergleichbar waren, was ein Kind für seine Mutter empfindet, lag oft auf dem Boden zusammengerollt, seinen Kopf in Babas Schoß gebettet, während dieser redete. Mehr als einmal hatte Vivek gesehen, wie Baba, wenn er die Gefühle von Yashoda, Krishnas Mutter, verinnerlicht hatte, Ajay seine fleischige Brust darbot, an der der Junge mit allen Anzeichen von Zufriedenheit saugte. Ein anderes Mal hatte Baba Raj Singh gebeten, mit ihm zu ringen.

«Er ist so ein kleiner Mann», erzählte Raj Singh später, «und ich bin groß und stark. Also habe ich ihn ganz leicht niedergerungen. Sein Körper war weich und zart, wie der eines Babys. Doch ich spürte, wie durch den körperlichen Kontakt ein Schwall von Energie in mich einströmte.»

Selbst wenn Vivek mit Baba diskutierte – er war der einzige, der dies tat, zum offenkundigen Unbehagen der anderen –, war der Ältere nie verärgert. Er bewunderte die heftige Gegenwehr des Jüngeren als den Ausdruck seines löwengleichen Charakters. Eines Abends kam das Gespräch auf das Thema Hochzeit – Raj Singhs Eltern drängten ihren Sohn zu einer frühen Heirat.

«Wenn Backsteine und Dachziegel gebrannt werden, nachdem man ihnen das Markenzeichen eingedrückt hat, behalten sie diese Markierung für immer. Doch Eltern verheiraten ihre Kinder heutzutage viel zu früh. Ohnehin ist die Ehe die Wurzel jeglicher Bindung. Sie setzt die Mächte der Lust, der Gier und des Geizes frei. Die Priester des Tempels von Govindji waren einst keusch und besaßen ein wildes, mutiges Naturell. Als einmal der Maharadscha von Jaipur nach ihnen schickte, erwiderten sie dem Überbringer der Botschaft hochmütig, der König solle doch zu ihnen kommen. Nachdem er einen weisen Minister befragt hatte, sorgte der König dafür, daß die Priester heirateten. Danach brauchte er nie wieder nach ihnen zu schicken. Sie kamen von selbst, brachten ihm Geschenke aus dem Tempel und baten ihn um Geld – um ein Haus zu bauen, die Feier der Namensgebung eines Kindes auszurichten, das Schulgeld oder die Hochzeit der Schwester ihrer Frau bezahlen zu können.»

«Verstößt die Ehe etwa gegen Gottes Willen?» protestierte Vivek. «Wie soll die Schöpfung fortbestehen, wenn Männer und Frauen nicht mehr heiraten?»

Baba sah ihn voller Zuneigung an.

«Mach dir darüber keine Sorgen. Überlaß es Gott, sich um seine Schöpfung Sorgen zu machen. Wer heiraten will, ist völlig frei, dies auch zu tun. Ich sage, was ich sagen muß. Du kannst davon soviel annehmen oder ablehnen, wie du willst.»

Im März ging Vivek fast drei Wochen lang nicht zum Tempel. Seine Abschlußprüfungen würden im April beginnen, und obwohl ihm sein Studium mittlerweile völlig gleichgültig war, hatte er beschlossen, daran teilzunehmen. Ein Hochschulabschluß war die Grundvoraussetzung für jede noch so schlecht bezahlte Bürostelle, und obschon die finanzielle Lage seiner Familie nicht mehr ganz so angespannt war, waren ihre Probleme doch noch lange nicht überwunden. Baba spürte immer sofort, wenn sich Vivek Gedanken über seine finanziellen Schwierigkeiten machte. Eines Abends regnete es, einer jener seltenen Spätfebruarschauer, und so hatten sich die Schüler alle in Babas Zimmer gezwängt. Auf Babas Drängen hin hatte Vivek zu singen begonnen, als dieser plötzlich aufstand und den Raum verließ. Vivek verstummte und die jungen Männer wechselten erstaunte Blicke. Einige Minuten später kam Baba zurück, Wassertropfen rannen an seinem Kopf herab, und er verkündete laut:

«Ich lauschte seinem Gesang, doch es machte mir überhaupt keine Freude. Deshalb ging ich hinaus. Seine Gedanken drehen sich um Geld, und so klang sein Gesang fade, wie Curry ohne Salz.»

Lange Zeit war Vivek gar nicht bewußt, wie sehr Baba von ihm besessen war. Er wußte nicht, welche Qual seine Abwesenheit Baba bereitete, bis Raj Singh eines Tages frühmorgens, noch ehe Vivek gebadet hatte, bei ihm zu Hause auftauchte, um ihm zu erzählen, was am vergangenen Tag beim Tempel geschehen war. Baba war den ganzen Nachmittag über zerstreut gewesen. Er antwortete nur unzusammenhängend auf die Fragen seiner Anhänger, und seinen Worten fehlte die einnehmende Spontaneität, die sonst seine Rede belebte. Auch am Abend, als sich seine Schüler auf der Veranda vor der Hütte um ihn versammelten, stimmte Baba nicht in den *kirtan*-Gesang ein und klatschte nur halbherzig im Rhythmus. Das Essen, daß sie ungewöhnlich früh einnahmen, verlief still. Baba aß gar nichts. Nachdem die meisten seiner Schüler gegangen waren, fragte Baba Raj Singh und Ajay, die die Nacht bei ihm verbrachten, ob sie lieber in seinem Zimmer oder draußen auf der Veranda schlafen wollten. Raj Singh glaubte, ihre Anwesenheit in der Hütte würde Baba bei seiner morgendlichen Meditation stören, und so entschieden sie sich für die Veranda. Die Jungen schliefen schon eine ganze Weile, unter ihren Steppdecken zusammengerollt, als ein erstickter Schrei sie hochschrecken ließ. Baba kam, wie ein Betrunkener torkelnd, aus seinem Zimmer, mit der rechten Hand umklammerte er seinen Lendenschurz.

«Schlaft ihr?» fragte er.

«Nein, Baba.»

«Könnt ihr bitte Vivek sagen, er solle herkommen? Könnt ihr ihn herbringen? Ich fühle mich, als würde jemand mein Herz auswringen und das ganze Blut herauspressen – genau so», sagte er und wrang den Lendenschurz mit beiden Händen. Selbst im schwachen Licht des Halbmondes, der hinter den Wolkenrändern hervorlugte, konnten sie den gequälten Ausdruck auf Babas Gesicht erkennen. Dann drehte er sich um und machte ein paar Schritte zurück in sein Zimmer, ehe er wieder herauskam.

«Vergeßt nicht, es ihm zu sagen. Versprecht mir, daran zu denken.»

Eine Stunde später weckte er die Jungen wieder.

«Wißt ihr, er ist vollkommen rein. Für mich ist er eine Inkarnation Krishnas, und ich kann ohne ihn nicht leben. Seine Abwesenheit wringt mein Herz, genau so.»

Und wieder verdrehte er seinen Lendenschurz. Dann sagte er mit vor Qual erstickter Stimme:

«Bringt ihn her. Nur ein einziges Mal. Ich muß ihn sehen.»

Diese Szene wiederholte sich dreimal in jener Nacht.

Als Vivek nachmittags zum Tempel hinaufradelte, war er nicht auf den außergewöhnlichen Empfang gefaßt, der ihn erwartete. Baba saß mit seinen Schülern und Anhängern auf dem Marmorboden des Pavillons und erzählte, als Antwort auf eine Frage, die einer seiner Zuhörer gestellt hatte, eine Geschichte. Als er Vivek sah, brach er mitten im Satz ab.

«Da ist Vi ... Da ist Vi ...!» schrie er mit vor Überwältigung brechender Stimme, unfähig, Viveks Namen auszusprechen. Seine flatternden Hände und flehenden Blicke forderten den Jungen eindringlich auf, sich neben ihn zu setzen. Seine Augen schwammen in Tränen, während er ungestüm Viveks Gesicht streichelte, wie eine blinde Mutter, die die Gesichtszüge ihres Sohnes, der nach langer Abwesenheit nach Hause zurückgekehrt ist, aber auch plötzlich wieder verschwinden könnte, wiedererkennen und in ihr Gedächtnis einbrennen will. Dann nahm er Viveks Füße in seinen Schoß und begann sanft die Fußrücken und -sohlen zu massieren. Er schien alles um sich herum vergessen zu haben und bat Vivek zu singen, während sein Blick weiterhin voller Liebe auf dem Gesicht des verlegenen Jungen ruhte. Mit einem entschuldigenden Schulterzucken fügte sich Vivek:

Sag mir, Freund, wie weit ist's noch
Zum Hain, wo mein geliebter Krishna lebt?
Sein Duft dringt schon hierher zu mir,
Doch ich bin müde, kann nicht weitergeh'n.

Noch während Vivek sang, fiel Baba allmählich in Ekstase. Seine Augenlider senkten sich, und die Pupillen drehten sich nach oben. Die gleitende Bewegung seiner Hände auf Viveks Füßen kam zur Ruhe. Plötzlich stand er auf und stellte sich auf die Zehenspitzen, seine blicklosen Augen sahen hinter den Vorhang, der das Spiel der Götter vor den Augen der Sterblichen verbirgt, und aus den Tiefen seiner Brust erklang ein ekstatischer Schrei:

«Gib acht, Radha! Du verrücktes Mädchen, berauscht von Krishnas Liebe. Du wirst in die Yamuna fallen!»

Er taumelte auf seinen dürren Beinen, ehe er sich abrupt auf Viveks Schoß setzte.

«Ich wollte ausprobieren, wieviel Gewicht du tragen kannst», sagte er, als sein normales Bewußtsein zurückgekehrt war.

Später, als seine Schüler nach dem Abendessen aufbrachen, bat Baba Vivek, noch ein wenig zu bleiben. Es war ein langer Tag gewesen, und seit kurzem schien Baba schnell müde zu werden. Doch er wollte nicht zu Bett gehen und lehnte auch Viveks Angebot ab, ihm die schmerzenden Füße zu massieren. Als sie draußen vor der Hütte unter den stillen Sternen saßen, die Nacht ruhiger wurde und die abendlichen Geräusche nach und nach im tiefen Brunnen des Schweigens versanken, begann Baba zu reden.

«Erinnerst du dich noch daran, als du zum ersten Mal hierherkamst und ich dich gleich erkannte?»

Vivek nickte. Wie könnte er jemals den Tag vergessen, an dem sein Vater starb!

«Eine Woche, ehe du kamst, befahl Gott mir in einer Vision: ‹Teile deine Liebe zum Göttlichen mit einem Menschen. Liebe einen anderen Menschen so, wie du mich liebst.› Ach, es war eine merkwürdige und wundersame Vision! Denn als sich der Gott zurückzog, erschienst du an seiner Stelle, ein kleiner Junge, der nach seiner Mutter schrie. Als ich wieder zu mir kam, schmerzten meine Brustwarzen, als seien meine Brüste voller Milch.»

Vivek hörte aufmerksam zu, er spottete nicht mehr gleich über Dinge, die sich nicht in klare philosophische Kategorien einordnen ließen.

«Hast du immer noch nicht verstanden? Du verkörperst das männliche Prinzip und ich das weibliche. Du bist Rama und ich bin Sita, und diese beiden waren immer, immer schon eins.»

In der gleichen Nacht, wie als Antwort auf Babas Vision, träumte Vivek, Baba stehe am Fuß eines Hügels und winke ihm zu. «Komm, ich werde dir die Mutter des Universums zeigen, die Große Göttin selbst.» Vivek stieg hinter Baba den engen, gewundenen Pfad hinauf, als dieser sich plötzlich umdrehte, und Vivek erkannte, daß er sich in eine wunderschöne Frau verwandelt hatte. Sie lächelte und breitete ihre Arme aus.

«Du kannst jetzt ausruhen», sagte die Frau. «Du bist an deinem Ziel angekommen.»

Aus diesem Traum erwachte Vivek mit einem unaussprechlichen Gefühl des Friedens, das seinen Körper erleuchtete, in die tiefsten Schichten seines Geistes drang und die ruhelose Abfolge von Bildern, Gedanken, Empfindungen und Gefühlen, die den Geist bevölkern, vorübergehend zum Stillstand brachte. Für einen Moment war er hinter seinen Geist getreten, auf die andere Seite seines Selbst. Auch wenn dieser unbeschreibliche Frieden das vollkommene Gegenteil jenes Schreckens und des Gefühls von Zerfall war, das er verspürt hatte, als Baba seinen Fuß in seinen Schoß legte, wußte er, daß es mit dem in Verbindung stand, was an jenem Tag geschehen war. Es war ein Geschenk von Baba, das er nun annehmen konnte, ohne es unbedingt verstehen zu müssen.

Wie die Sterne beim Herannahen der Morgendämmerung verblassen, so löste sich auch der Traum bald auf, als die Morgensonne seine Schatten verjagte. Doch genau wie die Sterne verschwand auch sein Traum nicht – er wurde nur unsichtbar.

SECHZEHNTES KAPITEL

Es war Indira Gandhi, die ihn berühmt machte. Das geschah im Frühjahr 1966. Indira Gandhi war sechs Monate nach ihrer Wahl zur Premierministerin zu einer Sitzung des *All India Congress Committee* nach Jaipur gekommen. Hier erzählte ihr jemand von Ram Das Baba und seinen Trancen und Visionen. Im Gegensatz zu Jawaharlal Nehru, ihrem agnostizistischen Vater, der eher von marxistischen als hinduistischen Kultbildern angetan war, fühlte sich Indira Gandhi von der spirituellen Seite des Lebens angezogen. Als sich im Laufe der Jahre ihr Charakter verhärtete, wurde ihre aufkeimende Spiritualität durch Aberglaube und Okkultismus verdorben; sie konsultierte Astrologen und Wahrsager, und es heißt, sie habe zu politischen und persönlichen Zwecken Sühnerituale verrichten und besondere Gebete sprechen lassen. Als sie zu Beginn des Jahres 1966 nach Jaipur kam, hatten die Geschichten, die man ihr über den ekstatischen Mystiker erzählt hatte, sie jedoch so neugierig gemacht, daß sie den Chefminister von Rajasthan bat, einen privaten Besuch im Sitaram-Tempel zu organisieren.

Baba saß mit seinen Schülern zusammen, als Indira Gandhi, nur von ihrer Ministerin für Soziales begleitet, am frühen Abend den Garten betrat. Der Rest ihrer Entourage, auch ihre Sicherheitsleute, wartete draußen. Ihr Gesicht war nur Zeitungslesern vertraut und hatte noch nicht den hohen Wiedererkennungswert, den es in den nächsten zwölf Jahren ihrer diktatorischen Regierungszeit bekommen sollte. Den Kopf mit dem *pallu* ihres Saris bedeckt, ging sie mit festem Schritt auf Baba zu und verbeugte sich, als wolle sie seine Füße berühren. Und dann geschah etwas sehr Merkwürdiges. Baba schreckte vor dieser Beinahe-Berührung zurück, als habe ihn eine Wespe gestochen. Er wandte der Premierministerin den Rücken zu und stürzte in sein Zimmer. Indira Gandhi legte jene eiserne Beherrschung an den Tag, für die sie später zu Recht berühmt werden sollte, schenkte den Schülern ein mattes Lächeln, nickte ihrer Ministerin zu und verließ gemessenen, würdevollen Schritts Dhamanis Garten.

Die Nachricht von ihrem Besuch, wenn auch nicht dessen Einzelheiten, wurde von der lokalen *Rajasthan Patrika* verbreitet und fand als Kurznachricht ihren Weg in die Innenseiten der überregionalen Tageszeitungen. Dics führte dazu, daß die Zahl der Besucher im Sitaram-Tempel stark anstieg, gerade zu dem Zeitpunkt, als sich Baba allmählich vom Kontakt mit der Außenwelt zurückzuziehen schien. Während der letzten Wochen hatte Vivek beunruhigende Veränderungen in Babas Verhalten wahrgenommen. Eine davon war, daß er sich zurückzog, sich seinem Inneren zuwandte.

«Ich weiß nicht wieso», hatte er Vivek anvertraut, «aber die Geräusche und Farben der Welt werden mit jedem Tag matter. Die Außenwelt scheint ihrer ganzen Anmut beraubt zu sein. Alles, was ich mit meinen Augen sehe, offenbart sich mir erst, wenn ich es in meinem Inneren erneut erblicke.»

Baba sprühte immer noch vor Leben, wenn er mit seinen Schülern sang und tanzte, doch dies kam nicht mehr so oft vor. In der Gesellschaft von Fremden wurde er zunehmend stiller, er schien kaum den Drang zu verspüren, seine Gedanken in Worte zu fassen, und noch weniger, sich seinen Besuchern spontan zu öffnen. Oft erschien er, zur großen Enttäuschung seiner Anhänger, die sich dort zu seinem *darshan* versammelt hatten, nachmittags gar nicht erst im Tempel. Viele Abende mit seinen Schülern fanden ein abruptes Ende, wenn er unvermittelt in seinem Zimmer verschwand und damit der Gesang und der Tanz abbrachen, als sie gerade erst richtig angefangen hatten. Die Gläubigen und Schüler sahen Babas zunehmende Innerlichkeit natürlich im denkbar positivsten Licht, interpretierten sie «nach oben», wie es Glaubende immer schon getan haben. Er werde immer mehr wie die alten Heiligen, die ihre Höhle nicht mehr verließen, nachdem sie sich zur Meditation dorthin zurückgezogen hatten, sagten sie. Er gleiche Rabiya, der berühmten Sufi-Heiligen, die im Frühjahr ihre Fensterläden schloß, damit die Schönheit der Blumen sie nicht davon ablenke, die Schönheit ihres Geliebten zu bewundern.

Babas verstärkter Rückzug aus der Welt fiel mit einer plötzlichen Abwendung von seinen weiblichen Anhängern zusammen. Der Vorfall mit der Premierministerin war keine Ausnahme. Vivek hatte beobachtet, daß sich Baba bei den nachmittäglichen Zusammenkünften unwohl zu fühlen schien, wenn auch junge Frauen anwesend waren. Er zog eilig seine Füße weg, wenn eine von ihnen versuchte, sie voller Ehrerbietung zu berühren. Schaffte es eine Frau dennoch, so zuckte Baba zurück wie bei einem elektrischen Schlag und verlor ganz offensichtlich die Fassung. Einmal, als er gerade dabei war, etwas zu erklären, erwischte ihn eine Frau unvorbereitet und warf sich ihm zu Füßen. Sie umklammerte krampfhaft seine Beine und vergoß dabei Tränen der Hingabe, während er verzweifelt versuchte, sich loszureißen. Die Schüler waren überrascht, als sie später hinten an seinen Beinen, genau an der Stelle, an der die Frau ihn gepackt hatte, große Blasen entdeckten.

«Ich habe seit kurzem furchtbare Angst vor unreinen Frauen», erklärte er ihnen. «Sie erscheinen mir als Tigerinnen, die auf mich zukommen, um mich zu verschlingen. Nur mit größter Mühe kann ich meinen Geist dazu bringen, in ihnen die Verkörperung der Segensreichen Mutter zu sehen. Ihr seid alle noch jung und betretet gerade erst diesen Weg, doch vergeßt nie, daß es ohne Keuschheit keinen Fortschritt geben kann. Ohne Keuschheit könnt ihr nicht einmal meine Erläuterungen verstehen. Laßt euch nicht von der Schönheit einer Frau betören. Was gibt es schon in ihrem Inneren außer Innereien, Pisse, Scheiße und Schleim!»

Die Nachricht von seinen Blasen hatte sich wie ein Lauffeuer verbreitet und mehrte noch seinen Ruf als Heiliger.

Vivek war verwirrt. Wie konnte jemand, der das tiefe Selbst erkannt hatte, das allen gefühlsbegabten Lebewesen gemeinsam war, zwischen Mann und Frau unterscheiden? War es denkbar, daß selbst Baba der Illusion der äußeren Erscheinung zum Opfer fiel, sich von nichts als dem Vorhandensein von Brüsten und einer Vagina bei einem Menschen fehlleiten ließ? Er war doch kein orthodoxer Brahmane, der, von dem Gedanken an rituelle Reinheit verfolgt, der Ansicht war, Frauen seien von Natur aus unrein aufgrund ihrer engen Verbundenheit mit den organischen Vorgängen des Lebens, vor allem der Menstruation und der Geburt? Nein, die einzig mögliche Erklärung für Babas offenkundige Misogynie lag in seinem Rückzug aus der Welt, durch den er nach unbekannten spirituellen Zielen strebte. Wenn er Verunreinigung durch die Außenwelt vermeiden wollte, dann mußte er natürlich auch den Frauen aus dem Weg gehen, durch die die Welt sich erneuert und erhalten bleibt.

Nachdem er im April seine Abschlußprüfungen geschrieben hatte, verbrachte Vivek nun alle Tage und auch manche Nächte im Garten. Auf Babas Drängen hin baute Dhamanis jüngerer Bruder, der dem Juwelier auf dem Totenbett versprochen hatte, sich um ‹Vater› zu kümmern, in einer verlassenen Ecke des Gartens, in der er zuvor einen riesigen Feigenkaktus ausgerissen hatte, eine Steinhütte mit zwei Räumen. Diese Räume standen allen Schülern zur Verfügung, die über Nacht bleiben wollten. Vivek verbrachte den Morgen meist mit Gartenarbeiten – er jätete das Unkraut, fegte die herabgefallenen Blätter zusammen und kümmerte sich um einen neuangelegten

Gemüsegarten. Zu Hause hatten er und seine Familie sich nicht viel zu sagen. Wenn seine Mutter immer noch die Hoffnung hegte, er würde eines Tages Arbeit suchen und eine Familie gründen, so hütete sie sich, ihn darauf anzusprechen. Obwohl sie eine Halbtagsstelle in der Maharani Gayatri Devi Public School annehmen mußte, wo sie die jüngeren Mädchen während der Pausen beaufsichtigte – «eine bessere *ayah*» nannte dies Sharada Devi –, beklagte sie sich nie bei Vivek, wenn er zu Hause war, sondern sah ihm mit der gleichen stillen Liebe beim Essen zu wie früher. Beide hielten den Anschein aufrecht, daß sich alles ändern würde, wenn im Juli seine Prüfungsergebnisse bekanntgegeben würden. Seine Großtante war die einzige, die nicht so tat, als käme es erst dann zum endgültigen Bruch mit seiner Familie, wenn er das ockerfarbene Gewand eines *sadhu* anlegte. Jedesmal, wenn er zu Hause und in Hörweite war, verfluchte sie laut ihr Schicksal, das sie in eine Familie hatte einheiraten lassen, in der die Männer ständig ihre Frauen verließen.

An dem Tag in der ersten Juliwoche, an dem seine Ergebnisse verkündet worden waren – er hatte dabei gut abgeschnitten –, radelte Vivek auf schnellstem Wege zurück zu Dhamanis Garten. Er ging zu Baba, der alleine in seinem Zimmer war, und bat ihn, ihn in das spirituelle Leben zu initiieren. Er konnte es kaum erwarten, das Mantra zu hören, das seine Meditation leiten und ihn auf den Weg seiner Suche bringen würde, doch Baba war merkwürdig zurückhaltend.

«Ich liebe dich mehr als alle anderen, doch die Zeit zu meditieren ist für dich noch nicht gekommen», sagte er.

«Warum nicht?» beharrte Vivek.

«Die Techniken der Meditation zu lernen, ohne vorher von ihrem Wesen durchdrungen zu sein, ist nutzlos. Du mußt warten.»

«Wie kann ich zu diesem Wesen gelangen?»

«Das kannst du nicht. Das Wesen der Meditation ist

Unterwerfung, und Unterwerfung kann man nicht durch seinen Willen beeinflussen. Es geschieht, oder es geschieht nicht. Das einzige, was man tun kann, ist, Bedingungen zu schaffen, die die Unterwerfung erleichtern.»

«Und woher weiß ich, wann es soweit ist?»

«Durch eine Offenbarung – durch einen Befehl, den du in deinem Herzen hörst. Und», fügte er in sanftem Ton hinzu, «*ich* werde es wissen. Laß deine Liebe zu Gott wachsen und lerne, deinen Geist zu konzentrieren, bis die Zeit reif ist. Konzentration ist der Beginn der Meditation.»

Enttäuscht kehrte Vivek zu seinen Büchern zurück. Er hatte seinen Bibliotheksausweis auch nach seinem Abschluß behalten, obwohl er den nicht sehr umfassenden Vorrat an Büchern über Mystizismus im Maharaja College nun beinahe ausgeschöpft hatte. Baba spottete darüber, daß er in Büchern nach Antworten suchte, war jedoch auch stolz auf seine Beharrlichkeit.

«Ein Löwe!» rief er jedesmal entzückt, wenn Vivek vor den Schülern mit ihm diskutierte.

Seit kurzem jedoch schien es, als strenge ihn Viveks intellektuelle Streitlust an.

Eine Woche nach Indira Gandhis Besuch, als Babas Äußerungen über die erwünschte Haltung Frauen gegenüber immer noch wie ein unverdauter Klumpen in seinem Geist lagen, wandte sich das abendliche Gespräch wieder einmal der Keuschheit zu. Dieses Mal hielt sich Vivek nicht zurück.

«Baba, Keuschheit ist keine Bedingung, um Gott zu erkennen. Wenigstens nicht überall. Viele bekannte jüdische und sufistische Mystiker waren verheiratet. Sie lehrten sogar, daß der Akt selbst ein Mittel zur mystischen Perfektion werde, wenn man in dem Bewußtsein Geschlechtsverkehr habe, daß Gott in der Frau anwesend sei. Selbst in unserem Land vertreten die *shaktas* Frauen gegenüber eine kühnere Haltung, die auch Sexualität mit einbezieht.»

Man sah Baba deutlich an, daß er sich unwohl fühlte, als er grübelnd seinen Bart kratzte.

«Ich mag das alles nicht», sagte er kurz angebunden. «Meine eigene Haltung Frauen gegenüber ist die eines Kindes seiner Mutter gegenüber.»

Vivek gab keine Ruhe.

«Auch das Asketentum! Nicht alle sind der Ansicht, das Asketentum sei ein notwendiger Bestandteil des spirituellen Gepäcks. Swami Vivekananda nannte es ‹grausam›. Er behauptete, es sei ‹besser, zu lachen als zu beten›. Er selbst aß und rauchte ausgiebig, sowohl Stumpen als auch Zigarren.»

Vivek drehte sich um und sprach nun zu den anderen jungen Männern, die ihm mit offenem Mund zuhörten.

«Ich habe gelesen, daß, als Swamiji in den Vereinigten Staaten war, einer seiner Bewunderer zu ihm sagte, ‹Du bist ein seltsamer Heiliger. Du ißt gut, du trinkst gut, du rauchst den ganzen Tag über, und es gibt nichts, was du dir nicht gönnst.› Und dann gibt es noch diesen Swami in Bombay ...»

Etwas in den Gesichtern der Schüler ließ ihn innehalten. Er drehte sich um und sah, daß Baba in Richtung des Tempels davonging.

Bei solchen Gelegenheiten vermißte Vivek seinen Freund Kamal. Er konnte über das, was er in den Büchern las, und über die Verwirrung, die dies in ihm hervorrief, mit keinem von Babas Schülern reden. Sie waren einfache Jungen aus den Basars von Jaipur, von geringer Bildung, aber mit großem Glauben. Es gab keinen unter ihnen, mit dem er seine wachsende Begeisterung für die Schriften Swami Vivekanandas und Shri Aurobindos teilen konnte. Für diese beiden hochangesehenen modernen Mystiker bedeutete Spiritualität die Ansammlung von Macht, nicht von Gnade. Aurobindos tägliche Aufzeichnungen über seine Yoga-Meditationen in seinem *ashram* in Pondicherry beschrieben minutiös seine Fortschritte bei der Erlangung verschiedener Kräfte: Telepathie, übersinnliche Wahrnehmung, die Fähigkeit, Menschen und Dinge alleine durch die Kraft seines Willens zu beeinflussen, das Freisein von Krankheiten und allem, was Körper, Geist oder Seele niederdrückt, sei es Schwerkraft oder Depressionen. Vivekananda war sogar der Ansicht, daß der von den Hindus so intensiv gepflegte devotionale Mystizismus das Land entscheidend geschwächt und die Kraft seiner Einwohner aufgezehrt habe. Indien, so schrieb er verächtlich, sei von Frauen und Eunuchen bevölkert, und es sei seine Mission, *Männer* aus ihnen zu machen. Sein Ideal war nicht das singende, tanzende Kind Gottes, sondern die mannhafte Verbindung von Heiligem und Krieger, der kämpferische Mystiker. Vielleicht verfolgte Vishnu Das, der *mahant* von Galta, den richtigen Plan. Vivek hatte gehört, daß Vishnu Das versuchte, die *sadhus* zu organisieren, so daß sie dazu beitragen konnten, eine starke Hindu-Nation zu formen und Indiens vergangenen Ruhm wiederaufleben zu lassen. Er hatte dem *mahant* sogar geschrieben, um ihm seine Bewunderung für das, was er zu tun versuchte, auszudrücken. Baba war ein großer Heiliger, aber verstand er auch die Bedürfnisse der modernen Welt? Verstand er, daß die Suche des Geistes ewig die gleiche bleiben kann, der rechte Weg aber sich im Laufe der Geschichte ändert?

Eines späten Vormittags, als er sich nach seiner Arbeit im Garten gerade am Brunnen wusch, kam Baba nach seiner morgendlichen Meditation aus seiner Hütte und sah ihm zu. Mit besorgter Miene saß er auf dem Rand der Brunnenmauer und wartete, bis Vivek sich angezogen hatte, ehe er zu sprechen begann.

«In letzter Zeit habe ich immer weniger Visionen bei meinen *samadhis*. Ich frage mich, ob ich langsam meine weibliche Natur verliere.»

Seine Stimme klang traurig, suchte Trost. Doch Vivek, der sich bei Babas Trancen und dem selbstvergessenen

Singen und Tanzen seiner Schüler manchmal unwohl fühlte, sah in Babas Düsterkeit nur eine Möglichkeit, von seiner eigenen Begeisterung für die männliche Spiritualität Vivekanandas und Aurobindos zu sprechen. Baba hörte ihm eine Weile zu, ehe sich sein Blick verschleierte. Vivek stockte und verstummte. Baba sah Vivek nicht an, als er zu reden begann, sein Blick glitt über die Spitze des Tempelturms.

«Sie waren große und gelehrte Yogis! Ich bin nur ein ungebildeter Bauer. Wer bin ich, daß ich ihre Lehren anzweifeln könnte? Aber, mein Sohn, ich habe Rama mit Sitas Augen gesehen. Krishna kam zu mir, als ich Radha war. Sie segneten mich mit einer Offenbarung. Das geheime Ziel unseres schlauen Gottes ist es, in unserem Inneren alles vor Ekstase hüpfen zu lassen. Denk immer daran, auch wenn du mich schon lange vergessen hast ... was du eines Tages tun wirst.»

«Nie!» rief Vivek aus und beeilte sich, sie beide von seiner Hingabe zu überzeugen.

Zuerst dachte Vivek, Babas Veränderungen hätten etwas mit der Ankunft seiner Mutter zu tun. Die beiden Schüler, die vor seiner Hütte auf der Veranda saßen und seine Mittagsruhe bewachten, versuchten, die alte und offensichtlich kranke Frau fortzuschicken, die kaum mehr war als ein in einen schmutzigen Sari von unbestimmbarer Farbe gehülltes Häufchen Knochen.

«Es gibt hier keinen Gopal, Mutter», sagte einer der jungen Männer. «Das ist das Heim des großen Heiligen Baba Ram Das.»

«Sie können sich unter dem Baum dort ausruhen», sagte der andere Schüler, dem die alte Frau leid tat. Sie war völlig erschöpft und sah aus, als würde sie gleich zusammenbrechen.

Der jugendliche Sohn des Astrologen, der sie von Deogarh hierher begleitet und das Bündel mit ihren wenigen Kleidern auf dem Kopf getragen hatte, schritt nun ein.

«Baba Ram Das *ist* Gopal, ihr Sohn.»

«Da ist er!» schrie Amba, als Baba aus seiner Hütte trat und im Sonnenlicht blinzelte.

«Ich bin gekommen, um bei dir zu bleiben, Gopal. Ich will in deinen Armen sterben. Selbst wenn du danach meinen Körper vor dem Tor auf die Straße werfen solltest, ich muß dieses Leben in deinen Armen beschließen.»

Tief gerührt ging Baba auf sie zu und streichelte zärtlich ihren Kopf, strich einzelne Büschel ihres dünnen, grauen Haars zurück. Bald weinten Mutter und Sohn, während sie sich in den Armen hielten und Amba unter Tränen Kosenamen aus seiner Kindheit vor sich hin sang.

Die Reise nach Jaipur, die sie im Mai, in der größten Sommerhitze, unternommen hatte, mußte ihren Zustand verschlechtert haben. Trotz der besten medizinischen Versorgung, die Dhamanis Bruder beschaffen konnte, war es nicht möglich, Ambas Krankheit genau zu erkennen. In den drei Wochen, die ihr noch bestimmt waren, bei ihrem Sohn zu leben, verschlechterte sich ihr Zustand rapide. Baba kümmerte sich selbst um sie, wusch sie, als sie zu schwach wurde, dies selbst zu tun, redete ihr zu, bei den Mahlzeiten wenigstens ein bißchen zu essen, und sprach nachts, wenn die Schüler fort waren, mit ihr über die alten Zeiten in Deogarh.

Am Dienstag, dem elften Tag des aufgehenden Mondes des Monats Jyesth, konnte jeder sehen, daß Ambas Ende gekommen war. Baba ging nach seiner Morgenmeditation in ihr Zimmer, schloß die Tür hinter sich und blieb den ganzen Tag über bei ihr. Die Schüler, zu denen sich auch ein paar neugierige Besucher gesellten, warteten draußen. Als die Sonne untergegangen war, kam Baba heraus, gab Anweisungen für das Abendessen und ging wieder zurück in das Zimmer. Nach dem Essen bat er sie alle, hereinzukommen und den Namen Ramas zu rezitieren. Amba lag mit geschlossenen Augen auf dem Boden, ihre Brust hob und senkte sich, und ihr Atem ging schwer.

Es gab kein Anzeichen dafür, daß der Name Gottes an ihr inneres Ohr drang. Ohne eine Regung zu zeigen, saß Baba neben ihr und hielt ihre Hand. In ihrer letzten Stunde legte er seine rechte Hand auf ihr Herz und die linke auf ihre Stirn, nicht um ihr Leben zu verlängern, wie einige seiner Anhänger glaubten, sondern um ihren Geist zu beruhigen.

✽

Es schien Vivek, als habe der Tod seiner Mutter die Veränderungen in Baba vorangetrieben. Am deutlichsten waren diese an seinem Körper zu sehen. Ein kleines inneres Feuer verbrannte alles überflüssige Fett. Die Haut in seinem Gesicht spannte sich, seine Knochen traten hervor, und seine Brüste schrumpften. Er wurde von Tag zu Tag dünner, als bewege er sich eiligst auf einen Zustand zu, in dem er nur noch Geist sein würde. Sein Bedürfnis nach körperlicher Nähe zu seinen Schülern wuchs. Baba hatte sich in der Gesellschaft von Jungen immer schon wohlgefühlt. Mit ihnen konnte er scherzen, lachen, singen und tanzen, während er sich in der Gegenwart älterer Männer gezwungen fühlte, ernsthafter zu sein. In den vergangenen Wochen hatte diese Tendenz zunehmend körperlichen Ausdruck gefunden. Er suchte begierig die Nähe seiner jungen Schüler, während sich sein Körper instinktiv so bewegte, daß er eine Distanz zwischen sich und den Körpern der älteren Gläubigen herstellte, die tagsüber in Scharen in den Tempel strömten. Bei den Nachmittagsgesprächen lag Ajay nun beinahe ständig zusammengerollt in seinem Schoß und betrachtete die Gesichter um ihn herum mit dem Ausdruck arroganter Gleichgültigkeit eines Babys, das gemütlich an der Brust seiner Mutter liegt, während Baba redete und geistesabwesend das Gesicht des Jungen streichelte. Wenn Baba von seiner Hütte zum Tempel oder, am Ende der Versammlung, wieder zurück ging, legte er immer seinen Arm um die Schulter eines der Jungen. Die Schüler schubsten sich gegenseitig, um näher an ihn heranzukommen, wenn er aufstand, und wetteiferten miteinander um dieses besondere Zeichen seiner Gunst.

Erst später verstand Vivek, daß Babas Bedürfnis nach körperlicher Nähe der Jungen nichts anderes war als der Wunsch nach Wärme eines sterbenden Körpers, dessen Gewebe und Zellen von einer eisigen Kälte berührt wurden. Damals war er jedesmal wütend und verzweifelt, wenn er hörte, wie vereinzelte Besucher – meist waren es Studenten vom College – Bemerkungen über die Ungebührlichkeit von Babas Verlangen machten. Vivek wollte auf den Angreifer losstürzen, ihm erklären, daß es Baba nicht anders erging als jenen Sufi-Heiligen, die überzeugt waren, daß der Vorteil der Gesellschaft bartloser Jungen darin lag, daß sie neuer, von jüngerem Ursprung in Gott waren als ältere Männer; und was auch immer näher an seiner Erschaffung liegt, ist heiliger und eine reichere Quelle der Gnade als das, dessen Ursprung weiter zurückliegt.

Im Nachhinein erkannte Vivek in den Veränderungen, die in jenem Sommer in Babas Persönlichkeit vor sich gingen, die ersten Symptome seines Kehlkopfkrebses. Die Symptome traten also nicht zuerst im Körper auf. Oder falls doch, dann auf eine so subtile Weise, daß sie höchstens durch die verfeinerten Untersuchungsmethoden der westlichen Medizin zu entdecken waren. Die Verzweiflung des Körpers trat eher zutage als die Anzeichen für seinen physischen Zerfall; die Misogynie, die unfruchtbaren Trancen, die Suche nach Wärme in den Körpern der Jungen, dies alles kam vor dem Gewichtsverlust, der Schwellung im Hals und den Schluckbeschwerden.

Im Rückblick bekam einiges von dem, was Baba an jenen Abenden gesagt hatte, eine neue Bedeutung. Einmal hatte Baba, als er aus einem gescheiterten *samadhi* erwachte, geklagt, sein Hals schmerze vor unausgesprochenen Lobpreisungen. An einem anderen Abend, als der Gesang und der Tanz begonnen hatten, setzte sich Baba plötzlich hin und sagte, er habe nicht genug Atem, um Gott zu feiern. Zu jener Zeit begeisterte sich Vivek an den Metaphern und erkannte nicht, daß sie gleichzeitig die konkrete Beschreibung seines körperlichen Zustands waren.

Der Krebs wurde erst entdeckt, als der immer wiederkehrende Schmerz in Babas Hals so stark wurde, daß er seinen Geist nicht länger davon ablenken konnte. Widerwillig stimmte er zu, in das SMS-Krankenhaus gebracht zu werden, um sich untersuchen zu lassen. Zu dem Zeitpunkt war der Krebs schon so weit fortgeschritten, daß eine Operation unmöglich war. Trotz der häufigen Schmerzattacken, die seine Züge verzerrten und ihm die Tränen in die Augen trieben, und trotz seiner Schwierigkeiten, feste Nahrung zu schlucken, wodurch sich seine Mahlzeiten auf wäßrigen Haferschleim reduzierten, blieb Baba fröhlich.

Als sich sein Zustand verschlechterte, gab selbst Ajay, der immer noch der festen Überzeugung gewesen war, eines Tages würde Babas Tumor auf wundersame Weise verschwinden, die Hoffnung auf. Wann immer Ajay Baba beschwor, zu Rama zu beten, damit dieser den Krebs verschwinden lasse, lächelte Baba nur und streichelte liebevoll das Gesicht des Jungen.

«Schaut nicht so traurig drein», versuchte er seine Schüler zu trösten. «Der Gedanke, daß ihr weinen und trauern werdet, wenn ich gehe, macht es mir schwerer, diesen Körper zu verlassen. Ansonsten fürchte ich mich nicht vor dem Tod. Wie könnte ich? Ich bin so oft gestorben, wenn ich eins wurde mit Gott. Der einzige Unterschied ist, daß ich dieses Mal nicht zurückkehren werde.»

✱

In jenem Jahr war der Regen ausgeblieben, und der Sommer dauerte unerträglich lange. Im Garten hatten heiße

Winde die Bäume mit mehreren Schichten feinen Staubs überzogen. Die unerbittliche Sonne verbrannte das Gras und ließ selbst die Blätter der widerstandsfähigsten Büsche verdorren. Die sengende Hitze und Babas seltenes Erscheinen im Tempel hatte den Strom der Besucher zu einem kleinen Rinnsal werden lassen und die Nachmittagsversammlungen beendet. Einige unerschrockene Gläubige kamen immer noch morgens oder nach Sonnenuntergang in den Garten und hofften auf Babas *darshan*, doch seine Schüler bildeten einen Schutzwall um ihn, der ihm lange, ungestörte Ruhephasen ermöglichte, indem sie nur die wirklich Frommen zu ihm ließen und die Besucher, die aus reiner Neugier kamen, abwiesen.

Während der letzten Wochen seiner Krankheit bestand Baba darauf, daß Vivek ihn jeden Tag besuchte. Meistens kam Vivek bei Sonnenaufgang zu Babas Hütte. Baba war um diese Zeit schon wach, das unvorhersehbare Aufflammen des Schmerzes hatte seine Schlaf- und Meditationsphasen radikal verkürzt. In Viveks Augen waren ihre Unterhaltungen, zu denen er wenig beizutragen hatte, abgesehen von gemurmelten Worten der Zustimmung oder der Beruhigung, eine seltsame Mischung aus erhabenen Gedankengängen und zwanghaftem Grübeln. Wenn er keine Schmerzen hatte, die ihm nun zum treuen Begleiter geworden waren, sah Baba seinem herannahenden Tod gelassen entgegen. Eines Morgens, als Baba beinahe wieder so fröhlich war wie früher, hatte Vivek ihn gefragt, ob er Angst habe. Baba hatte gelächelt.

«Warum sollte ich mich davor fürchten, daß mein Geist vergehen, sich in nichts auflösen wird? Daß ich nicht länger meine Wünsche und Gedanken hegen werde? Wenn du dich nicht an deinen Geist klammerst und der Inhalt deines Bewußtseins nicht dein ganzer Stolz ist, dann gibt es auch keinen Grund zur Angst.»

Ajay, der nun all seine Tage und Nächte bei Baba verbrachte und auf dem Boden vor Babas Bett schlief, wachte auf. Baba beobachtete voller Zuneigung, wie der Junge sich streckte, gähnte und sich den Schlaf aus den Augen rieb.

«Baba, soll ich dir deine Beine jetzt massieren oder erst nachher, wenn ich mich gewaschen habe?» fragte Ajay und legte seine Hand sanft auf Babas Knie.

«Später», erwiderte Baba, und sein Gesicht entspannte sich, als sein Körper die lindernde Berührung annahm.

«Natürlich wird der Körper nicht friedlich aufgeben», fuhr er fort. «Nicht aus Angst, sondern weil es in der Natur des Körpers liegt, gegen seine Auslöschung anzukämpfen. Alles was ich möchte, ist, schnell zu gehen, nicht zwischen Leben und Tod zu schweben, ewig Abschied zu nehmen.»

Doch wenn er Schmerzen hatte, stürzte Babas Geist den Abhang des zwanghaften Zweifelns hinab. Er fürchtete, er habe seine Schulden noch nicht zurückgezahlt. Hatte er nicht seine Mutter verlassen, die ihm das Leben und, darüber hinaus, eine Liebe geschenkt hatte, welche nie etwas für sich selbst erbeten hatte, abgesehen davon, in der Nähe des geliebten Sohnes sein zu dürfen? Wie hatte er Madhavacharya gedankt, der ihn bei seinen ersten Schritten in der Welt der Spiritualität geführt hatte? Indem er ihm seinen Ram-lalla fortnahm! Und Nangta, den er angebetet und schlußendlich doch verraten hatte, indem er von dem Weg abwich, den der Guru für ihn bereitet hatte? Vivek hörte ihm zu, rutschte unruhig auf dem Schemel neben dem Bett herum und wollte seine Ohren vor diesem Beichtstrom verschließen. Er konnte ihm keinen Trost spenden, die Liebe, die in ihm aufwallte und die in ihm den Drang weckte, seine Arme um Babas eingefallene Gestalt zu legen, wurde durch ein unbehagliches Gefühl zurückgedrängt, das ihn zu sofortiger Flucht trieb.

Am meisten sorgte sich Baba um seine Schüler.

«Die ersten sechs Monate nach meiner Ankunft hier war ich alleine. Ich wanderte im Garten umher und rief zu

Rama: ‹Wo sind meine Schüler? Wann werden sie kommen? Ich brauche sie genauso, wie du Gläubige brauchst, oh Herr.›»

Selbst Baba konnte die Forderungen der Natur nicht leugnen, dachte Vivek. Schüler zu haben ist für Asketen und zölibatäre Gurus und Heilige der einzige Weg, eine eigene Familie zu haben.

«Was wird mit ihnen geschehen, wenn ich fort bin?» quälte sich Baba. «Werden sie zusammenbleiben? Sie sind noch jung und leicht verführbar, vor allem durch Frauen. Ajay ist der einzige, dessen Seele so rein ist, daß sie vor dem Ansturm der Begierde sicher ist. Wer wird sie daran erinnern, welche Vorsichtsmaßnahmen sie ergreifen müssen, wenn eine Frau ihnen zu nahe kommt? Achte darauf, daß du nie den Hauch ihres Körpers spürst, und komm nie näher als auf zwei Ellen an eine Frau heran, mit Ausnahme deiner Mutter.»

In den letzten drei Tagen seines Lebens war Baba wie durch ein Wunder frei von Schmerzen, außer wenn er Wasser trinken wollte. Dann zuckte er bei jedem Schluck, den er seine aufgerissene Kehle hinunterzwingen wollte, heftig zusammen, wenn er versuchte, den brennenden Durst zu stillen, der nicht so leise vergehen wollte, wie es sein Hunger getan hatte. In der letzten Nacht, einer weiteren Augustvollmondnacht, beinahe genau sechzehn Jahre, nachdem Nangta Gopal an genau dieser Stelle initiiert hatte, initiierte Baba zehn seiner Schüler, von denen er hoffte, daß sie die Keimzelle der zukünftigen Ram-Das-Mission bilden würden.

Einzeln betraten sie den Raum, in dem Baba auf seinem zerwühlten Bett lag, an eine dicke, runde Nackenrolle gelehnt, die Raj Singh ihm mitgebracht hatte. Die Initiation war kurz, sie dauerte nur ein paar Minuten. Das persönliche Mantra des Schülers wurde in sein Ohr geflüstert. Baba sprach einige belehrende und segnende Worte, die auch gleichzeitig seine Abschiedsworte waren, und es war vorbei. Und doch dauerte der ganze Vorgang über vier Stunden, da Babas Ruhepausen zwischen den Initiationen länger wurden, je weiter die Nacht voranschritt.

Der Morgen brach schon an, als Vivek, der als letzter hineingerufen wurde, den Raum betrat. Draußen erwachte der Garten vom Geplapper der Papageien, und das sommerliche Licht verwandelte die Morgendämmerung in Tag, noch ehe die Sonne aufgegangen war. Das Erscheinen des Wagens des Sonnengottes am Horizont und das ungeduldige Scharren seiner Pferde schienen Baba vorübergehend einen Schub frischen Lebens eingehaucht zu haben. Die Bewegung seiner Hand, mit der er Vivek zu sich heranwinkte, war kräftig, und seine Stimme klang volltönend, als er ihn bat, näherzukommen und sich an das Fußende des Bettes zu setzen.

«Gib mir deine Hand», sagte er.

Ein paar Sekunden lang betrachtete er Viveks Gesicht, und seine Augen strahlten voller Liebe, ehe die Krankheit sie nach und nach wieder verschleierte.

«Du brauchst kein Mantra oder eine förmliche Initiation», sagte er, und seine Stimme bebte vor Zärtlichkeit und Erschöpfung. «Du bist durch meine Berührung schon initiiert worden. Erinnerst du dich? Das erste Mal, als ich meinen Fuß in deinen Schoß legte?»

Er schloß die Augen. Seine Hände waren warm, obwohl sein Atem, schon gekennzeichnet durch den rasenden Verfall des Körpers, übel roch. Babas schmale Gestalt war noch kleiner geworden. Seine vorstehenden Schulterblätter und Rippen drückten sich durch die papiergleiche graue Haut. Tiefe Furchen durchzogen seine Wangen, direkt über dem Rand seines struppigen Bartes. Die Ringe unter seinen Augen glichen Tintenflecken, die sich unter der Haut ausbreiteten. Als er die Augen öffnete, schüttelte er den Kopf, als sei seine Sehkraft durch den herannahenden Tod geschwächt. Seine Stimme jedoch war immer noch fest.

«Ich habe es den anderen schon gesagt. Du wirst meinen Platz einnehmen. Nimm sie mit dir, welchen Weg du auch immer gehen wirst, mein Sohn.»

Seine Ernennung zu Babas Nachfolger überraschte ihn an diesem Morgen nicht so sehr, wie es an irgendeinem anderen Tag der Fall gewesen wäre. Denn dies war ein besonderer Morgen, an dem die Sterne nicht verblaßt und dann unsichtbar geworden waren, sondern immer noch hell in ihrem nächtlichen Glanz erstrahlten. Er wußte, daß er Baba aufrichtig und leidenschaftlich liebte, auch wenn er von diesem Geheimnis verwirrt war. Doch er war nicht länger sicher, welchen Weg er bei seiner eigenen Suche gehen würde. Erst kürzlich hatte er als Antwort auf seinen eigenen Brief ein freundliches Schreiben von Vishnu Das erhalten, in dem dieser ihn aufforderte, ihn in Galta zu besuchen.

«Vielleicht wirst du einen anderen Weg wählen als den meinen, genau wie ich es auch bei Nangta getan habe», sagte Baba. «Vielleicht bist du nicht dazu bestimmt, diese verzweifelte Liebe zu Gott kennenzulernen, die sich brennend durch deinen Körper windet und das Mark in deinen Knochen genauso wild schlagen läßt wie deinen Puls.»

Vivek blickte auf. Baba sah an ihm vorbei durch die halbgeöffnete Tür. Zwischen dem Bett und der Tür breitete sich langsam, wie eine kleine Pfütze, das Sonnenlicht aus. Babas Augen wandten sich nach oben, und er blickte hinter den dunklen Vorhang, der am Ende des Lebens fällt, in lichterfüllte Sphären, die Vivek nie sehen würde.

«Der Tod des Körpers bedeutet nicht seinen Sieg, Vivek», flüsterte er nun. «Dieser Körper wird gehen . . . doch vergiß nicht, die Seele wird in ewigem Entzücken frohlocken.»

Babas Augen schlossen sich. Sanftes Schnarchen mit einem leisen, aber unverkennbaren Rasseln am Ende klang vom Bett herüber. Draußen begrüßte ein Pfau das Erwachen der Welt und die Geburt eines neuen Tages mit einem rauhen Schrei.

EPILOG

Zwei Jahre lang arbeitete Vivek mit Vishnu Das zusammen und bereiste gemeinsam mit dem *mahant* den gesamten Norden Indiens. Sie besuchten Klöster, und er half ihm, ein Netzwerk von *sadhus* aufzubauen, die sich der Aufgabe verschrieben, eine geeinte Hindu-Gesellschaft zu formen. Dann entschloß er sich, hauptamtlicher Mitarbeiter der Rashtriya Swayamsevak Sangh zu werden, der Kernorganisation einer sich rasch ausweitenden Bewegung, die die Wiederbelebung der hinduistischen Kultur zum Ziel hatte. Vishnu Das begrüßte diese Entscheidung.

«Das ist es, was unser Land braucht. Disziplinierte und engagierte junge Männer, die eine starke Nation schmieden, die nicht den Westen nachäfft. Eine männliche Nation! Weg mit dieser irrationalen Gefühlsduselei, die uns jahrhundertelang unsere Kraft geraubt hat. Dein Vater wäre stolz auf dich!»

Von Vivek im Stich gelassen, schlossen sich Babas Schüler, anders als die vieler anderer Gurus, nicht in einer Sekte zusammen, die sein Andenken bewahren und seine Botschaft verbreiten würde. Der spirituelle Keim, der durch Babas Initiation in ihnen gepflanzt wurde, faßte keine sichtbaren Wurzeln. Das einzige, was an diese Zeit erinnert, ist ein gerahmtes Porträt von Baba an einer der Wände des inneren Heiligtums im Sitaram-Tempel. Es wurde von der Familie Dhamani in Auftrag gegeben und von einem Filmplakatmaler in knalligen Posterfarben ausgeführt. Es zeigt Baba, der mit rubinroten Lippen und rosigen Wangen wie ein Filmstar in der Haltung eines Weisen aus vergangenen Zeiten mit gekreuzten Beinen auf einem Tigerfell sitzt, die Hand zum Segen erhoben. Vom oberen Teil des Gemäldes blicken die juwelengeschmückten Gestalten Ramas und Sitas vor einem grell-blauen Himmel gütig auf ihn hinab, ein Schauer aus Blütenblättern regnet aus den zu einer Schale geformten Händen der Göttin Sita segnend herab. Babas Jungen, die nun schon in mittlerem Alter sind, in ihrem Familien- und Berufsleben aufgehen und die Aufgaben des Hausvaterstands erfüllen, versuchen den Tempel wenigstens einmal in der Woche zu besuchen und frische Blumen vor das Porträt zu legen.

Vivek hingegen nimmt heute eine der wichtigsten Positionen in der Hierarchie des Sangh ein, obwohl er erst spät zu dieser Organisation gestoßen ist. Es heißt, er sei eine der Schlüsselfiguren in der Expertenkommission, die verantwortlich ist für die Entwicklung von Kampagnen und Strategien zur Verbreitung des Hindu-Ethos im sozialen und kulturellen Leben des Landes. Er hat nie geheiratet, und seit dem Tod seiner Mutter im Jahre 1990 (sein Onkel und seine Tante starben 1982, beide innerhalb eines Monats) lebt er in seinem Ein-Zimmer-Büro im Johri-Basar, wo er nachts auf einer auf dem Boden ausgebreiteten Matratze schläft. Innerhalb des Sangh wird er weithin für seinen asketischen Lebensstil bewundert, doch wundert man sich, daß er so an einer kleinen Bronzestatue hängt, die auf dem Fensterbrett in seinem Büro steht und die er immer mit auf seine Reisen durch das Land nimmt. Es ist die Statue von Ram-lalla. Hin und wieder erwacht er mit einem stechenden Gefühl des Verlusts in seiner Brust aus einem Traum, an den er sich nicht erinnern kann. Je wacher er wird, desto enger scheint sich die Verzweiflung um sein Herz zu legen und läßt ihn nach Luft ringen. Diese Gefühle haben keinen Platz in seinem hektischen Leben, das ihn voll und ganz ausfüllt und von dem er glaubt, es sei durch seine Hingabe an eine geheiligte Sache geweiht. Einige Minuten lang heftet sich sein Blick unwillkürlich auf die Statue des Kindes Rama, dessen Silhouette sich in dem fahlen gelblichen Licht der

Straßenlaternen abzeichnet, das durch die Fensterschei-
ben hereinfällt. Eine Welle der Sehnsucht, eine weitere
unbekannte Empfindung, überkommt ihn, während er
versucht, wieder einzuschlafen. Er weiß, daß Ram-lalla nie
wieder zum Leben erwachen wird.

DANKSAGUNG

Vieles in Gopals Geschichte beruht auf Ereignissen im Leben des bengalischen Mystikers Ramakrishna Parmahamsa (1836–1883). Viveks Kindheit und Jugend weisen zahlreiche Parallelen zu denen von Ramakrishnas erwähltem Nachfolger, Swami Vivekananda (1863–1902), auf. Berichte vieler anderer Mystiker, vor allem von Muktananda, Gopikrishna, Ramana Maharishi und Teresa von Avila, waren mir eine unschätzbare Hilfe bei den Schilderungen von Gopals spirituellen Zuständen. Dank schulde ich auch zahllosen Dichtern, besonders jenen mit mystischen Neigungen – Surdas, Tukaram, Gerald Manley Hopkins, Rainer Maria Rilke, Theodore Roethke und Elizabeth Jennings –, die mir einige der Bilder lieferten, mit deren Hilfe ich versucht habe, näher an das Herz des Unsagbaren heranzureichen. Obwohl mich die Belange der Mystiker berühren und ich ihnen großen Respekt zolle, bin ich doch weit davon entfernt, selbst einer von ihnen zu sein, und so kann ich mich nur der Beichte Michel de Certeaus anschließen, der in der Einleitung zu seinem Buch *La Fable Mystique* schreibt: «Ce livre se présente au nom d'une incompétence: il est exilé de ce qu'il traite» (Dieses Buch tritt auf im Namen der Unzulänglichkeit: es ist kein Teil von dem, worüber es berichtet).

Danken möchte ich auch David Davidar, Georges Borchardt, Christine Zeile, Ravi Singh und nicht zuletzt meiner Frau Katha für ihre Kommentare und Vorschläge.

GLOSSAR

achkan lange, einreihige Jacke mit rundem Kragen

arati Zeremonie, bei der eine kleine Öllampe vor einer Gottheit, einem Heiligen oder einem Gast im Kreis geschwenkt wird, als Zeichen der Ehrerbietung oder der Anbetung

Arjuna Held des Mahabharata-Epos

ashram Wohnsitz eines Einsiedlers oder eines Asketen

ayah Kindermädchen

beedi billige, mit einem Blatt gerollte indische Zigarette

bhajan religiöses Lied oder Hymne

bhakti Hingabe; Zustand der Unterwerfung oder verehrenden Liebe dem Göttlichen gegenüber

bhava Gefühl, Haltung

bhava samadhi Ekstase, bei der der Meditierende das Bewußtsein für sein «Ich» bewahrt, während er die Verbundenheit mit einem persönlichen Gott erfährt

burfi rechteckige Süßigkeit aus eingedickter Milch und Zucker

chaat scharfgewürzter Appetithappen

chakras mystische Bewußtseinszentren entlang der Wirbelsäule

chapati flaches, rundes Brot

charbagh-Stil «Vier-Gärten»-Stil

chhatri steinernes, schirmförmiges Bauwerk

chillum zum Rauchen von Tabak und anderen Rauschmitteln verwendete Tonpfeife

dal scharfgewürzte, dicke Linsensuppe

dal-bati churma rajasthanisches Gericht aus Linsen und Weizenmehl

darshan Anblick, Vision (einer Gottheit oder eines Heiligen)

dharmashala Rasthaus für Pilger

dhoop harziges Räucherwerk

dhoti langes Tuch aus dünner Baumwolle, das so um den Körper gewickelt wird, daß die untere Hälfte des Körpers bedeckt ist

durbar Hof des Königs; der König selbst

Dusshera zehn Tage dauerndes hinduistisches Fest

ghazal in Urdu verfaßtes Liebesgedicht

Hari anderer Name für Krishna

haveli beeindruckendes Gebäude

hijra Transvestit

Jats nordindische Bauernkaste

kachori mit Linsen gefülltes fritiertes Gebäck aus Weizenmehl

ki jai «Sieg»

Krishna eine Inkarnation Vishnus

kurta kragenloses Hemd

laddoos süße Bällchen aus Kichererbsenmehl

madhura süß, bezaubernd

madhura bhava erotische Haltung

mahant Vorsteher eines Klosters

mem Frau eines Engländers

Neem-Baum Melia Azadirachta; für die Heilkräfte seiner Blätter bekannter Baum

nirvikalpa ohne Unterschied oder Unterscheidung

nirvikalpa samadhi höchstes Stadium von *samadhi*, in dem der Anwärter sein Einssein mit Gott erlebt

Parvati Gefährtin des Gottes Shiva, wird als Inkarnation der Großen Göttin verehrt

pallu Saum des Saris

Pipal-Baum heiliger Feigenbaum

prasad Nahrungsreste von einer Gottheit für die Gläubigen

Pret-raja König der Geister

puja Anbetung

puri in Öl ausgebackenes Fladenbrot aus ungesäuertem Weizenmehlteig

pyjama weite Baumwollhose

Radha Geliebte Krishnas und seine engste Vertraute

Rajputen in Rajasthan verbreitete Kriegerkaste

Rama Held des Ramayana-Epos, wird von den Hindus als eine göttliche Inkarnation Vishnus verehrt

rishi Weiser der alten Zeiten

roti Fladenbrot

Rudraksha Pflanze, deren Samenkerne als Perlen für Gebetsketten Verwendung finden

sadhu heiliger Mann

samadhi Ekstase, Trance, Vereinigung mit Gott

sattvic rein

savikalpa samadhi mystische Vereinigung mit Gott, bei der der Unterschied zwischen Subjekt und Objekt gewahrt bleibt

shakta Verehrer der großen Göttin

shanta bhava Zustand des Friedens

shastra alter, maßgebender Text

Shiva Gott als Zerstörer; der dritte Teil der hinduistischen Dreieinigkeit, zu der auch Brahma, der Erschaffer, und Vishnu, der Bewahrer, gehören

siddhi magische Kraft

tanpura Saiteninstrument, dient als Begleitinstrument bei klassischen Gesangs- oder Musikdarbietungen

Tantriker Anhänger des Tantra, einem religiösen System, in dem die Große Göttin als die äußerste Realität betrachtet wird

thakur Angehöriger des niederen Adels

thali Messing- oder Silbertablett

thikana kleiner Rajputenstaat

tilak Stirnmal

Tulsi Basilikumpflanze, deren Blätter und Beeren von den Hindus als heilig verehrt werden

Vishnu Gott als Bewahrer

Vishwakarma-Ghat berühmte Badestätte am Ufer des Ganges in Benares

Yogi fortgeschrittener Anhänger des Yoga

INHALT

Literatur bei C. H. Beck

Sudhir Kakar
Kamasutra oder die Kunst des Begehrens
Roman
Aus dem Englischen von Nathalie Lemmens
1999. 358 Seiten. Gebunden

Paula Fox
Was am Ende bleibt
Roman
Aus dem Amerikanischen von Sylvia Höfer
8. Auflage. 2001. 201 Seiten. Gebunden

Paula Fox
Kalifornische Jahre
Aus dem Englischen von Susanne Röckel
2. Auflage. 2001. 488 Seiten. Gebunden

Charles Simmons
Lebensfalten
Roman
Aus dem Englischen von Susanne Hornfeck
2001. 161 Seiten. Gebunden

Charles Simmons
Salzwasser
Roman
Aus dem Amerikanischen von Susanne Hornfeck
15. Tausend. 2001. 136 Seiten. Gebunden

John Bayley
Elegie für Iris
Roman
Aus dem Englischen von Barbara Rojahn-Deyk
3. Auflage. 2000. 262 Seiten mit 4 Abb. Gebunden